文　学　有　大　益
Literature benefits, tae fashion

现 在
NOW

陈鹏 主编

大益文學

图书在版编目（CIP）数据

现在 / 陈鹏主编. -- 广州：花城出版社，2021.8
（大益文学书系）
ISBN 978-7-5360-9469-7

Ⅰ. ①现… Ⅱ. ①陈… Ⅲ. ①短篇小说－小说集－中国－当代②散文集－中国－当代 Ⅳ. ①I217.1

中国版本图书馆CIP数据核字(2021)第167893号

出 版 人：肖延兵
总 策 划：吴远之
统　 筹：陈　鹏
策划编辑：程士庆
责任编辑：李　谓　曹玛丽
特约编辑：阮王春　马　可　寇　挥
技术编辑：薛伟民　林佳莹
装帧设计：刘　涵

书　　名	现在
	XIANZAI
出版发行	花城出版社
	（广州市环市东路水荫路11号）
经　　销	全国新华书店
印　　刷	云南美嘉美印刷包装有限公司
	（昆明市盘龙区郭家凹金香巷191号）
开　　本	787毫米×1092毫米　16开
印　　张	16.75
字　　数	220,000字
版　　次	2021年8月第1版　2021年8月第1次印刷
定　　价	78.00元

如发现印装质量问题，请直接与印刷厂联系调换。
购书热线：020-37604658　37602954
花城出版社网址：http://www.fcph.com.cn

目 录
Index

Ⅰ 我们一直在着，我们前进（序言）　陈　鹏

对垒 Confrontation ‖ 1

3　变异人　〔美〕乔伊斯·卡罗尔·欧茨　著　曾桂娥　译
11　迷雾　关山
25　哀悼的可能与不可能：我们生活的故事　李海英

小说 Novel ‖ 31

33　康拜因　何凯旋
53　房间　王奇胜
69　暴走　王季明
89　七月半　赵兰振
159　《骗子的化装表演》译序　陆　源　译
169　骗子的化装表演　赫尔曼·麦尔维尔　著　陆　源　译

Ⅰ

视觉 Vision ‖ 193

195　绘画与记忆　段雪敬

札记 Notes ‖ 215

217　乘兴而行，或兴尽而返——雪夜十读　唐　棣
241　我的西班牙人物辞典·室友的故事三则　赵　彦

我们一直在着，我们前进（序言）

陈 鹏

现在，是动词，还是副词？

我将它作为动词解。现在，在场，在，强调的是看，感受，抵达。按昆明话说，就是"在着"。副词呢？从时间上解，也对，当下，此时此刻。

现在我们仍笼罩在新冠肺炎疫情的阴影之中。世界仍去向不明。文学呢？文学的此刻、此在通常是微暗的、卑微的，甚至有一种背对未来的不确定——边缘化的曲高和寡、漠不关心，作家必须学会吆喝才能吸引受众，而且是数量少得可怜的受众；好作品经常被漠视，被捧得高高的"巨著"又让人如鲠在喉……一个作家不可能一直写出好作品，但好作品也不必非他不可，不能在某个阶段的好作家与后来的好作品之间画等号，更不用说，一个作家被贴上免检标签，出手必是佳作……

凡此种种，都让人对"现在"困惑难解。

足见文学是多么要命的伟业——作家一辈子在路上咬牙挤出来的，不一定是奶，不一定是血，没准是恶臭的屎尿或丑陋的结石。

而当下，现在，我们渴望年轻的文学人意气风发，有超越前辈的野心和行动，更有舍我其谁的霸气和信念。我们在北京举办的青年作家峰会即有此意：找到并鼓励文学的"现在时"，尽管，我们深知，隐于水下的"彼在"也许更强大，但现在的意义，无非成为今后峭拔的高山峡谷。

世界含混不清，我们对现在的强调也指向未来。一种坚持、坚守且苛刻野蛮的冲动和约束，也许，能催生很好的小说、惊人的大作。当年海明威们、庞德们、菲茨杰拉德们在巴黎，不就这么干的吗？现在，就要现在，他们决定建立一个新的文学世界，他们把争论倒在纸上，把才华倒在纸上，把惊人的想象力和野心都倒在纸上。他们成功了。

现在，就现在，我们也许能推出一次行动，成就一种写作，帮助一批作家。至少，尽可能整合所学所感所知，认真地、有野心地、安静地回归到纸上，文学仍然是一次值得我们押上一切的冒险——不，失败既然是可预料的，哪来的冒险？

本辑大益文学有何凯旋、赵兰振、王季明诸老将蓬勃的野心，也不乏唐棣、陆源认认真真的功课，"90后"王奇胜也奉献了足够的质感。诚然，我们大益文学，正是现在的见证者和观察者，当然，也渴望着创造"现在"。

现在，我们把《现在》，交付给我们亲爱的朋友。

对垒 Confrontation ///

2 ∥ 对垒 Confrontation

乔伊斯·卡罗尔·欧茨（Joyce Carol Oates, 1938 — ），当今美国文坛成就卓著、多产的女作家，曾多次获诺贝尔文学奖提名，代表作品有《人间乐园》《他们》和《奇境》等。除了小说外，她还发表了多部诗集、戏剧、评论集、回忆录等。欧茨的作品题材丰富，风格多样，反映了复杂的美国当代社会和美国人的生存状态，被誉为"心理现实主义"代表作家。《变异人》（"The Mutants"）是短篇小说集《我不是你认识的人》（I Am No One You Know: Stories, 2004）的收尾之作。

变异人

〔美〕乔伊斯·卡罗尔·欧茨　著
曾桂娥　译

小时候，她就非常漂亮。不知不觉间，她已出落成一个典型的美国中西部金发女郎，由内而外散发着梦幻般的青春靓丽。她现在算是个纽约客，住在市中心炮台公园南大街10280号。她浑身散发着梦幻般的金色光芒，轻盈灵动，犹如雅典娜为战场上她所中意的战士披上的斗篷。而她对此却不以为然，以为自己每天在城市里遇到的无数爱慕眼神、陌生人对她的微笑、停驻在她身上的目光以及生活和事业中的好运气就像人人都能呼吸到的秋日温暖的空气一样，只是众生共享的天赐之物。

你看不出她的真实年龄。可能有三十好几，也可能刚二十出头。可能等她到了四十五岁时，看起来也才二十九岁的样子，并且还得是在强光的照射下，可是谁又能强迫她在强光下露面。

她招人疼爱，这对很多人来说并不稀奇。可她不仅如此，她还深受宠爱，这就是另外一种境界了。

从心底里，每位亲人都宠着她；在曼哈顿，她的未婚夫，纽约一家著名出版社的编辑，更是对她宠爱有加。他们原计划在浪漫的年末结婚。现在他们住在曼哈顿一幢摩天大楼的三十六层，公寓的玻璃窗高大厚实，室内的米色装修含蓄低调。站在窗边向外望去，眼前的景观只能用"叹为观止"这个词来形容：既能看到高楼林立的闪亮都市，还能看到部分纽约港——在这晴朗的秋日清晨，纽约港海绿海绿的，像刚被洗过的玻璃一样清澈透明。

　　这天，未婚夫像平日一样早早出门上班了。她也在八点左右出门，去附近的金考快印店取一本彩印儿童书稿。信号灯变绿后，她正要穿过南大街，突然，她听见一阵嗡嗡声，刚开始只觉得声音烦人，很快这声音变得像个巨大的马蜂窝，让人惊慌。她抬头侧目，只见一架大型商务客机飞得异常低，它从天空俯冲下来，在她惊愕的注视下消失在一排建筑后面。转瞬间，巨大的爆炸声把她掀翻在人行道上。她心想一定发生了惊世骇俗的大事，尽管她很少用"惊世骇俗"这样正式且古老的词汇。她摔倒了，膝盖撞在人行道上，玻璃碎片像无数只疯狂的虫子同时扎进她裸露的皮肤里，而几乎在同一瞬间（因她在伊利诺伊州读高中时曾经是优秀的篮球运动员，所以她能不假思索就迅速做出反应），即在她摔倒的同一瞬间，几乎在她听到附近和头顶传来爆炸声的同一瞬间，她站起身来，冲进一座大楼，她住的那座大楼，她的避难所。她手里抓着书稿，弓着腰往前跑，身边的人群看起来像梦里的人物一样惊慌失措，一脸迷茫。她冲进了电梯，在快速升往三十六层楼的过程中还能冷静地想：如果我能跑到这儿，如果电梯还能用，我就没事。会有人去处理这场事故的。

　　在她摸索着开门的时候，响起了第二声爆炸声，震耳欲聋，难怪她事后的记忆都有些迷惑，这第二次爆炸是不是与自己用力插钥匙、使劲开门有关。那声音像是火山爆发的巨响，淹没了第一次爆炸激起的回音。她记得脚下和身边的大楼开始颤抖、摇晃，但最终还是像深深扎了根一样稳稳地矗立在大地上。现在，她已经跑到公寓里面，还是像动物一样弓着背，喘着粗气，尽管她知道自己安全了。门已经锁上，并上了两道保险，她是安全的。她小心翼翼地把那本薄薄的彩印书稿放到桌子上，五个星期后，她会发现那上面落满了沙尘。她竖着耳朵听，认为三十六层楼下面的街道上会像以前出事故一样马上传来的警笛声。她已经准备迎接这种令人讨厌的声音，因为曼哈顿总是警报频频，她已经准备好神经再次受到侵扰。她想重新换一身衣服，穿上低跟鞋。她觉得自己还会像平常一样出门上班，只不过可能会稍微晚一会儿。

和未婚夫一样，她也在市区上班，东五十三大街。她是一名儿童文学编辑。她从世贸中心搭乘地铁。她想说她爱她的工作，爱她的同事们。她想说……

她咳嗽着。她的呼吸也开始变得奇怪。她的嘴巴都蒙上了细细的灰尘，鼻孔和眼睛也是。这是怎么回事？光线为什么这么暗？她惊讶地发现，客厅窗外的壮观景象消失了。客厅的窗户消失了。天空消失了。大量的灰尘和旋转的细微颗粒（雪花？纸片？比萨饼屑？）结成一道颤动的烟霾逼压过来，而卧室朝东的窗户上除了映着诡异、耀眼的跳动火焰，还有类似的烟霾紧贴在玻璃上。她想：这幢楼没有着火啊，这幢楼是安全的。

她打开卧室的电视，但是没电。厨房的收音机，没电。她打开电灯开关，仍然没有任何反应。电话呢？没有拨号音。虽然她并不害怕，却像动物一样恐慌。她觉得快窒息了，对着水池一个劲儿咳嗽。她打开水龙头，手掌窝拢接了些水冲洗眼睛，像要渴死的动物一样大口地喝水。然而，她的内心却兴奋得怦怦直跳，因为她从来没有像现在这般警醒。从来没有如此清醒。

她踢掉了脚上的鞋子。鞋子碍事。

她坐立不安，焦急地从一扇窗户边走到另一扇窗户边，但看到的只是越来越浓的烟云，太阳已经遮蔽不见。她已经闻了很长时间的烟味，心里却不愿承认。哪里发生火灾了，可能不止一起。所

6 ▍对垒 Confrontation

以这股诡异的漏斗状烟尘才翻腾着飘到了三十六层：真让人震惊。可能是飓风来袭，席卷了曼哈顿南边？可是她分明看到了从空中俯冲下来的那个东西像是飞机。开始有警笛声了（这幢楼里的警笛声？）。她再次拿起电话拨打911，可是仍然没有拨号音。她好不容易找到手机，试图开机，可是这玩意儿死无动静。她现在迫切地想打电话给未婚夫，却在情急中忘记了他的手机号码，甚至还忘了他的名字。她知道，如果看到他的脸，她还是会认出他来——如果他出现在她面前、叫着她的名字的话。

她不太记得停电这回事了，又打开第二台电视机。眼前的电视屏幕还是一片灰暗。她想：现在还没有任何消息。这让她觉得有一丝安慰。

她忙着把湿纸巾塞到窗户和门的缝里。门已经反锁好，上了两道保险。她把掌心贴在门上：是的，热乎乎的。现在所有东西都是热的。空气热得快要沸腾。客厅、餐厅、厨房，还有卧室里的灰尘都映出细小的火焰，可能这栋楼的确失火了，她会死在媒体所描述的熊熊炼狱里，或者被浓烟呛死。

突然她想到了灭火器！

她的未婚夫——她要是有时间冷静下来想一想的话，肯定能记起他的名字来——在去年春天某个周日的下午，和她开车去新泽西的家得宝买了一个小型便携式灭火器，以前她从没把这灭火器当回事，可能还嫌弃过它样子丑陋，嘲笑未婚夫一本正经地买这玩意儿，可是现在她把重得吓人的灭火器从储藏室里拖出来，放在厨房柜台上仔细打量起来。未婚夫肯定会为她感到骄傲的，她想。她竟然想起来了灭火器，当然她原先也希望自己但愿会有想起来的时候。这是一个鲜红色的筒罐灭火器，上面有个复杂的喷嘴。瓶身落满了灰尘。筒罐顶部有一个模糊难辨的压力表——红色底面上嵌着一个小小的黄色箭头——她盯着看了好久，直到视线都模糊了。这是一个干粉灭火器，可扑灭"木材、纸张、布料、塑料、橡胶、易燃液体、油脂、汽油和电气等各种类型的火灾"，在她看来，这些似乎已经囊括了所有可能的火灾类型。她心里对未婚夫充满了爱意，她无限地感激他。红底白字的操作说明看上去像首诗：

退后六英尺

拔下保险销

保持瓶身直立

对准火焰根部

按压控制杆

左右喷射

她希望，倘若突然间火势向她蔓延的话，自己能够准确无误地对准火焰根部。而且她还会记得退后六英尺。她一向没什么距离感。

她把灭火器放在了厨房，五周之后灭火器依然纹丝不动地直立在那儿，上面积了厚厚的一层灰，像是从庞贝古城挖出的文物。此时，天色渐暗，好像有日全食。

她觉得自己一直在等着有人像电视上放的那样拿着大喇叭喊话，或者有人大声敲门。如果真的发生了火灾，甚至只要有发生火灾的危险，整栋大楼的居民都会被疏散。她知道这一点后，心里也就安稳下来。

时间流逝的速度有些不同寻常。

自她摔倒在人行道上后，很明显已经过去了几个小时，但手表显示的时间才是上午九点二十。（除非现在是晚上九点二十，她已在惊慌中不知不觉度过了一整天。）窗外翻滚着一团漆黑。她总算在橱柜里找到了手电筒。她以前从未用过手电筒，看到它竟然能发亮，真是又惊又喜。它亮了！光束明亮而平稳。她再次打开卫生间的水龙头，把手电筒放在洗脸台上。她开始无意识地重复一些动作，一遍又一遍。她用水洗脸，她的脸似乎在高温的烤灼下发颤，她用水冲眼睛，如饥似渴地灌下几口温水。她感到大楼在脚下晃动，但坚持认为这只是幻觉。曼哈顿不会发生地震。她又闻到了一股奇怪的气味，是有腐蚀性的化学物质。是神经毒气，她的神经已被麻痹。她用湿毛巾捂住口鼻，拿着手电筒照射着各个角落，在昏暗的房间里走来走去，不知不觉几个小时过去了。她相信这可怕的气味一定源自化学武器。

不管敌人是谁，他们已经发动了攻击，也许还会发生更多的爆炸。她在其他城市，可能再也见不到父母了。她想给远在伊利诺伊的父母打电话，可手掌大小的手机却毫无反应，像块塑料一样毫无用处！她感到筋疲力尽。膝盖上满是割破的伤痕，她的前臂和脸上也是。然而她非常清醒，这不是梦境，这清醒的状态让她忍不住觉得兴奋。她往浴缸里放热水，但还没放到一半，水就停了。尽管如此，她还是泡了个澡。她笑着想："如果这是人生中最后一次泡澡，我应该好好享受。"她浑身都是黏糊糊的灰尘，连头发都硬邦邦的。她朝手上吐了口唾沫。她惊喜地发现沐浴露依然芳香，香皂还能产生泡沫。肥皂泡！她给齐肩的头发抹上洗发水，仔细地梳理。她的头发不再呈金色，现在到底是什么颜色她也说不上来，就像海底的海藻一般漂浮在灰水里，看上去像被弄脏的白皮肤。

她换上干净的衣服，站在雾气腾腾的卫生间镜子前审视着自己。此时她眼窝深陷，憔悴不堪，但异常清醒，她不再是那个目光游离的金发女郎。她是一个准备幸存下去的变异人。她像有些海底生物那样长出好几对鳃，眼睛鼓在像刀锋一样扁平的脑袋两侧，在绝望的求生中变得狡黠无比……

与此同时，她还在等着敲门声，等待着对讲机里的呼唤声。

不知不觉几个小时过去了。她失去了意识，但并没有睡着。突然，她清醒过来了。手电筒哪儿去了？原来滚落到地板上了。餐桌上有几根蜡烛，手工制作，芳香四溢，外形精巧漂亮，但价格贵得让人舍不得点燃。但这是个特殊时刻，她现在就要点燃这些蜡烛。抽屉里还有更多的蜡烛，她摸索着把它们全部掏了出来。她想：这座城市完蛋了。肆虐的大火到现在应该已被扑灭了，但她仍能感觉到并且闻到那可怕的滚滚浓烟。这是火山喷出的烟雾，是末日决战的硝烟。她洗了脸，漱了口，从一个容器里猛灌了自己几口无糖西柚汁。突然她感到饥肠辘辘。她振作地想，真是荒诞，我没那么重要，不可能是唯一的幸存者。她壮着胆子打开大门，拿着手电筒照向黑洞洞的走廊。她用颤抖的声音喊道："有人吗？有人吗？"走廊里的空气异常灼热。她害怕在漆黑一片中被反锁在公寓外面。她大喊："有人吗？有没有人听到我说话？有没有人？"她突然惊慌起来：整栋大楼的人是不是在她睡着的时候已经被疏散、没人来通知她？离街面三十六层楼高。消防楼梯安全吗？她敢离开吗？如果城市完蛋了，那该怎么办？

如果她离开公寓的话，没人会知道上哪儿去找她。她的未婚夫也找不到她。在废墟遍地的街上，在漫天的灰尘中，人们甚至不知道她的名字。

她迅速回到屋里锁上了门。她点燃了几根蜡烛，她把所有蜡烛都点上了！家里所有的窗台上都摆上了蜡烛，像圣诞节一样，带着纯真的味道。她想：这才是现在该做的事，如果未婚夫从街上抬头看，会看到她点燃的蜡烛，那他就会知道她还活着。她表上的时间现在是两点十五分。不是下午，而是凌晨。一天已经过去了，她永远无法找回这一天，但她永远不会忘记在这一天所经历的震惊以及这种震惊带给她的快乐。飘移的烟雾和尘埃将她公寓的窗户与炮台公园区附近公寓楼的窗户分隔开来，透过它们，她看到了蜡烛的光芒，只见烛光摇曳，仿佛遥远的星星。这几支蜡烛，约莫六七支，在黑暗中摇曳，在黑暗中带着勇敢，透着欢庆。

关山,原名李官珊,曾用名李关山。山东省作家协会会员,中国寓言文学研究会会员,国家注册心理咨询师。曾在《思南文学选刊》《青春》《山东文学》《当代小说》《杂文选刊》等期刊上发表过文学作品,多次获省级以上奖项,出版小说九部。

迷雾

关　山

这些光影
存在与消失的
从哪里来的呢
又要到哪里去

烟雾缭绕，关门堵窗，六母盘腿坐在小屋正中间，像是缓慢燃烧的蚊香。

"大师，"门帘后面低低地唤着，"我还是想问问那事。"

"不用再问，缘分尽了。"

停了一会儿，门帘轻动，丢进一小卷票子。

六母瞄了一眼，说："尽是尽了，但也得看有没有续。"

"怎么个续法？"

"断了五毒。"

"那是我的命根。"

"那就是尽了。"说着,六母将小卷从门缝里扔了出去。

"昨天晚上,你听到了吗?我姥姥在村东野坡里又哭了半宿,每下小雨就这么哭,我妈就在屋里哭。"

"生个女儿就是没用,想送点东西,那边也收不到。"

"你那舅舅还在赌,都快六十了,没闻到自己身上发出的烂味吗?"

"还有,前两天那井口又出奇了,几个皮孩子放风筝,愣是拽不住,断了,向那井口飞去,落进去,过了阵,却又飞出来,往村子这边飞,最后挂在大树枝上。"

三个女人在井台边洗衣服,见六母走过来,都站起来,垂着手笑,双手通红肿胀,像是一串小红萝卜。

"翠儿,你过来。"六母对年轻的姑娘说。

"你姥姥那不缺东西,就是进水了。"

"你还听见了什么?"

"你舅妈不想回来。"

"六奶奶,"翠儿叹了口气,"我想问问我的事。"

"跟我来吧。"

雨后的小路湿漉漉的,在晨雾里飘动。

翠儿感觉脚下越走越凉,低头一看,鞋子沾满露水和草汁。自己总也赶不上六母。草在托着她走似的。

"累不累?"六母并不回头,声音却像贴在耳边。

"还行。"

六母微微一笑,加了脚力,这回不但是草,雾气也在驮着她走。

后头气喘声如金属般刺耳。

"这回可是累了?"

"咱要到哪去啊?"

"走到你累的地方。"

"那不走了吧。"翠儿捧着胸口,大口喘气。

六母定住,回头,看着翠儿。这孩子是她接的生,名字也是她取的。当时是个大清早,这孩子的爸爸将木门擂得山响,哀声喊叫。她一边穿衣服一边拎起放在枕头旁边的接生包就往外跑。婴儿已经露了头,产妇昏过去了。她跑掉了一只鞋子。在经过村东的河沟时,她听到几声鸟鸣,一只翠鸟站在细长的芦苇秆上,羽毛华丽,晨光灿烂。她感觉一股清气自脚下涌出,便定了心神,对孩子爸爸说:"翠儿,吉祥。"

"累了,就不走了。"她抚摸着这个孩子的头,像是二十年前一样温柔。

翠儿仰望着她,眼神也像是当年的婴儿一样清澈。她似乎能够听到这位引领自己生命的老人那些未说出来的话。

"他说过要和我结婚。"

"你回头看看。"

翠儿在猛然回头的时候,两行泪就甩了出去,划出两道彩色光线。

雾气已然消散,小路发着晶莹的银光。

"看到了什么?"

"什么也没有。"

"有,小路还有。该有的,一直都有。我们往回走吧。"六母这次走在后面。

翠儿一开始走得磨磨蹭蹭,慢慢地越来越快,走热了,挽起袖子擦汗。

路边出现一个大口井。她脚下迟疑,不觉走到离井口远些的路侧,手臂也不再甩动,心里怦怦作响,仿佛那里面会跳出一些可怖

对垒 Confrontation

的东西。

"你听说过吗？六奶奶，这里有时候会发光。"

六母径直向井口走过去。

翠儿惊叫一声，想去拉住她，又怕用错了力，也不敢再发声，怕惊了她，只是张开手臂，瞪大眼睛。

井边围绕着野草，长得比人都高，一直蔓延覆盖了半个井口，几枝野花红红黄黄，紫黑色的浆果缨缨络络。六母扒开杂草，扶住井沿，凝视着洞开的井口。天旱，水落得深，只在井底有一汪深绿，平静如镜，此时，镜中正现出自己的脑袋来。她叹了口气，嘴里默念一番。小媳妇，大小子，都是自己主持的后事，发现得都太晚，热气消散净尽，人直挺挺地成了一根木头，肿胀发白，像是长出一层毛。除了几个毛头小伙子，谁也不敢近前。大小子的母亲哭昏过去几回，这是她超生的第三胎，前两个都是女孩。那年，也是怪了，接连出了这两宗事，后来，人们都不愿意到这里来用水，只是在浇地的时候使用，在远处另开了一眼井。

"他们能发出光来，倒好了，光能走得远一点，大小子的妈看到这光也不至于疯掉，小媳妇的男人也不至于赌性不改。"

"哦。"

"你舅妈也没走远，我昨天做梦还碰到她了，说了几句，她没说别的，只是说冷，这么多年过去了，就没有一点热乎气往她这里走过。"

"我从没在梦里见过她。"

"那就对了，她死了也不想回你家的祖地，不过，你可以往这井里扔点什么，暖和点的东西。"

"毛毯行不行？"

"不是这个意思，是让她感觉暖和点的东西，如果不想扔，也不要和那些人一样，往这里吐唾沫。"

"在她走到这里之前，已经被唾沫淹死了。"

"帮帮我吧。"翠儿对赵甲说。

"我为什么要帮你?"

"因为我爱你啊。"

"爱不爱的,那是你自己的事。"

"难道你不爱我吗?"

"那也是我自己的事。"

他转过身去,没再回头看她。他知道,她并不需要他帮助什么,只是需要证实他的爱。如果自己一回头,女人就不会站起来,反而会倒地挣扎,做出濒死的样子。而当他消失在她的视野里,她立即就像弹簧般跳起来,声音里带着金属声,呼呼生风。

"没有爱,我不能活!"翠儿哭号着。

你看那披头散发的,真不像个人样,难道女人就是寄生物,男人就是宿主吗?赵甲厌恶地扭过头去走掉了。自己这样做并不是想培养她的独立,我又不是她的父亲,也没有努力压抑着自己的爱欲,我不是圣徒,连良心的不安也没有感觉到。他只是觉得烦,被绳子拴着,像一条狗。前来爱你的女人,就是这样一根绳子,或者说是拿着绳子的主人,绳子就是她所宣称的爱。爱是她行使统治权的借口。到底女人是绳子还是爱是绳子,二者有时难以区分。他也懒得去想,在这件事上,不必动用思考,只需动用本能,看到绳子,就跳得远一点。谁也别想把我拴上,他想。

"六奶奶,您来啦。"赵甲看到六母一双眼睛瞪着自己,从面皮后面挤出笑来。

钱乙年纪正好的时候,生得白净,家境尚可,天天忙于恋爱,频繁更换女友,像被自己的生殖器官绑架。后来,父母相继去世,他的求偶时代终结,也没有成果,连个私生子也没有,甚至,连个没成形就被打掉的胎儿也没有。

院子里种了棵丝瓜,开满黄灿灿的花,多是雄花,不结瓜,钱奶奶说这叫谎花。自打过了八十岁生日，钱奶奶精神反倒增加了，早年间有个半仙给她算命说她能活到八十，所以，多出来的这些时间算是从街上捡来的，像是别人的，或者说，到了八十，她的命就不再依附于时间，呈现出自由的状态来。奶奶说话漏风撒气，没事就瘪着嘴，只要见了他，就骂，一声高似一声，中气十足，显得年富力强。

"他六婶子，得给你不成器的侄儿想想办法啊。"钱奶奶颤颤巍巍地掀开外套，从里面衣服口袋里掏出一个颜色黯淡的布包，打开，里面是塑料袋，再打开，是红布，打开红布，是一小卷票子。

"老婶子啊老婶子，可是见外了。"六母两手扶着她坐到炕沿上，捧过一盘芝麻酥果，将奶奶的布包重新层层包了，掖回她口袋里。

"其实很简单。你只需要挑选你需要的部分，抛弃你不需要的部分，在你需要或不需要的时间和地点。她叫什么名字来着？茉茉，还是莉莉？是一朵白色的什么花的名字。或者是栀子？水仙？"赵甲心里说。六母也听得清清楚楚，她想到钱乙，多年前也说着类似的话。再早一些，还有几个，都成泥灰了，说过的这些话倒是不死，就像雨后从树根下生出的狗尿苔，模样和几十年前没什么两样，连低等龌龊的毒性也差不多。

来洗洗你的身体吧，看到底能洗下多少灰尘和霉斑。它们会灌满小河，沿着小河，流进大河，然后，再流进大海。海水晒制的盐里，都有脏味了。

"今天，我做了你最爱吃的，猜猜，是什么？"

"哦，茉莉，你在说什么？"

"我说，我做了你最爱吃的。"

"哦，栀子，我爱吃什么？"

"你在说什么？"

"我在说什么呢,水仙?"

他在说什么?河边有叫这样名字的姑娘。她知道有一朵茉莉,有一朵栀子,有一朵水仙。她们长得一点也不一样,这个男人从她们身边走过,没用眼睛看她们,用鼻子。他只会用鼻子。也许,他的眼睛只是一对装饰用的玻璃球。后来,她们都不知到哪里去了。

现在这个会笑的姑娘,她的名字不叫茉莉,不叫栀子,也不叫水仙。他这么叫她的时候,她却答应,叫什么答应什么,她应该是没有名字,要么就是有各种各样的名字。她洗的菜里,有好闻的香味,不是普通蔬菜的味道,而是有茉莉味、栀子味、水仙味,这是她在自家小菜园里种的菜,她家的地里似乎会长出各种芳香,地里的泥土都是香的。

"我的名字是一种有灵性的水鸟,不是花。"

这个男人,正在慢慢变成一条鲶鱼,这样的鱼,自己见多了。六母坐在河边的家门口,看得清清楚楚。他天天从这里路过。他的身体已经有了一层青灰色的鱼皮,他的眼睛睁得圆圆的,嘴角越来越往下撇,生出两根透明的长须。有一条鱼上岸,水面就要下降一点。有一个人变成鱼,水面就要上升一些,这些年,人们不断从河里捞鱼,却不见水面下降,看来,一直有人在变成鱼。本地人不吃鲶鱼,嫌脏,它喜食腐物,成群结队地追逐着河里漂浮的垃圾和猪粪。

她能看到几十年后的赵甲钱乙他们,老得残破不堪。五官变形,眼睛混浊,身体内部发出开裂的声响,像是就要倒掉的旧屋,那些粉末不断从毛孔里钻出来,腐烂的气味从口腔里发出,好像内脏已经提前完成了腐烂。像是一个慢慢下沉的烂泥塘。

那些女人,使用各种颜色的阳光,在纸张、墙壁、河滩上,在各种材质的物体上写字,写一些男人的名字,浩如烟海、无穷无尽。

那些爱过的人,也许,只是说说而已,或者,是这样说的时候，恰巧让某个人听到，就算是爱过了。

那些为他们死掉疯掉的女人，最后，脱去层层衣服壳具，拥挤成一团白嫩的蛆虫。

"真不值。"六母拍打着哭泣中翠儿的后背。

"他发过誓。"

"那是随口一说。"

"可是，那是毒誓。"

"这毒倒是给你准备的。"

"不，他是真心。"

"唉。"

没有什么是不可改变的，时间也会死，只不过人们的思维抵达不了它的墓地。

"你不明白啊。"六母将一碗菜洒在井边上，又掰了块馒头向井里扔去，接着又掰了块，最后将整个馒头都扔进去了。黄表纸堆上的火苗伏在地上，青色的烟气淡至透明，纸灰飘摇直上，越过田地，有的飞进村庄里去了。

"她还有什么惦记的？"

"幸好没有孩子。"

"有了孩子，也不至于这样，可怜。"

"那还惦记谁呢？"

几个老婆子窃窃私语着，相对望着，挤挤眼，露出意味深长的表情。

这几张嘴，个个深不见底，隐藏在不同的角落，一齐张开叽喳，就是一口井。

"散了吧，都散了吧，人都抬走了，没什么好看的了。"六母在前面快步走着，昂着头，不让人们见到她眼里的泪。

"我的儿啊,你回来了,你快点跑!"一声尖叫从村庄里发出,向这边疾驰。围拢的人们迅即散了。

"是他们挡住你了,我明明听见你的声了,你就站在他们后面。"叫声从人们身后传来。一个男人迎着众人向这边追来,怀里抱着一只小猫,这只猫黑头白身子,名字和他们的儿子一样。

"不张嘴喝药也别用棍子撬。"六母压低声音,对经过身边的男人说。

男人喉咙里咕咕响了一声,像是咽下了大块的什么东西。

"翠儿,我们也就不嫌弃了。"钱奶奶追着六母,嚷,"你侄子也上四十岁了。"

"她才二十出头,咱这还有赶上她水灵的?有什么让人嫌的?"

"呀呀,他六婶子,一个姑娘家,订了婚,又让人退了。"

六母越走越快,一会儿成了一阵风,卷着沙粒。钱奶奶迷了眼,站在原地气咻咻地骂。

入了秋,雨多起来,层层凉意绵密。六母犯了头疼病,自己扎了几针,六父给她熬了碗草药喝上,关了灯。睡了会儿,感觉越来越冷,起来看关没关窗户。雨已经停了,月亮出来,院子里像是流淌着河水,到处摇荡着树木的影子,中间好像夹杂着一个人影,抱着肩膀,瑟瑟发抖。

"我知道你冷,进来暖和暖和吧。"

"不了,六婶子,我脚上的泥很厚,会踩脏你的地。"

"墙下有草垛,你进去暖和一下吧。"

"不了,六婶子,这树影子里就挺软和,挺好的。"

"明天我去看你。"

翠儿在吃饭。母亲给她盛了一碗白米饭,上面放上一双竹筷,她端起碗来,筷子掉地上了。弓身去捡筷子,碗掉在地上。碗没碎,捡起碗,里面的米饭掉在地上。她把米饭捡起来,继续吃,嘴里时时发出沙粒与牙齿研磨的声音。母亲慌忙跑过来,劈手把半碗花米饭抢过来,倒进泔水桶里。

泔水桶。她注视着倒在里面的米粒,慢慢淹没在花花绿绿的油污之下。说:"他们淹死了,可能挺舒服。"然后,抬起头看看天花板,说:"他们上不了天,这天花板太结实了。"她把手指伸进嘴里,啃食半月形的指甲。"味道不错,鲜肉放了点椒盐。"再把头发嚼了几下,"味道也不错。"有植物的清香,如果努力下咽,会盘踞于肠道里,形成新的纠缠。她试图再品尝一下身体的其他部位。蛇靠吞食自己的一部分,生长出另一部分,只要吞食的速度略低于生长的速度,它就能长生不老,这是一个秘方,没有一条蛇能发现,所以它们全都成了皮包、衣服,或是进入酒坛深度催眠,在人的胃液和胆汁里苏醒,然后,成了尿液。

"翠儿!"母亲高叫一声。

她就像刚醒来似的,迷迷糊糊。

"我妈睡不着觉,老是听见姥姥在哭。"

"她没哭,她什么也不缺,你妈听到的是下雨声。"

"下雨是唰唰的,又细又软,昨天晚上是哗啦哗啦的声音,不是雨点发出的。"

"那就是风吹的树叶、庄稼,落在地上的什么东西,窗户缝,破门板。"

"可还有人哭叫的声响,是个女人。"

"唉,大小子家的声音听了多少年了。"

"不是从他家那里发出的,这些年那个女人可能吃上药了,不大哭叫。"

"老了。"

"我妈这病还能不能好？"

"她没病，多出来晒晒，就好了，太阳能治病。"

"她总是睡不着觉。"

"老人不需要多少觉。"

"我也睡不着。"

"你的事，我记下了，没事，我给你做主。"

"大师，我还想问问那件事，师傅说如果她不回我家祖坟，我的手气就好不了。"

"她回不回来，你得跟她商量去。"

"她不见我，这么多年了，我没梦见她一回。"

"我也没梦见。"

"这回，我把房子也押上了，等翻了点，给大师上礼。"

"去找你师傅吧。"

"这点小事，师傅说他不接。"

"下雨天，你没听到你娘在村东头的野地里哭吗？"

"没，下雨天我喝上烧酒，一觉到大天亮。"

"也不光下雨天，刮风天也能听到，咔嚓咔嚓的，像是折断树枝的动静。"

"这倒是有，咋的？"

"那就别让她哭。"

"你上次说过了，去年过年刚给她上了供，早年，她爱吃剩饭，最爱吃鱼头鱼刺什么的，臭了也吃，这回弄了条大整鱼，过后，我吃了两天才吃完，还卡了嗓子，用酒都冲不下去，倒把自己冲醉了。还有，活着的时候没给她买的点心，也买了。今年清明，坟也修了，不漏水，还种了树。"

"不行，不行。"

"还要怎样？"

"断了五毒。"

"唉，我这个年纪，也就剩下这点乐子了，没了这个，活着什么意思。"

"现在有意思？"

"有。"

"知道了。"

大小子的两个姐姐都出嫁了，各自生了两个女儿。

"我们家里就是没有儿子的命，"大小子的父亲这样对六母说，"她就是不明白。"

"那件事，我想起来的时候，已经晚了，"六母神色黯然，"当天晚上，那孩子就寻了处地方走了，告诉他妈妈，也不会迷进去出不来。"

"打听到去哪里了没有？"

"这几年我都问遍了，那天晚上，方圆几十里也没有孩子降生，他定是寻了处好地方，放心吧。"

"那只黑头猫，昨个死了。"

黑头猫是翠儿家的母猫生的小猫，就在大小子出事那天晚上降生。

"十几年了，这猫算是享了天命。"

人们散去，六母从小屋里走出来，伸了伸僵直的腿。她住的小屋紧邻河边，早晚易生雾气。水汽混合着河东山林的草木清气，湿润，干净，有股幽幽草香。她走出院门，深吸一口，却皱起眉头。不知谁家又往河里倒秽物了。水里的鱼腥气里也多了几分臭。又有一群鲶鱼趁黑来抢食，搅动起河底的污泥。水都浑了。这地方住不得了，得搬到南屏山去。

入冬的田野空旷，野草隐于地下，风没有遮挡，硬了起来。六母裹紧了围巾，坐在大井边，燃起香烛，一张张地烧着黄表纸。烧完了，打开手里的布包，一包冰糖，还有几颗棒棒糖。将糖果扔进井里，听到它们落在冰面上清脆爽利的声响。

"水甜一点，就暖和了。"

她用手撑着地，缓慢地站起来，骨节发出嘎巴嘎巴的声响。

"没几年了，管他呢，有我一年，就有你们的，明年春上，扎个风筝。"

六婶子，六奶奶，大师，有声音在远处呼喊，或是在梦中呢喃着。你不知道的那些事情，有人知道，某年某月的光，将这些事情带到不知谁那里去。她在心里听得分明，连忙赶回小屋，顾不上喝口水，盘腿在蒲团上坐端正。河边小路上脚步声踢踏。一只五彩翠鸟贴着水面飞过去了。

李海英,女,河南尉氏人,文学博士,中国现当代文学专业,云南大学文学院副教授。攻读博士期间,尝试文学批评工作,多在《诗刊》《诗探索》《新诗研究》《扬子江评论》《扬子江诗刊》《星星诗刊》《光明日报》《江汉学术》《南方文坛》《上海文化》等报刊上发表作品,偶有文章被《新华文摘》转载。

哀悼的可能与不可能：我们生活的故事

李海英

一

"9·11"事件发生后，美国作家迅速做出反应，创作了大量以此为背景或主题的作品，但是杰出的作品并不多。乔伊斯·卡罗尔·欧茨，由于擅长讲述暴力故事曾被贴上"暴力作家"的标签，"9·11"事件自然也是她关注的题材，本次推荐的《变异人》写于2004年，不是她最具代表性的作品，不过这个小故事仍能显现出她的一部分风格和匠心。

欧茨没有虚构某种美国式崇高或个人英雄主义，或执着于灾难和成长的关系一味地"打温情牌"，也没有将悲伤转化为彻底的政治资源以谴责恐怖袭击对普通人生活的摧毁，而是为主人公设定了一种独特的特点："无名"。一位典型的美国中西部金发女郎，招人疼爱，每天在城市里遇到无数爱慕的眼神，生活和事业中都有着好运气，未婚夫是纽约一家著名出版社的编辑，收入可观，他们计划在浪漫的新年夜结婚，然而这样一位仿佛天使在人间的美丽女子却是没有名字的,她的未婚夫也是"无名"的,文中说如果时间再充足一些她会想起他的名字,然后直到最后一刻,未婚夫依然是以"未婚夫"的身份在她的意识中不断闪现。"无名",某种程度上意味着普遍,可以隐喻我们身边的每一个"过得好"的常人,"过得好"而被无辜摧毁。

  这个小故事能够讲得成功,首先得力于对应激反应的处理。采用全知视角的叙述,有利于充分描述"紧急时刻"人物的种种行动:在摔倒的同一时间就能不假思索地做出反应,迅速冲进大楼,弯着腰前跑,冲进电梯,回到自家公寓,锁上门,并上了两道保险,确认自己是"安全的",竖着耳朵听街道上的警笛声以判断事态。逃离危险现场是身体做出的本能反应,这一部分写得干脆利落,是我们熟悉的叙述手法。应激反应包括生理反应和心理反应,作家描叙行动的同时必须兼顾人物的心理状态,欧茨在描写人物心理活动时特意变换了字体(中文译本是换字体加黑,英文原著是斜体)。她心想:一定发生了惊世骇俗的大事,冷静地想:如果我能跑到这儿,如果电梯还能用,我就没事,她笑着想:如果这是人生中最后一次泡澡,我应该好好享受,她振作地想,真是荒诞,我没那么重要,不可能是唯一的幸存者,等等。此类用法在文中反复出现。重复和微妙的暗示不断加强人物的个性特点,让读者看见她,听见她,体会她经历的一切,逐渐感受到她是有血有肉的,从而理解角色的动机、心理或感情。人物的行动和心理活动有特点,角色就会不落窠臼,她虽是"无名"但也是独一无二的。另外,不应该忽视的是作者的意图。小说的题目叫"变异人",变异仅仅是发生在人的生理基因方面吗?有论者认为,这里的"变异"不在于外形上的异化,而在于内心的转变,面对灾难能选择淡定和坚强,享受泡澡的芬芳,就如她点亮的那些昂贵美丽的蜡烛,"在黑暗中摇曳,在黑暗中带着勇敢,透着欢庆"。① 这不失为一种安慰性的理

---

① 曾桂娥:《无处不在的獒》,《世界文学》2017年第5期。

解方式，毕竟讲述暴力故事从来都不是为了故事本身，也不只是见证与哀悼，还要提供修复、医治或记忆。

此外，必须思考关于"丧失"的问题，暴力或灾难最直接的后果是人类生命遭受重大损失，可是人在遭受灾难之时能够清楚地知道自己失去的究竟是何物吗？面对危险，她的第一反应是跑回自己的住所而不是跟随人群，自己的住所显得如此重要，随后的举动是立刻与外界取得联系，能想到的电话一个也打不通，紧急中不断想到自己的未婚夫，可是未婚夫的名字想不起来了。由此，我想到的是，我们的生命安全究竟依赖于什么？一方面，如小说所讲述的，生命如此脆弱易失，晴朗美丽的秋日开开心心去上班，却可能毫无征兆地死于他人的冲动之举，这也是美国学者朱迪斯·巴勒特在反思"9·11"事件时指出了一个至关重要的现实："我们的生命依赖他人，我们依赖那些从未认识且永远不会认识的陌生人。这种完全依赖陌生人的根本处境完全不会因我的意志而改变。"另一方面，如文中最后所言：如果她离开公寓的话，没人会知道上哪儿去找她。她的未婚夫也找不到她。在废墟遍地的街上，在漫天的灰尘中，人们甚至不知道她的名字。如果死了，也是死在媒体的报道中。这位美丽女子，在正常的社会生活和工作中被人喜欢，在家庭中和社会中深受宠爱，为何一旦陷入危险境地却无所可依？这一现实又意味着什么？"未婚夫"就像构成她自身的一个纽带，一旦失去联系，就会变得无所适从，一旦失去"他"也意味着失去了"她自己"，这是一种难以言喻的关联，"同他人之间的纽带联系构成了我们"，危险中的不安、恐惧或悲伤能够让人意识到自己与他人之间的纽带关系，"有助于我们理解人与人之间最根本的相互依存状态与伦理责任"。[①] 这两种现实都是真实的，让人头疼。这应是讲述暴力故事更深刻的意义所在。

[①] （美）朱迪斯·巴勒特：《脆弱不安的生命——哀悼与暴力的力量》，何磊、赵英男译，河南大学出版社2013年版。

二

关山的这篇小说《迷雾》展现的是另外一种死亡,普通人的"暗暗的死",以一种决绝的方式——"跳井",方式虽然激烈,结局仍是暗淡,所以我认为这仍然是鲁迅先生所痛心的"暗暗的死"。在这简短的文字中,至少设计了两条线索:一是"六母"这一乡村智者的"观识",迷雾般的欲望、命运、生死;二是那口井,原本的生命之水,成为容纳非正常死亡的存在。此外,作者还巧妙地用"水"流转着叙事,雨水、泪水、井水、河水,一切水皆是内心欲望的象征,一切水皆是不可能完成的哀悼,它们或流淌或浸漫或淹没着生活,普通人的生与死有谁会在乎?小说很短,却切开了极为严酷的社会现实,比如,农村的自杀问题与精神疾病问题。

农村的自杀问题究竟是一个什么问题?社会学家吴飞在华北某县的自杀问题的田野调查中发现,中国农村的年轻妇女或老人们的自杀经常是因为遭受了来自家庭的委屈,"自杀成了他们追求正义的方式"。"小媳妇"选择跳井自杀,是因为遭受到日常生活最切身的"不公",嫁给了一个赌徒丈夫,不得不日日面对负债丈夫的暴怒殴打,邻里乡亲的嘲笑鄙夷,甚或追债者的恐吓威胁。面对如此不公,既得不到外在的机构为她提供法律援助,也得不到家庭秩序中的族长或长辈的撑腰,既然最普通的正常生活都永无获得之可能(赌徒丈夫在她死后多年仍然热爱着赌博事业),索性决绝战斗,她跳井——以自杀的方式完成对丈夫的诅咒,让他逢赌必输。她愿意为此付出生命代价以及死后的代价,非正常死亡在乡村社会一直都是禁忌,死云的未出嫁的女子、光棍汉、横死者、自杀者,一般都不允许埋进祖坟。而这,正是"大小子"母亲切切在念的。小说中的"大小子"也是死于那口井,一个在特殊年代超生出来的男孩,独占了父母全部的爱,也是家庭的全部希望,他顽皮任性,失足落水，给母亲带来了灭顶之灾，她疯了，如祥林嫂一般游荡在田野的迷雾中，只是，她不止控诉，她还祈愿，祈愿儿子能够走出"迷雾"、能够转世。从这个方面来看，她遭受的至少是双重丧失：失去儿子，儿子失去来生。

现如今，精神疾病在乡村仍是一个经常被忽视甚至被有意遮掩的事情，在农村，一个人从出生、成长，到成家、立业、生育子女，再到年老、寿终，这个过程看似简单，但是要想平安走完却也是不容易的。对于很多农村人来说，"生命"通常是作为家庭的一部分存在的，而命运总有很大的随机性，你嫁了什么样的人，娶了什么样的妻，生了什么样的子女，遇到了什么样的公婆，都会影响到自己的生活。即便是普通的生活，通常也是难以保证的，正如吴飞博士所言："在以核心家庭为主的现代中国，任何一个家庭成员的存在对整个家庭都有重要意义，每个成员的喜怒哀乐都会影响到整个家庭的气氛，而整个家庭的兴衰荣辱也会影响到其中每个成员的生活。"

"小媳妇"的命运如此，"大小子"母亲如此，"小翠"也会如此。小翠只有20岁，尚未走进婚姻，她的原生家庭很糟糕，姥姥在坟地里哭，母亲在屋里哭，但真正击垮她的是"情痛"，她爱上了一个"鲶鱼"式的男人。在爱欲这场游戏中，女人想要的是一个结果，哪怕是一颗坏果子，男人想要的则是过程，游戏是无限重复还是随意终止由他做主，敷衍，他都懒得敷衍。终有一天，"小翠们"会走上相似的道路：疯癫——如"大小子"的母亲，跳井——如"小媳妇"那般，完成对情人赵甲的"诅咒"——赵甲有一天会成为钱乙，残破不堪。然而，这不过是作者无可奈何的一声咒语而已。除了"六母"，谁会在乎她们与他们的命运？

现实的深切之外，《迷雾》这篇小说，寓意足够锐利，语言也足够灵妙。

参考文献：

【1】曹桂娥：《无处不在的嫠》，《世界文学》2017年第5期。

【2】（美）朱迪斯·巴勒特：《脆弱不安的生命——哀悼与暴力的力量》，何磊、赵英男译，河南大学出版社2013年版。

【3】吴飞：《浮生取义：对华北某县自杀现象的文化解读》，中国人民大学出版社2009年版。

小说 Novel ///

小说 Novel

何凯旋,出版长篇小说三部,中短篇小说集三部。演出、出版话剧五部。获东北文学奖、黑龙江省文艺奖,《大家》先锋新浪潮年度大奖、大益文学双年奖最佳小说奖、中国戏剧文学奖、田汉戏剧文学奖、老舍青年戏剧文学奖。大益文学院签约作家。黑龙江文学院院长。

康拜因

何凯旋

"什么破玩意!"姐姐瞅一眼那天黎明时分突然闯进麦地里的庞然大物,撇一撇嘴,不再往那边瞅,低下头撸下来一个麦穗儿,放在两个手掌中间,一边搓着麦穗儿,一边张开手掌,吹出去搓下来的麦壳儿。

"开开开……"爹站在齐腰深的麦子里面,胳膊举在麦穗儿上面。麦穗儿沉甸甸的,垂下头去,垂到爹的腰下面。"开开开……"爹往怀里挥动着两只手。那个庞然大物轰轰隆隆地往爹跟前挪动着,我们听不见爹的喊声,光能听见机器的轰鸣声,光能看见爹的嘴唇上下颤动、爹往脸前挥动的手臂。"停!"爹的手臂落下来,手垂到麦子里面。庞然大物前面的收割架落下去,落到距离地面10厘米的高度,悬在那里不再落下去。爹跑出麦地,跑过一段空地,跑进屋里,再跑出来,手里举着一盒红河牌香烟,红白相间的烟盒在他的脸前晃动着,沿着通向上边的铁梯子爬上去,停在一幢房子一样高的操作台上面,恭恭敬敬地点着头。连接着整个庞大物体前后两端的操作台,顺着它可以走到后面去,后面有一个伸向外面的卷扬筒，还有长长短短的铁东西，被一个接着一个的齿轮连接在一起。驾驶员坐在前面的驾驶室里，不像是黎明时分从千里之外昼夜兼程开过来的，没有丝毫疲劳不堪的样子：戴着洁白的薄布手套，扶着黑色的方向盘，蓝白相间的旅游鞋蹬在红色的操纵杆上面，身子懒洋洋地依靠在天蓝色的皮革靠背上面，侧脸看着爹不停地敲着驾驶室的有机玻璃门，一副悠闲自得的神态。"哎哎哎……"爹边敲玻璃边哎哎着，朝他点着头，朝他晃动着手里的香烟，脸上的笑容谦恭又小心，害怕惹得他不高兴。足足敲到两分半钟时间，驾驶员才慢腾腾打开驾驶室的玻璃门，探出来一张异常年轻的刀条脸儿，脸上生满红色的粉刺疙瘩，粉头上有的还冒着血点子。爹递上去红河牌烟卷，等着他打开封口，等着他捋着封口闻一遍，抽出来两支，叼上去一支，夹到耳朵后面一支，冲着爹谦恭的笑脸上吐出一口烟，爹没有提防，被呛得不住地咳嗽着。帮助他关上门，转身捂着嘴跑下来。庞大的机器再一次轰响着，闯进稠密的麦地里。又稠又密的麦子纷纷向后倒下去，正好倒在收割架上面，倒出来比庞大的物体还要宽，跟收割架一样宽敞的道路。庞大的机器就这样从我们眼前开过去，上面好多的三角皮带带动着无数的皮带轮转动着从我们眼前开过去，带动着整个绿色的机器都在上下颤动着，向着后面高高扬起的卷扬筒用着劲儿开过去，麦粒儿等了一会儿的工夫，才顺着卷扬筒流出来，落进后面乳白色的铁皮拖斗里面，麦秸一团一团地落到拖斗后面的木格档里面。整个过程令人眼花缭乱、目不暇接。

"你们别傻站着！"爹不再谦恭不再小心翼翼，不再让我们傻呆呆地站着看这个开过去的庞然大物，让我们像他一样大踏步地跑过来跑过去，最终是跑到麦地里干活去。房子前面成熟的麦地一丝绿意都没有，它们不知道跑到哪去了，在什么地方化作一片焦黄的颜色，又干又脆的黄颜色，像马上要着火一样焦黄。没有风吹动房子后面那一排阔叶杨树，宽阔的树叶还是绿的，又深又黑的绿意也不颤动,沉甸甸的,好像有好几斤的重量坠落下来。房顶的瓦脊上落一排麻雀,伸头伸脑往前面张望着,前面麦地深处像波浪一样起伏变幻,如同一块巨大的旧苫布,退了色的苫布起伏着黄颜色。"你!"爹首先严厉地用手指着我,"你去把车上的席子围好!"爹从我面前跑过去。我们家借来了三杨家的平板车,没有费一点儿劲儿,没有像爹想象的那样费尽口舌、那样讨价还价,三杨就主动借给我们车,主动问用不用他们家的拖拉机,我们说不用他们家的拖拉机,也不用我们家的拖拉机,不用消耗几百块钱买来的柴油,柴油价钱越来越贵,已经不是春天耕地时候的价钱,一公斤已经上升了好几块钱,一天要消耗十几公斤柴油,一天要消耗上百块钱,不如套上我们家刚刚买来的一匹马,那匹光吃草就能干活的枣红马,高大漂亮,是我们家从百里外种马场上买来的淘汰马。马车早已停在我身边,套上马就叫马车,套上拖拉机就叫机车的平板车厢。枣红马龇着牙,咬着我的衣服角嚼过来嚼过去,一点也不陌生。"你去收拾收拾场院!"爹跑到妈妈跟前,给她分配着任务。"一共48粒!"姐姐已经吹干净手掌里的麦壳儿,已经数出来剩下来的麦粒儿。"你别数那玩意儿。"爹隔着妈妈指着姐姐说道。"那我干什么?"姐姐纳闷地看着爹。"你跟着你妈上场院去!"爹朝她一挥手说道。"妈!"姐姐喊着妈妈跑到她跟前。我离他们十米远,在车板上围上草席,围上一圈儿又围一圈儿,一圈儿比一圈儿围得小,一共围上去十二圈儿,像给车板戴上一顶上面尖下面宽的帽子。"像不像一顶帽子?"我这么问姐姐。"风一刮肯定倒下来!"姐姐告诉我。"你们还磨蹭什么!"爹马上回过头说道。"我没有磨蹭。"我告诉他。"妈!"姐姐四下里寻找着妈妈,一转眼的工夫妈妈已经不在她的跟前。"我在这儿,"妈妈一转眼从屋里面出来,"这么晒呀!"她看一看高悬在头顶上的太阳,头顶上戴着一顶草帽,宽大的帽檐遮住她的脸,阴影一直落到肩膀上面,随着迈开来的步伐,一会儿挪到后背上面,一会儿挪到前胸上面。"走走走。"妈妈扛上一把竹扫帚,拽着姐姐的手,让她跟着她走。"我还没有戴草帽儿!"姐姐甩开妈妈的手。"你戴什么草帽!"妈妈没有停下来。"你戴我也戴!"姐姐跑回屋里,也戴上一顶大草帽出来,追赶着妈妈,向房后面跑去。

"这怎么能行?"爹追上来,指着车厢板上围上去的草席问我。"这不行吗?"我叫住了马。车停在新收割过的麦茬地里,麦茬尖利,直扎脚腕子。爹没有说话,举起锤子扶着钉子,叮叮当当,把席子钉到车帮上面,钉了满满一圈钉子。"这样才行,"钉完了才告诉我,"快去吧!"才拍一下马的后背,让我继续赶着它往麦地里走。

马车走在刚刚收割过的麦地上,走在和康麦因一样宽大的道路上,道路两边密密实实的麦子,垂着饱满的麦穗儿。马一边往里走,一边伸出去脖子,呲出来黄色的大板牙,往麦穗儿跟前凑过去,想吃到附近的麦子。我把它赶到中间,刚刚走出去两步,它又往另一边的麦穗儿跟前凑过去脑袋。我从坐着的车辕上下来,牵着缠在它的脑袋上面的缰绳,不让它往两边凑过去。它不能往两边运动,眼睛仍然向没有割过的麦地里张望,伴随着咴咴的嘶鸣声,扭着宽大屁股大踏步往前走,撞得车辕咣咣当当地响,撞得整个围起来的席子摇摇晃晃,好像它已经忘记怎样拉车,好像它根本就不会拉车、不会不晃动屁股,夹住尾巴,才能够不撞到两边车辕,钉上去的席子才能够不摇晃。

"呜呜呜——"驾驶员拉响了汽笛。汽笛声是脱粒出来的麦粒儿装满白色拖斗发出来的信号儿。"呜呜呜——"汽笛声在空旷的麦地里扩散得分外刺耳,像尖利的哨子没完没了、不停地催促着。

"驾驾驾——"我又坐上去,又开始用力地抽着马背,让马加快步伐。它昂首挺胸,四肢抬得更高,更加有力晃动着宽大的屁股,更加有力地撞动马车左右摇晃,车上的席子摇晃得更加厉害起来。"呜呜呜——"汽笛依然没完没了地叫唤。"呜呜呜——""听见了!"我对着马、对着摇晃不止的巨大的旧苫布喊道。他恐怕我们听不见,恐怕我们不加快步伐,像催命鬼一样呜呜呜、呜呜呜……"驾驾驾——"马的脑袋在前面上下颤动着,脖子也跟着上下颤动着,喷出来一股一股的气息,带出来它呼哧呼哧的喘息声,车轮在又细又密的垄沟里嘚嘚地跳动不止。我也跟着跳动不止,快要从车板上颠下来。

"我看见你趔里歪斜的!"马车终于停在庞然大物下面,被抽疼的马背不停地抽搐着,不停地发出哝哝的呻吟声,不停地呼哧呼哧喘气。他站在驾驶室玻璃门外面,高高在上地看着我。"你看见了还没完没了地拉个没完!"我指的是他拉响的汽笛声。"嘿嘿嘿……"他笑起来,脸上的神态怡然自得,幸灾乐祸。席筒对准白色拖斗下面的四方漏斗。"准备好啊!"他弯腰回到驾驶室里面,弯腰按下去一个按钮儿,麦粒儿紧跟着哗哗地流下来。

"你信不信?"他又出现在上面的有机玻璃门口外面,又高高在上地看着我问我。

"我信你什么?"我仰起头看着他。

"下一场雨,你们家的麦子全都完蛋,全都烂到地里。"他说。

"那你一分钱也得不到。"我说。

"敢少给我一分钱!"他扭头钻进驾驶室,关掉机器。

"还没有满。"我指的是席筒里面的麦子。

"敢少给我一分钱!"他说,嘴上叼上烟,吐出来烟圈儿。

"又不是我给你钱。"我终于软下来。

"这还差不多。"他又按下去按钮儿,麦粒儿又哗哗地流下来。"拿着。"他扔下来一支爹给他的烟,我没有接住,烟掉到麦茬中间又细又密的垄沟里。垄沟里生长着一层趴地草,见不到阳光、柔弱的骨节草,又细又瘦,一副苍白无力、弱不禁风的样子,就像他弱不禁风的身坯子，这样柔弱的身坯子开着这么个庞然大物，耀武扬威，高高在上，好像这就是他，他就是这么高大。他不知道谁都能叫它停下来谁都能叫它不流麦粒儿，并不是光他能够那么做。

"这又不是你。"我说。我是指着庞然大物说的。

"什么？"他没有弄明白。

"我也能叫它走就走叫它停就停。"我说。

"它不听你的。"他说。

"主要它不是我们家的。"我说。

"所以是我管着你们家的麦子。"他又趾高气扬起来。

"停下！"我说。席筒已经装满，满得鼓鼓囊囊，冒出麦子的尖头来。"快去呀！"我喊道。他又一次钻进驾驶室，又一次关掉开关，这一次再也没有露出头。这个庞然大物又向麦地深处驶去，好像它就是他一样，就是那么高大一样，就是那么威风凛凛地开过去。一个四四方方的麦秸垛，从它的尾部的木格档里吐出来，矗立在麦茬地里，像雷雨过后猛然间诞生出来的巨大的蘑菇。我惊奇地等着第二个麦秸垛吐出来，并矗立在那里。没有等到吐出来第三个，听见爹在喊我，这一眨眼的工夫，看见它矗立在那里，不是麦秸垛矗立在那里，是它矗立在那里呜呜呜地又一次叫唤开来。

"你怎么这么慢！"爹背着手一直等在麦地边上，望着呜呜呜作响停在地里的庞然大物，等着我掉过头颠来颠去地回来。"一共用了20分钟。"他敲着手腕上的表壳儿，让我看他戴在上面的手表。他一直在看表壳儿，在一分钟一分钟地数着过去的时间。"马老要吃两边的麦子。"我把实情告诉他。马车载上重量，压得胶皮轱辘陷进松软的麦地里面，两条辙迹清晰地印在尖利的麦茬上面。"带上这个。"爹好像早就知道这是怎么回事，从背后拿出来一个铁笼头，是用8号钢筋做成的，像个口罩一样的铁笼头。我接过来给马戴上，马好像不认识这个跟它息息相关的东西，躲闪着不让我给它戴上去。"给我!"爹接过铁笼头同时接过去鞭子,用鞭杆的粗头往马嘴唇上,一下二下三下……用劲地砸下去。"咴咴咴——"砸得马惊叫着跳起来,抽动着黑色的嘴唇儿,露出来老大的黄板牙,牙床缝里渗出来血,血把黄板牙染红,铁笼头这才罩到嘴唇上。"叫你再吃!"爹对它说着,把笼头用皮绳在马的头顶上牢牢地缠好几道,两个绳头在耳朵后面系成一个死疙瘩。"咣咣咣——"它并没有屈服,低下头往马蹄上磕着嘴上的东西,还老是晃摇屁股!这让我想起来它撞得马车摇摇晃晃的情景。"叫你再晃摇屁股!"爹狠狠地朝它的屁股踹了一脚,马四肢跳了起来,车上的木榫吱嘎直响。"呜呜呜……"地里还在呜呜呜地叫唤。"咴咴咴……"马还在咴咴咴地叫唤。

"拉呀!"妈妈看见马车驶过粮囤后面的石头桥,苫布还遮盖着大半个晒场。"我拉不动!"姐姐松开手,脑门上急得渗出来细密的汗珠。"真够呛!"妈妈从苫布上跑过去,跑到苫布的另一头,开始卷苫布,卷了这边,她跑过苫布,再卷另一边。苫布很大,卷起来的地方露出湿漉漉的水泥地面。"你也不过来。"妈妈抬头说一声,姐姐这才跑过来,和妈妈一起卷苫布。她们还没有卷完,马车已经走过两座粮囤,经过一段土场院。土场上长出来一层绿色的麦苗,踩上去又柔软又舒坦。马低下头,又想吃麦苗儿,笼头罩住嘴巴,没有办法吃到,它还是不愿意往前走,还是拼命要吃到,我牵住笼头,不让它低下头,它非要低下头。她们在水泥场院上,弯着腰,推着越来越大的一卷苫布。马车在水泥晒场周围的石牙上跳动一下,上到晒场上面。苫布卷到苫百棚里面,像一根巨大的木头那么粗。"吁!"我大声地喊住了马。想让她们听见我的声音。"这么湿也没有办法晒麦子!"我看到卷起苫布的晒场上,顺着潮湿的印迹冒着蒸发出来的水汽。她们直起腰看见我。"噢——你来了就想要现成的!"妈妈隔着水泥晒场擦着脸上的汗水。"就是，来了就想要现成的！"姐姐也擦着汗水。"不是我想要现成的，"我走过湿漉漉的晒场，"是那个哗啦哗啦响的庞然大物。"我想起它不断地开进麦地里的速度，不断流出来的麦粒儿，不断地吐出来蘑菇一样的麦秸垛，不断地呜呜呜叫唤庞大的家伙，已经听不见它发出来呜呜叫唤的声音。"是根本就不会拉车的马！"我说出来依然拽着的枣红马。它又在咣咣地磕着笼头。"要不要工具？"姐姐已经不理我，已经站在苫布棚下面，仰着脸朝二棚上面看，二棚上面搭着几块板子，板子上挂满了木锨、扫帚、推麦子的推板。"要不要啊？"姐姐喊起来。"你帮她拿下来。"妈妈说。我松开马，来到了她跟前，里面的风从四面吹进来，围着我们的衣服四处转悠，衣服一会儿跑到前面一会儿又跑到后面。姐姐往上面跳着，跳上去落下来，却怎么也够不着那些工具，露出来了半截肚子。"讨厌！"姐姐拽下来衣服，脸红了一下。"妈！他光看着也不帮我拿。"姐姐转过身告诉妈妈她对我的埋怨。"你比她高。"妈妈说到我。我比她高，可我伸手也没有够着。"跳呀！你不跳，能够着吗？"姐姐继续埋怨着我。我跳了起来，拽住了一把木锨把儿，把它拽下来。哗啦啦——木锨带下来一堆东西：扫帚撮子麻袋……它们哗啦啦落了一地。

我们坐在卷起来的苫布上面，等着水泥场院上面的潮气蒸发干净。谁也不说话，都各自看着各自的方向：妈妈脸朝着北面，看见烘炉山上面储存油料的储油罐，储油罐发出来耀眼的亮光，亮光也没有叫她眯上眼睛，眼睛里布满了若有所失的神情，不是看到东西叫她若有所失，是看不到的那些东西，那是一些在她心里存在的东西，只有她自己能够看得到，我们谁也看不到。姐姐背对着妈妈，目光穿过身后的苫布棚，看见遥远的完达山脉，散发着蓝色光芒的崇山峻岭，它们引发她无穷无尽的想象力，她的脸上布满了向往又困惑的神采，奕奕的神采使她笑眯眯的，且富有幻想。我没有像她那样，笑眯眯而富有幻想，我能够看见的东西都在眼前：粮囤、瓦房、农具场停放播种机的围墙。这些东西上面写着白灰字：保持共产党员的先进性。把无产阶级革命进行到底。计划生育丈夫有责。加快建设社会主义新农村步伐。农业学大寨，工业学大庆。坚决拥护"三农"政策。一头猪进场院罚50块钱。一头牛进场院罚100块钱。等等。白灰字有的看不清楚，灰灰突突，有的是刚刚刷上去的，白得刺眼，但都能够顺着念下来。还有那一匹马，它已经安静下来，嘴伸到水泥晒场上，想去吃落到地上的麦子，这些越来越少的大牲口，它的周围还有鸡还有鸭，成群结队飞起来落下去，还有风驰电掣的摩托车、色彩斑斓的港田出租车，这些越来越多的交通工具，突突突地跑来跑去的油耗子，把一个人放下来，又风驰电掣地跑回去了，还有高高卷起来的席筒，还有那个黎明时分轰轰隆隆赶来的庞然大物，在我还没有想到它的时候，它又一次呜呜呜地叫唤起来，穿过麦地穿过房子穿过树林穿过整个村子，好像出现在我的眼前一样，是麦粒儿装满白色拖斗的信号儿！那匹马还是没有吃到麦子，还是要用力往水泥场院上磕着嘴上的铁笼头，还是磕出来咣咣咣的响声，还是想把它磕掉，还是想吃到地里的麦子，还是想过它自由自在在种马场的日子。呜呜呜。咣咣咣。呜呜呜。咣咣咣。

爹在呜呜呜、咣咣咣的声音里突然出现，他终于行动起来了，终于开动起他那辆想省下来百十块钱油钱的四轮拖拉机，从一排玉米楼旁边的杨树林里窜了出来，突突突地冒着浓烟进入我们的视线：一只手握着方向盘，一只手高高举起来，朝我们指点着，头发吹得光秃秃，好像没有头发一样，衣服吹得向后面鼓起来一个大包，不是坐在车座上而是站在脚踏板上。"妈！"我指着爹。我站起来。她们也跟着我站起来。

爹跳下车跑进场院瞪着我们。满车厢冒了尖的麦子，顺着铁皮车厢缝隙哩哩啦啦流了一道儿。

"你用不着瞪我们。"妈妈说。

"多长时间啦！"爹说。他像对我说话时一样，又把表壳儿敲得当当响，让妈妈看他手腕上的时间。

"哪能怨我们！"妈妈说，"这么大的苫布，"妈妈指着卷起来成卷的粗大的苫布，"还有这地方这么潮湿！"她又指着潮湿的场院。

"我们拽也拽不动。"姐姐说。

"是！"我说，"我看见她们拽也拽不动。"

"卸车！"爹说，"卸你的车去！"他打开一侧车厢板的插销。

"地还没有干。"我说。

"卸！"爹说。又打开另一侧车厢板的插销。麦子流到场院里。

"我们干什么？"妈妈说。

"干什么都不知道！"爹说。

"等着你说呀！"妈妈说。

"爹！"姐姐说。

我已经离开他们，来到马车跟前，把席子一圈一圈地打开。金黄色的麦子随着打开的席子，顺着车帮自动流到晒场上。

他们还在那里说话。

"爹！"姐姐光是叫着爹，也说不出叫爹要干什么。

"这么点儿活儿，"爹说，"啊——你们都干不完！啊！"爹一口一个啊字。

"谁闲着啦？"妈妈说。

"爹！爹！"姐姐还是叫唤爹。

"行啦！"爹说。

"不行怎么啦！"妈妈说。

"爹！爹！爹！"姐姐叫唤个没完。

"你说不行怎么啦！"妈妈说。

我卸完车，回头看见妈妈还站在空荡荡的场院上，浑身上下还在哆哆嗦嗦着，要说又说不出来话的样子。爹不再理她们。"走！"他挥动着手臂，坐到车座上面。"妈！"我说着，频频回头看着她们，又看看爹。"你别看她们！"爹不让我看她们。我牵着马走起来。"还不快走，"爹侧过脸冲着我睁大眼睛，"听见没有？"爹手指着呜呜呜的声音，指着发出来声音的麦地的方向，突突突地启动了马达。"驾！"我赶着马，看见姐姐离开妈妈，朝我们走过来。场院上只剩下妈妈和两堆刚刚卸下来的黄澄澄的麦子，妈妈站在麦堆前面，好像还要跟谁说话又说不出来的样子。"不用回头看她们！"爹严厉起来，不让我回头看。我这才回过头不看她们。"她们就像马一样，"爹把她们比作马，"你越搭理它，它越跟你尥蹶子。"爹看着我。"我妈不一样。"我说。"嘿嘿嘿……"爹冷笑着，脸上的褶子挤在一起，就好像他什么都明白，只是不愿意告诉我一样。我们回到麦地，马竟然没有落后，竟然撞动着车辕，停在手扶拖拉机后面。"干吗叫我来呀？"姐姐紧跟着追上来，她一直跟在我们后面，一路小跑跟上来。"干吗不叫我妈来？"她大口喘着气看看我，又看看爹，眼睛里闪动着不解而且愤懑的神色。"干吗叫她来？"我看着爹，替她问道。"嗯！"爹嗯了一声，"你看看。"爹让我看着麦地，却没有说干吗叫她来。麦地里出现一垛接着一垛的麦秸垛，矗立在崭新的麦茬地里，像一大片打过雷诞生出来的大片白色的蘑菇。"呜呜呜……"汽笛又在没完没了地拉响。"他又没完没了！"我想起那个满脸粉刺疙瘩的家伙。"他妈的。"爹突然跳下车座，奔到马车跟前，用劲拍打着马嘴上的铁笼头，好像是在拍打着呜呜作响的庞然大物，好像在拍打那个满脸粉刺疙瘩的家伙。"赶快走！"把我拽下来，然后他坐到车辕上，对着我大喊大叫着。我坐到拖拉机上。马车晃晃悠悠走进麦地。我驾驶着拖拉机超了过去。"快快快……"爹在后面继续大喊大叫着，朝着姐姐挥一挥手，让姐姐跟上去坐到他的马车上面。"你干你的事去。"又不让我回头看他们。我看见马大踏步晃动着宽大的屁股，撞得车吱吱嘎嘎直响，看见爹坐在吱嘎乱响的车辕上面上下颠动得不知所措的样子，看见草席摇摇晃晃着像一棵摇晃的树，看见姐姐不知道自己该干什么去只能大张着嘴，被颠得说不出整句的话，只是发出来爹爹爹的疑问声，疑问声被颠得断断续续……

"你别下来啦！"爹让姐姐上去又不叫姐姐下来。"等我下去呀！"姐姐站在高高的操作台上面，"我要下去呀！"她一直这么说着，"爹！爹！爹！"她伸长脖子朝下面喊。"驾！"爹没有理会她的呼喊声，赶着马车离开庞然大物，顺着麦茬地向后面退去，退得离他们越来越远，听不着她焦急的呼喊声。"干吗不让她下来？"我拉着一车麦子减小了油门，等着爹也拉着一车麦子赶着车跟上来。"走你的去！"爹不让我询问他留下姐姐的目的，我也就再也没有看到后来发生的事情，加大油门超了过去。"干吗把我扔下来，"姐姐直到看不见我们也就不再呼喊，开始跺起脚来，跺得空荡荡的操作台咣咣响，"干吗把我扔下来！"她瞪着爹和我离开的方向，愤懑地想着爹把她扔下来的原因，攥着两个拳头，紧绷着身体。"嘿嘿嘿……"驾驶员却笑了起来，好像他知道爹把她扔下来的原因，他依然坐在驾驶室里，悠闲地看着姐姐茫然四顾地发出来疑问的背影，听着她咣咣咣跺脚的声音。"进不进来啊？"他终于把着玻璃门的把手打开门慢悠悠地问道，表明爹把她扔下来的原因就是叫她进不进去的问题。"讨厌！"姐姐回头踢一脚玻璃门，门咣当一声被她踢上，他的一条瘦胳膊被撞了回去。发动机跟着转动起来，庞然大物上面所有的零件都转动起来，带动着整个机器颤动不止。姐姐感到身体跟随着颤动的机器，颤得她有些站不住脚，比她坐在还不会驾辕的种马拉的马车上还要难受。"哎呀！"

姐姐看着脚下往上跳动的操作台,操作台上的一颗脱扣的螺丝钉上下跳动,像活了一样跳动,跳动得她越加站不住,抬起头,视线里的麦地也变得摇摇晃晃,像一张起伏不定的巨大的黄色帆布,让她感到陌生,感到晕头转向。"开开门!"姐姐主动敲开玻璃门坐进去。里面蓝色的座位有弹簧的作用,不再颤动、不再晃荡。大片金黄色的麦子在她眼前恢复原状,在她目光俯视之下,恢复了涌动的金黄色的麦浪。姐姐看过熟悉的麦浪,看到麦地之外,看到麦地之外的山峦,永远散发着淡蓝色光泽的山峦,它们重新唤起来她无穷无尽的想象力,重新布满了向往又困惑的神采,奕奕的神采叫她笑眯眯,富有幻想,她幻想的神态停在那里,同时又像在思索着难以名状的问题。问题叫她的脸上富有神采,慢慢地凝聚成不散的阴云。"往里面坐一坐,"他看着姐姐富有的神采,侧脸慢慢阴沉下来,主动让一让位子,双手把着方向盘,黑色的方向盘比他的肩膀还要宽,肩膀转动中直蹭姐姐的脸。"什么破玩意!"姐姐扭开脸陡然说道。"你有吗?"他愚蠢地顶姐姐一句,继续沿用他高高在上的语气。"有没有怎的!"姐姐马上顶了一句,伸出来手,对着方向盘下面一排有着不同颜色按钮的键盘,按下键盘中间一个红色的按钮。庞然大物停了下来。"哎哟!"他慌忙站起来,又是拉一个手柄,又是砸玻璃门,一副狼狈不堪的样子显现出来。"呵呵呵……"姐姐终于笑逐颜开,前仰后合晃荡着身子,身上所有能够晃荡起来的东西都颤动了起来,刚才凝聚在脸上富有的阴云立刻烟消云散,化作眼前欢快的笑声。"你还笑!"他继续慌忙地打开玻璃门跑出去,"你看看你看看。"他让姐姐出来,让她低下头去看高大的机器下面流了一地的麦粒。"谁让你不告诉我该按哪个不该按哪个。"姐姐轻松地说。她指的是她刚才按下去的红色按钮。"行啦行啦。"他妥协地摇着手,自己先走下铁梯子,走到庞大的机器后面。经过脱粒经过筛选的过程,在机器里完成之后,应该流进储粮室的麦粒,现在全都流到麦茬地上。"这可不怨我。"他在下面摊开两只手,表示着他的无辜。"谁让你说'你有吗?'"姐姐也往下走着,也记起他说的那句显示自己高高在上的话。"行行行。"他点着头,瞅着割过的麦茬地和长着麦穗儿的麦地,机器还在身边咣当咣当空转着。麦地里的蝈蝈一声长一声短,隐蔽在麦秆之间,颤动着带花纹的肚子。肚子已经鼓鼓囊囊,已经吃饱。它们的任务就剩下尖叫,一直尖叫到麦子收获之后,钻进大地变成蛹为止。

"反正不怨我!"他接着又说着推脱责任的话,顺着那个窄窄的梯子重新爬上去。"你不管哈?"姐姐指着他的后背,咣咣咣开始踢机器草绿色的外壳儿,铁皮的颤动声越来越响。"你干嘛!"他在上面转过脸,窄长的脸上布满惊恐,望着下面。"滚吧,滚你妈的蛋吧!"姐姐真的气愤起来了,她的脚也气愤起来。"你为啥踢我的车!"他惊叫着,把几条麻袋往下扔。麻袋在空中散开,像一只只大鸟儿的翅膀,兜住风,落到站立的麦秆上,麦秆儿撑住了麻袋。

姐姐继续踢着他的车。他跑下梯子。"疼死我了!"姐姐感到脚踢疼了才不踢车。

"你看看你给我踢的。"他指着姐姐踢过的部位,手在上面抚摸着。那块铁皮有些凹进去,表面出现不平展的痕迹。"我的脚能踢坏铁皮吗?"姐姐欠着脚尖儿,"我的脚尖儿踢疼了怨谁!"姐姐活动着脚尖儿,嘴角跟着脚尖儿的疼痛一颤一颤。"我也没有惹你。"他看一看姐姐,语气低下来,表示出来一种委屈的腔调。"还有我的脚脖子,"姐姐转动着脚脖子,"你赔我的脚脖子。"姐姐把脚伸给他。"那我的车谁赔?"他看着姐姐。"我的脚能踢坏你的车!"姐姐喊道,"再说谁让你上去的!"姐姐转过身,一瘸一拐地走到生长的麦子里面,把麻袋捡起来,举到头顶上,又一瘸一拐地走出来。

"我上去拿麻袋。"他说。

"你说你拿麻袋了吗？"姐姐说。

"那还用说吗？"他说。

"你说了吗？"姐姐说。

"我为啥要说。"他说。

"不说等于没有一样！"姐姐说。

"敢情不是你们家的车。"他说。

"这什么破玩意。"姐姐说。

"你说的？"他说。

"对，就是我说的。"姐姐说。

"你们家见过吗？"他说。

"我们家见过的东西你都没见过。"姐姐说。

"没见过你们家的马。"他又好像什么都明白一样笑起来。

"我们家的马怎么啦。"姐姐说。

"我到过好多地方——河南、山东、甘肃。"他看着姐姐，"像你们家不舍得几公斤柴油，还用马拉车往场院运麦子，"他开始诚恳地说话，"拖拉机也赶不上！"他说出来实情，"给我麻袋。"跟着要过来姐姐手里的麻袋，跟着又递过来，让姐姐撑着麻袋口。"这还差不多。"姐姐看到他诚恳的样子，也就主动撑开麻袋口。"往下一点儿，"他先蹲下去，捧起一捧麦子，麦粒儿顺着他的手指缝往下漏，"这什么时候能装完，"他又放下手，要过去麻袋，竟然用牙咬住上面，用膝盖压住底下，用两只手往麻袋口里拨拉地上的麦子。"嗯——这还差不多！"姐姐瞅着他，赞叹他勤劳的行为。他的腰和他的脸一样窄，像一条板条宽窄的腰，随着双手的动作，一种东西在腰上活动着，这东西叫姐姐的脸红了一下，好像触动了她心里的某种东西。"你怎么这么瘦！"姐姐马上又感到不快，但还是跟着他蹲下来，和他面对面，往麻袋里拨拉麦子。"要那么胖干吗？我又不用马收割，我又不用种麦子！"他抬起头说了一句。"你脸上怎么这么多疙瘩。"姐姐看着他的脸皱一下眉头，心里的东西又触动了一下。"青春美丽疙瘩痘。"他不再说马，不再说麦子，彻底低下了头。"喊——"姐姐喊了一声，没有听见他再吭声反抗，心里舒服多了。然后他们的头几乎撞在一起，两只手几乎是做着同一个动作，"嘻嘻嘻……"姐姐不再做同一个动作，不再往麻袋里拨拉麦子，往他脸上拨拉麦子，心里头也就明亮起来，也就没有了凝聚的阴云，也就打开了长久紧闭的一扇门窗，"嘻嘻嘻……"拨拉完后朝着一垛麦秸跑过去，他也朝着那垛麦秸跑过去……

不到一天的时间，他们肆无忌惮的笑声便从屋子里频频传出来，他们把在阳光明媚的天底下，在金黄柔软的麦秸垛里的内容带回到屋子里面。我望着他们折腾过的麦荠垛，听着她叽叽嘎嘎的笑声从屋里传出来。那些叫他们折腾矮了的麦秸垛，那些折腾过的情景在光天化日之下，在面对着麦地以外的沟趟子，面对着远处的南山，再远处连绵起伏的完达山脉……然后夕阳西下又回到屋子里，回到有遮掩的屋子里，继续散发出来叽叽嘎嘎的声音。

"妈！"我要告诉妈妈。我们从场院收工回来，我停下车先听见他们在屋子里叽叽嘎嘎声，我还没有进屋。妈妈比我晚回来一步。场院的麦子还没有晒干，还没有装进麻袋，还没有堆在苫百棚下面，还没有往密山粮库里运。妈妈依然一声不吭走着，走过风化石大道，走到房后菜地的小道上，走到马棚前面那排榆树下，走进房山的阴影里。"妈！"我要告诉妈妈，我看见她走出阴影，走到阳光里，挂着汗渍的面目还是阴沉沉的，还是没有说一句话。"妈！"我呼喊着她，等着她放下扫帚，弯下腰，解下头巾，把身上的尘土掸干净，又把衣服上的四个兜翻过来，抖擞掉兜里带回来的麦粒，鸡立即跑过来吃地上的麦粒。我知道妈妈已经听到屋子里不断传出来叽叽嘎嘎的声音。"妈！"我还是继续呼喊她。"什么？"她终于抬起头，终于说了一句话，却并不感到意外，好像她没有听见他们在一起叽叽嘎嘎的声音一样。"他们。"我指一指屋里，又说出来里面的内容。"你管人家哪。"妈妈说。语气低沉，眼光尖锐，好像我做错了一件事，好像还是站在空荡荡的场院上，对着爹浑身哆哆嗦嗦，要说又没说出来的话对我说出来。妈妈扭过去脸，不再看我。"我管人家！"这话听起来让我感到害臊，感到是我犯下的错误，而不是他们干着见不得人的勾当、叽叽嘎嘎的勾当。"那你怎么管人家！"我受不了妈妈这样说我，我一下子想起来。"什么？"妈妈转过脸，脸上红通通的，眼睛亮闪闪地盯着我。我朝着房后挥一下手臂，那里斧头正在咣咣咣地忙活着，锯正在嚓嚓嚓地忙活着。三杨他们家三个人在房顶上，一个人在房下面，又是板子又是瓦，又是杨香又是杨菊又是国顺。"我管谁？"妈妈瞪着我，脸一下子不红了，眼神暗淡下来。国顺先和杨香又和杨菊，我没有说出来他跟她们姐妹俩睡觉的事情。"我管他们什么？"妈妈神色严肃起来。"你不是说过他们伤风败俗！"我把妈妈说过的话说出来。"我说他们伤风败俗？"妈妈瞪大眼睛，"我说了吗？"她像在问我，又像在问另外一个人，"我没有说！"好像在跟另一个人争论。口气硬邦邦的。

妈妈进屋也没有去打扰他们叽叽嘎嘎的笑声。很快又出来，抱着一个掉瓷的大茶缸子，坐到树桩上，看也不看我一眼，跟我不存在一样，咕咚一声喝下去一大口茶水，端着大茶缸子底儿，盯着刚才走过来的房山的阴影。我不看她，我还在听着那不时传出来的叽叽嘎嘎的声音。爹牵着马也走了回来，他已经把车还了回去，走到妈妈一直盯着的那片阴影里。妈妈才咕咚一声喝下去第二口茶水。爹没有扛扫帚没有扛木锨，手里拿着一把一头尖一头平的锤子。那匹马好像已经驯服下来，紧跟在他身后，不住地咬他的衣服角儿，不住地安抚着他。爹没有理会，没有看妈妈一眼，没有听她接二连三咕咚咕咚地发出来的喝水声，直接没有走过来，在房山下停了一下，对面不到十米远，隔着一段空地，紧挨路边的一排杨树下面，并排停放着漆皮斑驳的拖拉机，停放着崭新的草绿色的庞然大物。它们两个，一个陈旧，一个新鲜。一个落后，一个先进。一个丑陋难看，一个高大雄伟。那匹马松开爹的衣服，走到它们中间停下来，爹停顿一下走过去，走过东方红拖拉机，走过那匹马，没有理会它伸过头打出来的响鼻儿，走到康拜因跟前，用锤子的平头敲打着庞然大物草绿色的外壳儿。咣咣的铁锤声清脆响亮。妈妈不再喝水，不再发出咕咚咕咚喝水声，"嗯——"妈妈用劲地嗯了一声，好像嗓子被捏住发出来的声音，也没有引起爹的注意，"呸——"又用劲吐出来一大口茶水，好像打了一个喷嚏喷出来的水，马也打出来更响的响鼻声儿。他们这些作用都没有效果。我也不想这么站着，看着他们想尽办法想引起爹的注意，我朝着爹走过去。他们叽叽嘎嘎的声音一直传到路边，在路边继续叽叽嘎嘎，爹也像妈妈一样显得无动于衷，我提醒爹听一听夹杂在铁锤声里的叽叽嘎嘎声。嘘——爹嘘了一声，不叫我出声，敲打着庞然大物草绿色的外壳儿，把脸慢慢贴上去，聆听着里面的声音，不是聆听着他们叽叽嘎嘎的声音。我停在树下面。高大的机器一小半在树的阴影里，一大半在从房脊上斜射下来的阳光里，分成明亮与阴暗的两部分。爹一直沿着绿色的外壳儿，看着两个紧挨在一起的胶皮轮子上面，他的样子是想从两个并排的胶皮轮子中间的缝隙里伸进头，前去探个究竟。胶皮轮子高到他的胸部，轮子上面的花纹像树干那些粗，两两一组，搭成人字形，一直消失在钢圈的部位。这么高的轮子不怕下雨天，不会陷进泥地里出不来，不至于地里没有干透，等着太阳把水分晒干，太阳把麦子底下的水分晒干得等好几天。好几天再下地耽误了收割，麦子自己会倒伏下去，麦粒会纷纷脱落，会长出新芽来，再也收拾不起来。这有什么了不起的，我把想到的说了出来。"嘘——"爹抬起头，满脸狐疑，不让我说话，"不是不是。"他摇着头。"我也能开。"我说。"嘘——"爹继续嘘着不让我说话，摸着高大的车轮，摸着车轮旁边的皮带，摸着带动皮带转动的皮带轮，一个接一个地摸，一直摸到通向上面的梯子旁边的铁把手，摸着光滑锃亮的铁把手爬到上面。上面的玻璃门没有关，爹坐进去，冲我招手让我上去。我上去看见爹摸着方向盘下面红黑相间的操作盘，把上面的按钮摸了一遍又一遍。把那个钥匙拧一下它就能走，我告诉他我知道的原理。我指的是操作盘中间插着的黄铜钥匙。"别动别动……"爹捂住钥匙，不让我动它。"我不动。"我说。爹看看我，确信我不会动，才挪开手，又去摸驾驶室里的玻璃，摸连接玻璃的不锈钢角铁，摸带弹性的天蓝色座椅。这些东西从他粗糙的手指间轻轻地滑过去，像鱼一样滑过去，像金子一样珍贵。"看见了吗？"爹这才松口气，问我看见了没有。"这有什么哪？"我不理解爹干吗要松口气，为这一件东西，好像一天不曾松过气一样，现在终于松上一口气。"这可不是没有什么。"爹认真地摇着头，站起来，看着我先出去，他才小心翼翼地转过身，怕碰坏什么东西似的，侧着身出了驾驶室。我们走下梯子。冲我招手让我上去让我看见，让我听见他摸来摸去他才满意，才觉得那一口气憋了一天这才刚刚撒出来，根本不理会他们叽叽嘎嘎声，根本不理会妈妈咕咚咕咚喝水声。他们已经叽叽嘎嘎跑出来，又跑到麦秸垛里叽叽嘎嘎。妈妈已经喝光了满满一茶缸子水，咯咯地打着嗝儿，像那匹马一样打出来的鼻息声儿……

王奇胜，1993年生，文学新人，首次公开发表文学作品。

房　间

王奇胜

当她知道小艾要来看她时，她一时不知该如何是好。女儿早上接到电话告诉她这个消息，然后就出门上班去了，像她这个年纪的老人，能有老朋友来看望是件好事。虽然有孙女假期在家陪她，但她有时仍然觉得苦闷。有个年轻人在身边走来走去，这并不会帮她早点把时间打发完。现在她坐在椅子上，她平时在家从不坐沙发。这把椅子只有她会坐，女儿、女婿和孙女都觉得它又老又硬。年轻人说她是操劳了一辈子，老骨头过不惯闲散日子。她自己在沙发买回来的那天试坐了一下，就再也不肯坐了。沙发舒服，坐在上面，身子会沉下去，她怕自己有一天那样坐着坐着就再也站不起来了，她要留着一口气，还有事未了呢。

女儿是怎么说的，她现在想不起来了。她听到这个消息的时候愣住了，忘记了问女儿电话里都说了些什么。孙女刚刚又从她身边经过了，她可以让孩子帮她把电话拨回去问清楚，她只看了孙女一眼，女孩回房间去了，房门开着，但是她要把电话拨回去的念头闪现了一下就消失了。屋子里很闷，她起身想去把窗户开大一点通通风。经过墙上的温度计时，她看了一眼，二十五度，比昨天低了一度，但是她觉得闷热，昨天是什么时候看的温度呢。她站在窗前，窗户打开也没有一丝凉风吹进来，她不想现在去外面走走，她伸手扯了扯脊背上潮湿的衣衫，喘了一口气。她想起自己今年八十四岁了。天呐，那小艾呢，她也有八十一岁了。她已经够老了，还跑来干什么呢？她从十年前就已经不出远门了，折腾，累。或许是小艾的儿子或女儿要来，可能是女儿传达错了，也可能是自己听错了。

　　她听到窗外女孩们玩耍时发出的嬉笑声和尖叫声，她们在阳光中跑来跑去，任凭汗水把衣服浸湿，怀着天真而浅薄的喜悦，没有恐惧藏在心底。她身后孙女房间的门静静地开着，仿佛整个家里只有她一个人。这个孩子寡言少语，一声不响地坐在自己的房间里读书，更像她父亲，一个工程师，安静、好学，可以在桌子前一坐好几个小时。女儿也不像她，她在女儿十几岁的时候便留意观察，时常提着一颗心，直到女儿二十五岁时和工程师结婚，她才松了一口气，还有几分失落。她的目光又回到窗外那些嬉闹的女孩身上，一个女孩在树荫下的草地上坐下来，又有一个女孩跑过去坐在那个女孩的身边，后来她们干脆躺下来。那些柔嫩馨香的肌肤，细小的白色汗毛得瞪大眼睛才能看得见，泛着微弱的金色光芒。她又想起自己，动了动嘴巴，有些干涩。有一次她在下午而不是早上醒来的时候发现自己有口臭，她知道自己也有了那种被称作"老人的气味"的味道，她的身体在衰老萎缩，发出难闻的气味，从那时起她把自己的椅子从沙发旁挪走，放在茶几与沙发相对的另一角边上，说话的时候也不肯再大声，虽然她的声音本来就不大。她要去喝口水润润嘴巴。她把水杯放在摆台历的小桌子上，每次清洗的时候她都要把杯沿凑到鼻子下面闻一闻。现在她回到她那把椅子上，坐下来让自己休息。

　　她叫孙女的名字，女孩从自己的房间出来以后，她叫女孩帮她把花洒接满水拎到阳台上去，她要给花浇水。有那么一刻，她想叫她拨电话，但是没有说出口。女孩提着铁皮花洒穿过房间接水去了。她经常把铁皮花洒弄出咣咣的噪声，她想要一把外面商店里那种漂亮又安静的塑料花洒，但是东西没有用坏她就不肯换掉。这吵人的家伙还结实得很呢，或许她这辈子都用不上新的塑料花洒了。这空当她又想起昨天浇花时在阳台上看到两个女孩在玩抛接球的游戏。拿球的女孩把球举过头顶，对着她的同伴叫喊，另一个女孩就在前面跑来跑去的，有一小会儿时间都没有找准站位，球一直没有扔出去。现在的小孩只能在城市里的草地上玩耍，她小时候也是那么瘦，那时候很少有胖女孩，她们从溪水里蹚过来，爬到还能被斜阳照射到的山坡上去，裤管卷起来，露出半截小腿。小艾的小腿黑一点，更结实，走在前面，肌肉一鼓一鼓的。她看了一眼现在自己的小腿，臃肿、惨白，它是怎么一点一点变成这样的，到了晚上还会留下一圈明显的袜痕。昨天她在菜市上看见一个白白胖胖的女人，穿着一身整齐光滑的短旗袍，腰背挺直，在菜摊前挑拣，露出的小腿能看得出身材已经开始走形了，但是那个年纪她也早已经过了。

　　女儿也没有告诉她小艾什么时候来，她给花儿浇水的时候仍然想着这件事。门外楼梯上传来脚步声，沉重、稳健，她以前就听到过这脚步声，但她还是把手中的花洒端平听着。脚步声到了门口，她屏住呼吸，肩膀都缩紧了，然后那脚步又走开了，越来越远，向楼上去了。她端着花洒的手放松了，还有半壶水哩。她抬头看了一眼墙上的挂钟，时针逼近十一点钟，小艾如果要来的话，这个时间不早也不晚。她突然想起午饭，再过一会儿孙女就会开始动手做午饭了。她放下手中的花洒，花儿还没有浇完呢。她急急地走到孙女的房间门口，孙女坐在窗前的桌子后面，平常她是不会跑来打搅她的。她的手按在衣角上面，对着窗前的背影问，今天做什么饭呢？她掀起一块衣角在上面搓着手，她真的不是来打搅年轻人的，今天不一样嘛，她在心里说。

"和昨天一样吧,你想吃什么呢?"听见她的声音,孙女转过身来问她。她把衣角松开,用手抚了两下。这样不太好,她对自己说,自己毕竟是长辈嘛,在年轻人面前不该这么局促,但是她还是无法镇定缓和下来,不是因为贸然打扰了年轻人,而是因为来客的身份。我也不知道,她咕哝着说道,转身往厨房里去了,她听见房间里孙女推开椅子站起来的声音,昨天吃了什么呢,她拉开冰箱,里面放着切开的半个南瓜和几根胡萝卜。昨天的菜有南瓜胡萝卜汤和炒青菜。孙女跟着她,从开在她一侧的冰箱门后面过来了,她感受到年轻人的目光。平时做饭这事儿她是不会插手的,有人做好给她吃就很满足了,有想吃的菜也只会跟女儿说。小艾喜欢吃什么呢?她什么也不知道,就算想起几十年前喜欢吃的东西现在也没有意义了,但还是不能太简单,要丰盛一些。这回可要麻烦年轻人了,以后这孩子做什么我就吃什么。她伸手在冰箱里拨了两下,发现青菜没有了。她关上冰箱门,转身对着孙女说,今天没有青菜了,昨天炒完了吧。现在就拜托这个年轻人可以去多买点菜回来做饭,她自己是指望不了啦,如果自己去买菜,回来就到开饭时间了,况且她出去以后小艾来了怎么办。

"外婆是要招待客人吧。"她还什么都没说,就听见孙女这样问。她差点忘记了,她身边站着的这个年轻人从小就是个机灵鬼,就像什么气味都瞒不过小狗的鼻子一样。她希望自己的心思还没有完全被她看透。"是啊,今天就要麻烦你了,替我做几个菜。"做什么菜呢,她也不知道。"那来客是什么人,喜欢吃什么呢?""我也不知道,是许多年前的老朋友了,尽管做丰盛一点吧,口味上应该跟我们差不了多少。"可是自己做菜不比买菜快多少,连个咸淡也尝不出。她又想起自己吃过的那些菜了,只有人家问她的时候她才会说好吃,是嘴巴里的味道还是记忆中的味道呢,可有些菜看着就不是那么回事,自己却都说好吃。

人什么时候到呢?打个电话问问吧,顺便问问吃什么。说不定马上就要到了，说不定已经在门口下车了，可现在还冷锅冷灶的。她想到这里就手忙脚乱，什么都来不及啦，只好依着年轻人，问问也好。她叫孙女翻出早上打过来的号码拨回去，她现在又怕年轻人话多，跟人家闲聊，生怕被年轻人察觉到什么，又叮嘱似的说，问问吃什么就行了。孙女看了她一眼。是已经发觉了吗？她赶紧又解释一般说道，问问吃什么就知道了。她又回到她的椅子上坐下了，什么也做不好，她在心里怪自己。要是她没有耳背，就自己去拨电话了。对，耳背就不应该去打电话接电话，什么都听不清楚嘛，惹人家厌烦。听力是从什么时候开始衰退的，周围的人说话的声音越来越小，女儿提醒是她耳背了。听不清人家说什么，晚上在黑乎乎的窗玻璃上看到热闹的客厅里自己孤零零的身影。她听见孙女在打电话，很快就挂断了，她还在想小艾会喜欢吃什么呢。孙女对她说，没有人要来。小艾的儿子说她母亲一直在家待着，没有打算出门。可是女儿早上是怎么说的，现在她可摸不着头脑了，难道真的是自己听错了？她心里想，不中用呐，那就是自己听错了。

　　没有的事嘛，她一个人继续坐着，家里来的都是女儿、女婿的朋友，除了那些晚辈们，现在没有人来拜访她，她这把年纪，没有几个朋友熟人还活着了，她想到的那些老面孔都已经离开这个世界了。她听见孙女在厨房切菜的声音，孙女没有出门买菜，用甘蓝代替了青菜。小艾的丈夫在去年死了，她让女儿和女婿替她去吊唁。她自己的丈夫在六年前就去世了，然后女儿把她接到自己家来，当时她以为她也活不久了。

　　她现在已经没有愤怒了。她生了女儿，女儿又生了孙女，女婿也肯收留和赡养她。她的大脑和心脏也无法承受愤怒了，在这时候愤怒就是要以生命为代价的。最重要的是她感到累了，当两个男人离世的时候她感觉自己看开了许多。现在她像是真的累了一样靠在椅子上，那些愤怒和疲乏交织的情绪将她带到了那遥远的记忆中去。那些她和小艾用童真来掩饰过于亲密的关系的时光如浮光掠影般在她的头脑中闪过，有时她担心自己衰退的脑力已经将一些记忆遗失了。有时她突然想起某个细节或者突然感受到某种遥远的熟悉的感觉，她无法还原那些零碎的亮片，她便把那些全部归在那段不受威胁的记忆中去，她会在脑袋中用想象将它们弥合起来，她把这些也当作真实的记忆珍藏起来。后来她把这些全部掷进一条波光粼粼的河流中，引导它们从一处隐蔽的山谷中流过，让阳光时常照射它们，泛着欢乐的新鲜的光泽，在那里只能听见它们翻滚流淌的声音。

不久前她还想把自己的头发梳理整齐，收拾一番，希望借昔日残存的某种光彩来重拾与小艾之间心照不宣的亲密欢愉，可现在她已经在那把旧椅子上昏昏欲睡了。她的头快要垂到胸前了，早晨浇了一半的花儿在温暖的阳台上绽放着。突然她的身体往下一跌，冰冷的河水刺痛了她的身体，她惊醒了。当她跌了一跤从那虚幻的梦境中抽身时，发现那深不可测的河水里翻滚着黑色的波浪，除此之外什么也没有，太阳不知道哪里去了，咆哮的河流要带走一切，即使空无一物仍然怒吼着冲刷着。年轻的梦，她像是刚从河里爬上来一样，泄气地坐在一边。这个河流的梦从她年轻时便缠绕着她，直到她垂垂老矣，仍然毫不留情，威力不减当年。但是现在，它不能拿她怎样了，有一天它会带走她，但是在这之前她已经撑了四十多年了，没有它，她迟早也要因为别的什么失去生命。她在年轻的时候做老师，面对台下灼灼的目光，仿佛站在那刺骨的河里一样，咆哮着穿过她，带走她的理智与廉耻，她就要褪尽衣衫被河流裹挟着一直向下，在发疯之前葬身其中。她的身体发出吼声，她也要为之发出怒吼。她听见她的声音在颤抖，她将目光移到书页上，将思绪拉回课堂中，讲台就是河岸，此刻她正稳稳地站在上面。

她想她原本……想到这里的时候她停下了，她听到厨房里锅铲声和刺啦声。她所经历的这些就是事情本来的样子，没有另一种情形是事情原本的模样。她已经放弃了这么多，现在也应该放弃对

"人生原本的模样"的幻想，在八十岁的时候问自己的人生原本应该是什么样子，难道她可以无视那些不断汇聚又分流的河道，去问它的源头原本不是应该选择另一个方向吗？去死吧，一个声音插进来说道，可是这个声音空洞无力。那些她不断思考追求自己人生原本该有的模样的时刻，她会大叫一声，去死吧，怒气冲冲，力量十足。她在心中把这句话化作闪电向那些改变了她人生中重要的选择而令她与原本的人生越来越远的人劈过去。她当然不觉得自己心肠恶毒，她只是怨恨。她心有不忍，不同的人应该有不同的死法，她希望父母可以安详地毫无痛苦地死去，最好是在睡梦中死去，她仍然有为人子女的良知，但对于她和小艾的丈夫，她一度希望他们双双暴毙，以此来警示那些想要靠近她这样的女人的男人。去死吧，那个声音又说。别说了，这次她对那个声音说道。那些她希望他们去死的人都已经寿终正寝了，他们的死并没有提前到她还有机会扭转自己人生方向的时刻，哪怕只有那么一次，最后一次机会。现在该死的只有自己了，她比他们活得都久，但什么都没有改变。

　　她看了一眼外面的天空，她从坐着的位置上看不见那扇打开的窗户。窗户玻璃给天空染了一层淡淡的绿色，她想象外面那明媚的天空和干净的空气，因为她今天还没有出门去，她想象那金色的不太热烈的阳光，她隐约听见外面孩子的叫喊声，她就想象那绿色的长势良好并修剪整齐的草坪，现在这个时间刚刚好，草地上的露水和湿气被完全晒干了，叶片上还没有来得及落下新的灰尘。今天不会死人，她无法想象有人会在这个时候死去，但是当她的目光落在房间里的墙壁和地板上时，她刚刚感受到的轻松喜悦消退了。她知道自己的思想又要往那个悲哀荒凉的地方去了。她的眼光又落在了墙壁上那一处污渍上，即使没有那些污渍，墙壁也不像刚粉刷过后的那样雪白了，住在这个房子里的人的生活种种，激起那些各色的灰尘，飘浮在空中，扩散然后附着在白色的墙壁上，深入它们的肌理，他们每天回家都要带来新的灰尘，这些最终都会永久地附着在墙壁上。它们已经污浊不堪，把墙上的那个相框拿下来看看后面的那块墙壁，这样对比就很明显了。那些涂料，它们是用什么制成的？但它们的命运显而易见，它们被刷在天花板上，或者刷在靠近地面的墙壁上，会被人们用脚踢到，被淘气的孩子用脏兮兮的小手触摸，在挪动家具时被磕蹭到，很快就变脏脱落了。如果粉刷工人当初在刷那块靠近地面的墙壁时，他因为听到什么或者被什么突然打断了思路，他的目光落在了天花板上，发现天花板上某处粉刷过的地方涂料并不均匀，于是便踩上梯子用手中的刷子在那里小心翼翼地补了一些涂料，就这样他手中的那桶涂料的命运便被打乱了。还有那些木质的地板，它们原本应该生长在某个辽阔的原野上或者某个崎岖的山谷里，这对树木来说并不重要，但一定是雨水充沛，可以有一条宽阔的河流，它就和它的兄弟姐妹们一起生长在大河两岸，享受阳光，发出绿叶，开出花朵，结出果实，或许会有暴风来撕扯它们，然后它们要休息几天，消除疲态。她像是思考自己的人生原本该有的模样一般想象那些地板的另一种命运。它们被切割成块铺在人们脚下，它们下面是更加冰冷的混凝土。它们已经变得陈旧，边角磨损，留下了划痕，因为地板商人认为如果让它们继续生长在原野和山谷里它们就一文不值，只有被切割、打磨、抛光，它们才有价值。

　　此刻，她假想有一个巨人生活在这个世界里，这样命运这件事就变得好理解多了。所有意识到这个巨人存在的人，都在奋力地向上爬，即使那些爬得最高的人，巨人也可以挠挠头发像搔虱子那样把他们扫落到尘埃中。见识过命运恐怖之处的人都变得软弱和可鄙，因此吓破了胆而不择手段，那些已经爬到高处的人无情地排挤、踢踏那些正在向上爬的人，而那些刚刚爬到脚踝的人则可以放声讥笑那些留在地面上的人。她想问父亲，他是否认识到这个世界的规律是多么荒谬。他们可以用箭矢和长矛反击那个巨人，或许他穿着厚厚的夹克，但是他们还是可以召集一支庞大的军队与之对抗。可她的父亲是这个世道最虔诚的信奉者和守卫者，仅他眼中射出的闪闪寒光就已经使她脑中天真的想法偃旗息鼓了。她默不作声，看着那个巨人像粉刷工挥动手中的刷子一样在房间里的某处补了一道，那样就有人的命运偏离了原本的轨道。当小艾辍学去做纱厂女工时，她就是这样想的。那时候去做女工，一个女人可以自力更生是件不错的事，但她们还是走上了两条截然不同的路，她见过一些在纱厂做工的女人，尤其那些能够赚到钱但还没有结婚的女孩子，她对她们的印象并不好。那之后她和小艾就越来越少见面了。原本小艾可以和她一样好好待在学校，毕业之后选择像教书这样以教授文化为生受人尊敬的工作。她抬起手在空中挥了一下，像捏着一把刷子在面前随意地刷了一道，就是这么简单，她在心里想。现在那只手无力地垂在扶手上，仿佛她刚刚真的做出了什么不可挽回的决定，打乱了什么，已经随着时间离她越来越远，不可改变。现在她仿佛是那个假想中的巨人，但是一个犯了错的无力懊丧的巨人，仿佛她此刻正在被敌视被仇恨，她再也不想动一动手指，以防又将什么打乱，就让一切不被干扰地按照它们既定的轨道飞行吧。

　　她今天格外地沉默，虽然平时她就不多说话，但今天似乎连呼吸声都想隐去，但是她的眼睛一直在捕捉着，吃饭的时候她就注意到了桌布上的图案。以前她觉得那是凌乱不堪的毫无规律的图案，但今天让她想起来杂乱茂密的草丛。她用手中的笔拨开草丛，看见新鲜的绿草下面那些刚刚过完一冬的枯萎的黄草蜷伏在地上，看见那些勤劳的蚂蚁顶着黑色的大脑袋一刻不停地爬来爬去，顺着翠绿的草茎爬上来，然后像跃出水面的鱼儿一样稍一露面又消失了。还能发现那些泥土颜色的不知名的虫子一动不动地蛰伏其间。她用手中的笔戳戳它们，她因为识破了它们的伪装而感到好笑。她正在给小艾写信，但是还没有写完。她无拘无束地在信中向小艾倾诉，这让她感到幸福不已，连同眼前这片春景也觉得美丽，仿佛树木和花草都成双结队。每一束阳光都有另一束阳光做伴。似乎所有她想要对小艾倾诉的感情都如眼前的草木一般自由生长，如阳光与花香一般明亮浓郁，又如在这片无人的山坡上观望到的天地一般无垠。任何在此刻出现在这片山坡上的行人，都能如看见阳光闻到花香一样感受到这浓郁又怡人的爱恋之情，甚至连这位不慎闯入她视野的身影也可以在静静涌动的情感的裹挟下成为这片天地中一处无足轻重又别有情趣的情感寄托所在。可是一阵风刮去了她放在身边的写了很久仍未完成的信，她起身去追赶，如同追逐一只轻盈的蝴蝶或一只洁白的信鸽那样，在那片充满了她的爱意的天地间。她仍未感到她就要失去它了，直到风将它吹得更高更快，然后消失了。她非常喜欢小艾那一头乌黑油亮的头发，时常艳羡地抚摸，她苦恼于自己的头发变黄干枯，但是现在变成了一头银发，反而显得整齐有了光彩。没能将那封信交给小艾在之后越来越漫长久远的日子里让她感到遗憾，它原本可以为她们带来一些改变，当小艾在信中感受到她在山坡上为之陶醉的那种情感时，或许会让她们下定决心做出某些重要的决定，然后贯穿于她们的一生，那完全是另一种情形。那封信，她不再将它看成一张纸，如同她看到了小艾的灵魂就不再将她看成一个因为有了肉体而获得生命的普通女人，她至今仍觉得它和那天被风吹起一样在这天地间飘零，流落到某处。或许它早已落地，在某个不起眼的角落里，有石子滚落在上面，被雨水浸泡又几度晾干，在干枯的蒿草下面，字迹仍然完整明晰，那些句子仍然串起完整的爱意，如同一具老朽的肉体里面心脏仍然怦怦跳动。她试着重新给小艾写那封信，每次都写上一页，为了写信她带着同样的笔和纸重新到那片山坡上坐下，如同那天她在这片山坡上感受到的无垠浓郁的情感一样，她每次都能回忆到一些片段，但是永远无法将那封信写完，似乎那天她完成的是多么伟大的一个杰作，她没有能力再去复刻它。任何一个词和句子都变得有限，只能表达出它们人皆已知的字面意义，而对于那天她打算向小艾倾诉的所有感情，那些字句就如同那些在路上的脚步，无论他们如何坚定、矫健、迅速和充满信心,但当他们精疲力竭时就会发现路永远在前面,无穷无尽。

平常午饭后她都要小睡一会儿,但今天她像个从早上开始就在等待好消息的孩子那样开始变得沮丧,她等待着时间快点从自己身边溜走,午间的安静让她觉得由于室外过于炎热而人们都回家去了。这个时候人们都在干什么,没有人会现在走出门去,没有人现在会突然敲响别人家的门破坏这安宁。孙女的房间里传来啪嗒一下合上书的声音,像是树林中一块卵石滚落到溪水中那样,浸没在其中,仿佛从一开始就在那里一样。昨天这时候她正在半寐半醒,在燥热和微微凉风中神思恍惚,风吹拂纱帘鼓动又垂落下去,像一群鱼儿忽而入网又被惊散,而此刻只有静静流逝的时间与老人为伴。她看到自己还是一个孩子,像是刚刚学会走路,沿着道路追逐一颗在路面上往前滚动的塑料球,永远不会停下来,道路没有分岔也没有尽头,转眼间她就长大了,塑料球消失不见了,因为她已经若有所思地站在原地,她注意到街道上的空旷和荒凉,她跑过的是一段孤寂的景色重复的街道,现在她已经清晰地感受到了她的未来,一种即将陷入孤立无援的境地的哀伤包围了她。她醒过来,眼角已经濡湿,当她回忆那些往事时,她的身体仍然是悲伤的,那些眼泪啊,像早已消失、干涸的泉水,随着她头脑中的一块轻纱被掀起,从不知道哪里一处缝隙中透进一线清灰的天色,泻入一丝潮湿的雨水的气味,于是一股新的水流潺潺地推开浮草,漫过干燥的石子,挟带着昆虫蜕下的残缺的已经碎裂了的硬壳涌动而出。

直到太阳偏向房间的一侧,房间里的热气开始消散。孙女走进房间来看她,因为她今天睡得有点久,孩子想看看她是否感到身体不舒服。可是她一直没有睡着,只要一迷糊,她就要进入那个无人的悲寥的街道。她现在头脑清醒,闭着眼睛枕在枕头上,小艾的黑发,午后的虫鸣,凉意渐显的微风,带有余温的夕阳,青草飒飒的山坡,逐一地在她脑中回现,她年轻起来,就要在那风中解开头发，伸手去触摸那余晖。但是女孩在这时闯进来了，说了一句话，眼前的余晖消失了，身下的山坡草地也没有了。耳边一片死寂，衰老的躯体横躺在一张旧床单上，紧闭的眼前苍白冰冷，她一生随波逐流，在人类的长河中裹挟而下，但她仍然是一滴清冷的水珠，从未聚合也未消散，在那轰鸣的一刻不息的奔流中有一片被忽略的寂静之处，那就是她长久以来狭小的栖身之地。

楼梯的转弯处会有什么人出现吗？他会熟练地抬起脚步，在登上每层楼的最后一级台阶时，鞋底发出轻轻摩擦的声音，他会缓缓地轻舒一口气，因为他还要继续往上爬，他在心里减去一层，默默地计算一下他还要爬上几层才能到达他要去的地方，他可能要爬到五楼或者六楼去，或者爬到最顶层去，因为那里只有一户人家，住着一位独身的女人，她不会早出晚归，或许她现在正在家里等着什么人。然后他又爬上一层，黑色的裤管伸出来，然后他紧实瘦削的腰部露出来，最后他整个人走出来，出现在她可以看到的这一层楼梯的另一端。她会看清楚那是一个男人，是她毫不期待也不会去想象的一个人，但是她迫切地希望有人从拐弯处走上来。他或许不常来这里，他的脸上平静，没有那种已经厌倦了每日在这些台阶上爬上爬下的表情，他只是专注地往上走去，去完成他来这里要完成的事。他只是从她身边走过，他不需要出于尊重或者因为走道过窄而特意侧身从她身边穿过，他甚至都不用去看她一眼，她就可以重新活过来，就可以满怀希望地走下楼去，看一看外面大把的像他一样的新鲜面容。

夕阳的金晖斜斜地铺下来，在一侧的两层建筑周围勾勒出金边，仿佛是她大病初愈在房间里待过了几个月一般，这外界的一幕如同一幅图片一样忽然跳在了她的眼前，天空格外地干净，阳光更显得明亮，她缓缓地沿着一整排楼走到不远处带着围栏的河边，她好像从来没有注意过的那铁锈红的墙面在阳光中更加鲜艳；那被小孩涂鸦总是被风把枯叶和纸片卷到一处的墙角其实被打扫得干干净净;她印象中破碎的地砖完好无损只是因为路面凹凸不平显得起伏凌乱而已;随处摆放的自行车全部被收进了带着栅栏的车棚里,连那挂在门上的铁锁也反射着锃亮的白光;那排路灯端端正正地立在那里并没有歪斜;下水井盖踩上去稳稳当当,没有发出咣当的声响;小孩子跑来跑去礼貌地避开了她,没有撞个满怀;他们的母亲正坐在不远处的长凳上说着话,絮絮低语,像是两个亲密的好友在共忆往昔,而不是在闲话家常的无聊主妇;栏杆上的漆并没有碎裂剥落,只是因日晒泛白。她看见河水清幽碧绿,一切污浊杂质都沉进了河底的淤泥中,阳光从树梢间穿过,像缕缕金线。她继续往前走,那株柳树枝繁叶茂,好像它在一瞬间抽枝发芽,像出浴的妇人一般让她的头发散开垂落下来。它足有四层楼那么高,令她感到惊讶,像是突然发现那个还清晰记得牙牙学语的孩子已经暗怀情事。太阳出现在她的眼前,仍旧放射着它的光芒,河面上像是落下万点金雨,她周身暖洋洋的,那不是她曾经站在窗前透过玻璃看见的一轮红日,此刻它正在燃烧着,明亮的金光在她的眼底欢跳舞动,在它周身燃烧的熊熊烈焰托举着它又重新开始上升。那些她刚刚一路走来听到的声音都暗哑下去了,她听到的是烈火腾腾的呼呼声和那金色球体在燃烧中爆裂的哔剥声。它正在向这个世界展示着它无尽的威力、巨大的能量,不容人们丝毫分神,所有的活动都息偃了。但有一群年轻的身影聚集起来,就在众人要沉沉睡去的时候惊醒过来,他们匍匐、跳跃,挥舞着双臂,与那炙热的大火和金色的洪水抗争。她在心里默念着,燃烧吧,燃烧吧。但是那些年轻矫健的身影仍在奋力舞动着,欢快地,充满力量地,仿佛以此为乐。那金色的大火丝毫未减,那些年轻的身影此刻却围在一起欢唱、跳舞,最终在烈火中灰飞烟灭的是那些陈旧的、腐朽的、衰败的和年老的东西,它就要在那些年轻身影的簇拥下以不可抵挡之势碾压过来。她的双眼刺痛,浑身颤抖,她的面颊在阳光的照射下火辣辣的。

她手里拿着一枝太阳花。她注意到它的花茎已经变软,花头耷拉着，一个比她年轻一些的老头便宜卖给了她，在黄昏中已经被剪断了根茎的太阳花属于腐朽衰败的那一类。她抚了抚它蜷曲的嫩黄的花瓣，但因为失去水分它又软软地卷起了。它或许今早才完全绽放，便被剪下用于出售，被那些愿意花钱买下它的人看上一眼，她还看见一些零零散散的花枝，那些在温室花圃中培育出的品种已经超出了她对花类的认识，她自己在家也只是养了一些她熟悉的叫得出名字的。有些花的养护方法还是她在买的时候从花店里现学的，但它们中的有些在她买回来之后还是死了，幼小的生命夭折了，她觉得它们的生命太娇弱，与她记忆中那些生长在野外风吹雨打也绽放如新的花朵全然不同，它们的生命更加短暂，命运更加脆弱，但那个卖花的老人，你不能希冀人也可以只靠阳光、水分和土地就活下去。她坐在镜前，那枝太阳花暂时立在一侧的水瓶中。一个年轻的小伙子收敛起气势注视着镜中她的头发问她打算将头发剪成什么样子。她明白是她感化了这个年轻人，让他不再摆出年轻气盛的那一套，让他心中温顺的一面表现出，不是因为她是他的顾客，而是因为她是一个老人，一个面目和善已经经历了他三倍人生时光的老人。但是她没有发觉自己也被这个不再显示出好强气势的年轻人感染了，她已经忘记了在夕阳下经历的浑身战栗。外面太阳已经沉入西边了，现在她的处境变得安全了，她的周身被清冷的白色灯光包围着，像薄纱一般不会再刺痛她，太阳花在那个灯光不容易照进的角落里在瓶中卷起花瓣继续开放着，它已经停止了枯萎，她也随即停止了衰老，那些老迈衰朽的东西又站直了腰抬起了头，重新绽放出新的活力。她现在渴望那双纱厂女工的手，她的皮肤变得松垂布满皱纹，年轻平整的手掌显得不切实际，那双可能已经变得黝黑粗糙的手就刚刚好。她忽然想起她的母亲，在七十五岁的时候去世了，七十五岁的时候看起来比她现在更苍老。因为她一生操持家务，为女儿烦恼，不被丈夫体贴。总是在洗衣服时拿出一摞盆子，一个个分开来摆在地上，这时候她就不得不到另一个房间去，那些盆子有的太大，当它们摆放在房间的时候，她就很难再跨过去。直到洗完衣服那些从未用过的盆子和那些湿漉漉的盆子又被收起来摞成一摞，直到下一次清洗全家人衣服时再被拿出来，而有的盆子永远不会派上用场。有时盆子太大或者盛了太多的水，母亲撅着臀部喘着粗气端起水盆，从不唤她去帮她抬起来。但却因为别的什么事情责骂她。她日后在对着镜子的时候放松眉头，用手指按在眉心的一小块皮肤上，她讨厌母亲眉头紧锁的气息出现在自己脸上，让自己显得面目可憎，她担心自己活在一具厚厚的惹人厌恶的躯壳中，但是每当她用额头去轻触小艾的额头时，她的灵魂便又浮现在她的面孔上。

她顶着一头剪短了的白发走在街上，夜色刚刚弥漫了那些楼宇间的空隙，在那些围起的栅栏中间和树梢上细小的叶片之间流泻下来，汇入了渐渐空旷的街道。现在她充满了活力，仿佛从一场昏睡中醒过来。她可以随着夜色流动到千里之外，到任何她想去的地方，消失在夜里的雾气中，在清晨被初升的太阳蒸发掉，又在另一个夜晚卷土重来，生生不息。她的气息将化作一缕无色无味的清风，轻快地穿行在罅隙之间，或是徘徊在这条街道上，她会悄无声息地从打开的窗户里钻进去，把窗前的纱帘吹得鼓起来，在那把旧竹椅的缝隙间穿过，它一定会认出她，在她滑过那些缝隙时留意到她。她不会搅扰正在看书的孙女，或许女孩正在准备午餐，她就隔着玻璃看一眼女孩在案台前的背影，她会看见女孩准备了一个人的午餐，因为那时候她已经不在了。一份年轻人的午餐，比她吃得要稍稍多一点，仍然有胡萝卜和甘蓝菜叶。

王季明,本名王建明,上海人,著有长篇小说《说吧,让我说吧》《我想过穷日子》,中短篇小说集《舞女》《露天舞会》《麦莎这个娘们》,中国作协会员。

暴 走

王季明

一

深秋的一个下午,秋阳浓浓,我与田丽、陶陶在茶馆喝茶,茶淡了,没见董锦虎踪影,田丽说:"蒋民,打个电话问问,来还是不来。来,等着,不来回家。"

陶陶看看手表说:"每次约茶,他总是牵丝攀藤,姗姗来迟。"

就在我拿起手机拨号时,董锦虎满脸笑容走进茶馆冲着我们直乐。我们一时被弄糊涂了,问他怎么啦。他不说,却对夹着细长卷烟,翘着兰花指,优雅抽烟的田丽说:"给我一支吧。"田丽一愣,问:"你想抽烟?"董锦虎说:"抽一支。"田丽说:"别说一支,一包都行。"董锦虎摆摆手说:"只想抽一支。"

董锦虎是不抽烟的,突然想抽烟,且毫无歉意,脸带笑容,应该有大喜事。

田丽给了董锦虎一支,并为他点上,董锦虎重重吸了一口,说:"我在锦溪买房了,而且装修好了。"

这一说，我们愣了。他何时买房何时装修？为何从未透出半丝信息？

田丽像是醒了，顺手拍了董锦虎的肩膀说："信息保密，厉害。必须恭喜。"

我说："买房就像结婚，是件大好事。"

董锦虎得意地笑了，说："我嘛，没有成功的事，从来不会先说。"

陶陶脸上有些挂不住了。至少一年前，陶陶讲过，想去周庄买房，但永远听到雷声未见雨点，董锦虎一声不吭，房买了，也装修完了。

不过有一点我不解，问："你老两口市中心有房，怎么想到买房，而且去锦溪买房呢？"

董锦虎说："一把岁数了，有闲钱也得为自己想想，人生苦短，得好好提高生活质量。锦溪离上海不远，树多，人少，车稀，有湖，空气好，房价便宜。"

这话不错。

锦溪与周庄、同里三个古镇同属昆山。昆山于我们而言，并未过多兴趣，古镇例外，那是休闲的好地方，且古镇与古镇相距不远，开车就半小时。

田丽雀跃起来，说："好好好，那里适合喝茶闲聊，适合夜晚暴走。"

陶陶对田丽说："看你高兴的样子，好像你买了房似的，喊。"

田丽想说什么，董锦虎忙说："我刚去超市买了好几套被褥，来迟了。"

田丽乜了眼陶陶，把烟灰往陶陶那里弹了一下，随后对董锦虎说："买被褥干什么？是让我们住宿吧。"

董锦虎点点头："当然，去锦溪玩自然要让你们住宿。我想问你们，这个双休日去锦溪新房休闲怎么样？"

田丽把烟一掐，说："整天待在上海，闷也闷死了，我巴不得早点到那里住几晚，放松放松。"

董锦虎看着我与陶陶："你俩有空吗？"

我说："没问题。"

陶陶有些迟疑，说回家与老婆商量一下。

田丽说："陶陶，你就是惧内，不管去不去，反正我与蒋民会去的。"

陶陶说："话不能这样说，尊重老婆是应该的。"

我说："这也对。不过就算老婆反对，你也一定得去。董锦虎是买新房，是大事，不去能行吗？"

陶陶想了想说："这话对的，要去。"

田丽这才满意地点头说："这话才有老男人的腔调。"

董锦虎见答应了就说："星期六午后，各自待在家里，我开车接你们。"

二

午饭后，董锦虎开车把我们从各自家里接上，车子上延中高架转G15沈海高速，一个半小时后锦溪口下，转个弯，就是锦绣路了，董锦虎的新房就在那儿。

在我记忆中，锦溪东临淀山湖，西依澄湖，不过站在董锦虎家小区处放眼望去，连个湖的影子都没有。

事实上这些年，我们见过各种各样新式小区，外表与房间格局基本差不多，董锦虎新房自然一样，不过陶陶与田丽一进董锦虎家就赞不绝口，说是房型好，装修简约，品位高。他们这一说，我自然跟着叫好，董锦虎嘴里说一般吧，但从眼神可以看出，还是颇为得意的。

去人家新房，总要带些小礼物的，田丽拿出一个不粘锅，说是德国进口的，董锦虎笑呵呵地说："准备去买呢，没想到雪中送炭。"

陶陶送了一套厨房用的陶瓷刀具，做工考究，比常见铁器刀具锋利百倍，且不生锈，非常卫生，董锦虎顿时眉开眼笑。我呢，送了一幅自己画的雏鸡图。董锦虎拥抱了我。董锦虎属鸡，今年是他本命年，这画恰到好处，他自然高兴。

各自坐下，董锦虎插上电源烧水，田丽叼着烟问："装修花多少钱？"董锦虎说："装修带家具总共15万。"田丽惊叫："便宜啊。"董锦虎脸色有些微变说："不是便宜，锦溪市场就是这个价。"

田丽还想问什么，董锦虎忙说："田丽，你住朝南房，蒋民与陶陶住朝北间，我睡沙发床。"田丽脸上笑开了花，说："怎么好意思，你是主人，必定要住朝南间，我睡沙发床吧。"董锦虎说："你是女同志。"这一说，田丽也就不客气了，掐了烟，像进入自家房间，把自己狠狠摔在席梦思床上蹦跶几下。

在客厅喝茶不久，田丽从房间走了出来，我们笑了。田丽奇怪。我说："刚才淑女装，现在阿迪达斯运动装。"田丽没搭理，只是说："刚才进小区大门时，我注意门前那条锦绣路，又宽又直又有树，晚饭后，在这条路上暴走，感觉绝对不一样。"

陶陶说："到这儿来，主要看看人家新房，喝茶聊天玩玩，暴什么走。"

我看了看客厅外的天，婉转说："天气不好。"

田丽不高兴地说："你俩统统不要找借口。"

董锦虎说："晚饭后再说。"

大家不响。

董锦虎又问："现在是喝茶打牌娱乐，还是到锦溪古镇走走？"

田丽说："当然走走。"

陶陶说："锦溪我也不知来过多少次了，我只想喝茶聊天或者打牌娱乐。"

我说："我来得次数不多，但据我所知，双休日任何古镇都是挤翻天。"

田丽说："你俩不想去，我要去，来了锦溪，总要吃碗特色奥灶面。"

陶陶说："上海市区也有。"

田丽说："不一样，再说到锦溪也要买些蹄髈、鞋底酥、海棠糕和小河鲜的。"

陶陶说："反正我不想动。"

董锦虎问我："陶陶不想动，蒋民你说一句，动还是不动。"

我说："陶陶一人留下不太好，我陪他吧。"

董锦虎说："那好，我开车陪田丽走一趟，你俩在房里休息，钥匙要吗？"

这是刚装修后的新房，董锦虎是老朋友，但主人不在我俩在，更何况拿人家房门钥匙，这些很不符合上海人的日常生活惯例，忙说："休息就不用了，钥匙更不需要，我与陶陶附近走走看看吧。"

董锦虎说："这样也好，一小时后我们返回。"

田丽说："一小时肯定不够，两小时差不多。"

陶陶面有不悦，我忙说："没事，三小时也没问题，反正时间有的是。"

董锦虎说："回来后，我请你们吃晚饭。"

陶陶说："不用请，来了够麻烦，AA制为好。"

董锦虎说："到了这里还AA制？亏你想得出。"

三

从阿佤酒店里吃过晚饭后出来，马路上除了几盏昏暗的路灯或明或暗鬼鬼祟祟亮着，天已漆黑一团，宽阔的锦绣路上空无一人，连辆车子都难见到，空气分外清冽，不过若有若无的零星小雨飘在头上，还是有些小小的讨厌。

我对董锦虎说:"从来没有吃过佤族人做的菜,今天吃了,算是开眼界了。"

董锦虎说:"也只有这个古镇上有,其他真找不到。"

或许我与董锦虎说到佤族,或许陶陶喝过一点小酒,总之陶陶突然亮起嗓子唱起小时候的歌儿《阿佤人民唱新歌》:

村村寨寨,哎打起鼓敲起锣,阿佤唱新歌。毛主席光辉照边疆,山笑水笑人欢乐,人民公社好,架起幸福桥,道路越走越宽广……

陶陶唱到此处,有意停顿一下,在暗暗的路灯下看了我们仨一眼,我们如同触电一般,不由得齐声吼起最后一句:"江三木罗。"

吼完后,四人相互一看,发出的阵阵笑声在空旷的锦绣路上空回荡。

总以为这样说说笑笑,可以回董锦虎家,喝茶聊天玩扑克,想法刚刚划过脑海,田丽马上说能不能暴走。

陶陶摇头说:"刚吃过饭,暴走对身体不好。"

田丽说:"我只说能不能,没说必须。这样吧,先散步消消食,再暴走怎么样?"

陶陶问我怎么想,我明确说:"散步可以,暴走免了。"

陶陶问董锦虎怎么样。

董锦虎说:"天气不好,路况不熟,赞同蒋民意见。"

陶陶笑了,看着田丽。

这下田丽总得改变主意吧,不料她却坚定地说:"我不能强求你们与我一起暴走,但是你们也不可能阻止我暴走的意志。"

此话一出,我们面面相觑,董锦虎说:"一个女人怎能独自夜里暴走?"

田丽嫣然一笑,轻轻用肩膀撞了撞董锦虎说:"为我着想,那就保护我暴走。"

董锦虎尴尬地看着我与陶陶。

虽说心里厌烦田丽这件事的做法,但四人也算个小团队,从没红过脸,看情形董锦虎为了田丽安全需要陪她,我想了想,只得无奈地说:"那就先散步,后暴走。"

田丽一听,得意地跳起说:"陶陶,你不暴走也得暴走。"

陶陶见大势已去,嘟囔着说:"那好,不过有个条件。"

田丽说:"请讲。"

陶陶从怀里拿出计步器说,每次外出暴走,都是事先经过筹划讲究规矩,这是为了安全,到了锦溪更不例外,我只想问,暴走多少公里,这必须讲清楚。

田丽说:"我们都是老暴,暴多少还用得着你那破计步器?这算什么问题呀,我只想说,面对如此美好的深秋,美好的小毛雨,美好的湿润新鲜空气,我就觉得自己犹如饥饿者面对一桌美味佳肴,若是不吃,不是暴殄天物又是什么?"

陶陶有些烦乱,说:"田丽,你别那么多美好美好,弄得像个诗人一样,你就直说,到底暴走多少公里?否则我宁可独自回董锦虎家睡觉。"

我跟着说:"陶陶说得有理,暴走多少得说清楚。"

田丽说:"那就暴走周庄一个来回。"

陶陶说:"周庄一个来回到底是多少?"

田丽胸有成竹:"来之前,我做过功课,锦溪到周庄12公里,锦溪到同里22公里,周庄到同里15公里。"

我明白,暴走周庄一个来回也就24公里,以日常暴走时速,用不了3小时即能完成,不算多大事儿,既然心知肚明,也就无话可说。

四

散完步回到董锦虎家,换上反光背心与反光运动鞋,戴上圈形头灯,下楼来到小区门口,整个马路一片寂静,连狗叫声都没有。

田丽说了两字:"起暴!"我们撩开脚丫,沿着锦绣路往周庄暴去。

天黑，路黑，两旁高大的梧桐树也是黑的，宽阔的马路上，零星的雨滴在头顶与身上飘散，微弱的头灯光下，除了反光背心与运动鞋不时划出一丝丝白光，只听到四双运动鞋在黑的路面上沙沙作响。

忽而空中刮过一阵秋风，寂静的马路两旁，高大的梧桐树叶发出呼啦啦的声音，好几片树叶从空中晃晃悠悠在眼前飘过，叶片绿中带黄，黄中带黑。抬头看树，却听见地上发出细音，几片干枯蜷曲的树叶，在风的吹动下，像古怪的精灵不断朝前翻滚，煞是好玩，紧暴几步，想去踩它，听听枯叶的脆音，它却不动，原来是被小片水渍沾住，于是跨过水渍，继续前进。

暴走，尤其较长距离的暴走，需要静心与专一，其间最忌讲话。陶陶虽说暴了，其实内心不太愿意，否则不会刚暴了3公里左右，他就不停讲话。

"哎田丽，我问你，锦溪镇以前叫什么？"

田丽回头看了他一眼没吭声。

"我就知道你不知道。董锦虎、蒋民你俩知道不？"

我与董锦虎摇头。

陶陶说："锦溪镇若至今仍沿用早年镇名，你董锦虎绝对不会来这里买房。"

早年镇名是什么，我们并不知道，不过听陶陶这样一说，估计不会是好名。

看不出董锦虎表情，但不悦是肯定的。

暴走最恨闲话的是田丽，不知怎的来了兴趣，她的反光背心与陶陶并行了。

"我告诉你们吧，锦溪镇早年叫陈墓镇，墓地的墓。"

我听到董锦虎的呼吸粗重了。

田丽说："陶陶，你嘴里积点德吧，这么黑的天，我们在暴走，你却在造谣。这世上哪有用墓地作镇名的，那不是要吓死人呀。"

我说:"就算有这回事,那也是早年的事,现在名字很好听。"

陶陶没理我们,说:"如果现在还叫陈墓镇,再怎么锦绣河山,风景旖旎,又有谁会来这里买房呢。"

暴在前面的董锦虎的反光背心在哆嗦。

田丽说:"有道理,不过陈墓是啥意思?"

田丽这一问,陶陶抖起掌故。

"陈墓就是姓陈的墓地。八百年前南宋金兵入侵,宋孝宗南逃到这里,被烟波浩渺的淀山湖吸引,从龙轿上下来,神清气爽,他有一个最宠爱的妃子姓陈,被眼前的景致迷恋得一刻不想动弹,双膝跪地,恳求皇上让她留下。面对后有追兵,前有茫茫山水,不知何时能抵达临安,宋孝宗伤感不已,陈妃既然想待在这里,便准了。宋孝宗走了,陈妃留下,直到最后一缕香魂葬在锦溪,孝宗为了纪念陈妃,下御旨把锦溪改成陈墓。"

田丽说:"喊,传说吧。"

陶陶说:"不是传说,陈墓就在锦溪镇对面的湖心中。"

陶陶这一说,我想起来了。以前来时,确实听人说过。不过陶陶现在提这干吗?陈墓是陈墓,锦溪是锦溪,难道他要说,董锦虎是在墓地边上买的房吗?

事实上,董锦虎不想听陶陶在这黑夜里扯什么陈墓之类的掌故,只听他大声说:"前面转弯处是锦团路,沿着锦团路,直达周庄。"

董锦虎这一说,让我想起什么。

自从来到锦溪,我们所见所看,马路都是带锦字头的,锦富路,锦花路,锦云路,锦屏路以至现在马上暴走到的锦团路,董锦虎在锦溪买房,是否潜意识认为"锦"字与他有缘呢。

想着时,我们已由锦屏路转向锦团路,此刻,复又暴到前面的田丽突然一个刹车,尖叫道,棺材,棺材。

漆黑的夜里,田丽突如其来的尖叫声,把我们吓得不轻。

转弯角的锦团路路口,确有一个黑乎乎的东西一动不动立在那里，我眼尖，棺材哪有那么大啊，分明是辆黑色小车。

陶陶也看清了，说："田丽你眼睛有病啊，那是车子。"

田丽没回答，不过却说："暴走应该少话多暴，你啰唆着什么陈墓陈墓，我以为这个突然出现的黑乎乎的东西，就是陈墓里的棺材呢。"

说着，我们已经到了小车跟前，借着圈形头灯的暗光，发现这是辆很少有人开的老式桑塔纳，车身、挡风玻璃与车门上方窗玻璃肮脏不堪，奇葩的是这种破车窗玻璃上还贴着深膜。陶陶用手沾了口水，朝驾驶座上的车窗玻璃上擦了个小圆点，眼睛贴上往里一看，空无一人，但却发现车钥匙挂在方向盘下。这前不着村后不靠店，这车停在这里干吗？

田丽说："估计没油了。"

董锦虎凑上小圆点一看，说："表上油箱满的，车钥匙也在，这就奇怪了。"

田丽说："应该抛锚吧。"

陶陶围着小车转了一圈，说："这车浑身上下都是干透的泥浆。"

陶陶说完又用脚踢了踢轮胎，说："轮胎瘪了，又没牌照，估计这车不是抛锚车，就是僵尸车。"

上海人喜欢把停在马路一角，常年不动的报废车一律统称为僵尸车。

陶陶僵尸车三字刚出口，田丽火了，说："陶陶，你明知我胆小，可一会儿墓地、一会儿僵尸，啥意思？若是不想暴，干脆滚回去。"

陶陶怔怔地看着田丽，突然生气地大声吼道："你让我滚回去？"

我立即插话："你们真是没完没了，到底还暴不暴，不暴，先滚回去的是我。"

见我生气,两人互看一眼,不响。田丽一个转身,往前暴去。

暴了也就三五百米,天空响起秋天极少见的电闪雷鸣,原本零星雨滴陡然密了,成了铜钱般大。

五

这雨来得突然,且又凶猛,像是一盆水兜头从天空中浇下。

看看四周,除了笔直马路与两边整齐树木,见不到任何避雨的建筑物。

我说:"早就知道今晚有雨,现在怎么办?"

陶陶说:"怎么办?问田丽,她不是吵着要暴走吗?"

田丽说:"脚在你们身上,不是我拉着你们来的。"

我说:"这个别争了,现在是进还是撤,摆句话出来。"

黑暗里陶陶瞪大眼说:"撤。"

田丽说:"撤能躲得了这雨吗?干脆使劲暴,暴到周庄,打的回去。"

陶陶说:"你想发神经是你的事,我与蒋民立即撤。"

陶陶说完看着董锦虎。

田丽发恨说:"随你们便,反正我要暴到周庄。"

说完,田丽高举双手,大声说:"让暴风雨来得更猛烈些吧。"

这时,董锦虎说了:"我是主人,你们是客人,撤。"

田丽还想说什么,董锦虎上前一把拉住她。

田丽只得说:"撤就撤,你别拉我。"

董锦虎松了手,我们四人在大雨中往回小跑起来。

回到锦团路锦屏路转弯角的路口,黑暗中的桑塔纳再次跳入眼帘。当我们快速跑到桑塔纳车跟前时,车子驾驶座边的车门猛地弹开,把撤在最前面的陶陶吓得大叫一声。

紧随其后的我们吓得一下止步。

陶陶指着桑塔纳的车门叫道："门，门，门怎么突然弹开啦。"

我说："不会是你拉开的吧？"

陶陶吓得直往我身后躲着说："我拉个屁呀，它自己弹开的。"

董锦虎说："弹开就弹开，你怕了。"

董锦虎走到弹开的车门前朝里一望，说："车里没人，怕什么？"

雨越下越大，风越刮越猛，空旷而又黑幽的马路空无一人。

我说："这样下去不行，不如先进车内躲雨为好。"

董锦虎说："这个主意好。"

陶陶在我身后说："要进你先进。"

我说："行啊。"

我去拉副驾驶室门，没拉开，再绕着车子，依次拉了后两扇门同样拉不开，只得从驾驶室门钻了进去，顾不得车内一阵尘埃飞扬，爬到后座。

陶陶跟了进来，边往后座爬，嘴里边骂道："狗日的车内怎么那么多的灰尘啊。"

田丽站在车外不动，说："我才不愿进这僵尸车呢。"

董锦虎没说话，轻轻一推，田丽只得钻了进来，坐到副驾驶座上，董锦虎坐到驾驶座上。

陶陶说："我说僵尸车你们不信，否则车内怎会有那么多的灰尘呢。"

没人搭理陶陶。

这时我们听到车顶上响起噼噼啪啪声音，董锦虎把手伸到车门外，说："怪事，不但下雨刮风，还夹有冰雹。"

董锦虎随手关了车门，就像开自己车一样，习惯性地拧动车钥匙，我一见，大声叫道："别动。"

董锦虎吓了一跳。

我说："这车一动，别人以为我们偷车。"

董锦虎说:"你激动什么,车坏了,想动也动不了。"

董锦虎转了钥匙,什么声音都没有。

漆黑一团的车厢里,我们浑身上下湿透,头灯上的微弱光线互照各自身上,成了四团黑影。

董锦虎说:"这样下去不行,有困难找警察,打110吧,你们谁带手机了?"

我们都知道董锦虎这是白问了,外出暴走,谁带手机?

陶陶说:"反正僵尸车里成僵尸,只能等雨停了再说。"

田丽说:"狗嘴里吐不出象牙,你才是僵尸。"

六

前方马路射来两道耀眼的小车灯光,只见它冲破雨帘飞驰而来,嗖地飞驰而过,飞溅的雨水哗地射向我们坐着的桑塔纳的车身上,车身像被狠狠拍了一巴掌,响起了轰的声音。

其实一看到远处小车的光柱,我的汗毛不由得竖起,身子也跟着哆嗦。

陶陶说:"蒋民,你抖啥?这一抖,身上雨水都碰到我身上。"

我没理睬陶陶而是探身急切对董锦虎说,把方向灯打开。

董锦虎说:"你以为我不懂吗?车灯不亮怎么办?"

我慌了,说:"车灯不亮,又在下大雨,这车停在转弯角,非常危险。"

陶陶说:"危险个啥呀。"

我说:"万一来了大车,一不留神撞过来怎么办?"

田丽立马从座位上跳起说:"对对对,若是大车撞来,首先我就死翘翘,不行,董锦虎,你得让我下去。"

陶陶说:"田丽,你紧张什么呀。"

田丽说:"你想成为僵尸是你的事,我非得下去,董锦虎你开门。"

陶陶说:"蒋民啊,你真是没事找事,从阿佤饭店出来到现在,好歹也过了一两个小时了吧,你见过多少车。"

我说:"屈指可数。"

陶陶说:"这就对了嘛,这地方离G15沈海高速出口处远着呢,本来车少,何来大车?你真会搞笑。"

我说:"万一真有大车过来呢?"

陶陶说:"就算大车过来,驾驶员眼睛难道用来出气吗?"

黑暗里我有些火了,说:"车子之所以出事,十有八九是驾驶员用眼睛出气。"

田丽说:"董锦虎你开车门呀。"

董锦虎愣在驾驶座上一动不动。

田丽火了,你为何不开车门。

董锦虎说:"你以为我没开吗?问题是车门没法打开。"

这一说,微光闪闪的车厢里鸦雀无声,一种紧张的空气弥漫开来。

田丽拖着哭腔说:"怎么可能打不开车门呢,刚才不是开着的吗?"

董锦虎说:"我关上了,可是现在打不开了。"

陶陶也慌了:"怎么打不开呢,我们再看看边上的车门能打开吗?"

我们动了起来,车门死死咬住。

我说:"只能打开车窗爬出去。"

各自摇动车窗把手,四扇窗像被焊死。

田丽怕了,我也怕了,董锦虎与陶陶怕不怕我不知道,但被困在封闭的车厢里,他俩的不安是显然的。

董锦虎说:"看看座位四周有没有硬器。"

董锦虎这一说,我马上明白,那是准备砸窗。

车内连根针都没有。

田丽急了，忙用拳头击打座位上方窗玻璃，除了响起轻微嘭嘭声，纹丝不动。

田丽冲着陶陶叫道："你是死人啊，敲呀。"

陶陶用肘子击打窗玻璃说："我是僵尸我能行吗？"

陶陶果然不行。我与董锦虎也不行。

这时，我们发现，来到锦溪十个小时不到，很少在路名中锦字打头的马路上见到的车子，在这深夜里一辆辆出现了。以小车为主，其中夹杂着大客车，他们闪着耀眼的车灯，一辆辆地从我们身边呼啸而过。

我说："不是有大车吗？"

陶陶有些愤怒，说："蒋民，都是你他妈的招来的。"

我说："我有这本事吗？"

陶陶说："先前你没提车，我们很少见到，现在怎么都出现了呢？且还有大车。"

这真是怪事，可我怎么知道呢？

董锦虎说："别吵了，烦死人了，统统系上保险带。"

董锦虎与田丽系了，可这个破桑塔纳车后座根本没有保险带。

董锦虎不吭声，双眼注视着窗外。

雨夹着细颗粒冰雹越来越猛，不停地抽打车身，发出阵阵杂嚣。

董锦虎把身体往后仰着，慢慢抬起双脚，他想蹬掉前面挡风玻璃。

七

暴走没成，路中反遇这等烂事。

现在说谁的不是都不重要，重要的是董锦虎双脚能蹬掉眼前挡风玻璃，让我们各自爬出去就行。

风啊，雨啊，小颗粒的冰雹算不了什么，只要尽快离开僵尸车，跑向董锦虎家，美美洗个热水澡，换上干净衣服，轻轻松松喝上热茶，一切都会烟消云散。

董锦虎准备蹬玻璃时，车屁股砰地响了一下，我们顿时呆若木鸡，一动不动。

车子被撞了？不像，可这声音四人听得清清楚楚。

我与陶陶扭头往后看，该死的后座上方的玻璃漆黑一团，什么也没看见，但是后车身却在慢慢动着，而且后车身像被什么东西抬起，我与陶陶身子明显往前倾斜。

更离奇的是车子动了，不是往前，而是反方向地往后。

陶陶反转身子，把眼睛贴到后座挡风玻璃往外看，半晌惊叫，车子被拖了。

车子拖了？车子怎么可能被拖呢？又有谁会在这雨夜里拖着这辆破车？

公安？清场公司？废品公司？

我们不知道。

我们紧张着，田丽却放松了，说："车动总比车死好。"

董锦虎说："对，比我用脚蹬强多了。"

我说："会把这破车拖到哪儿呢？"

田丽说："管他拖到哪儿，到时下车就行。"

我说："万一拖到很远的地方呢？"

田丽说："拖得再远，不可能离开昆山，到时，我肯定让他们用车送我们回去。"

陶陶闭着眼睛不说话。

田丽说："陶陶你睡着了？现在可不能睡着啊。"

陶陶冷笑说："我睡着了吗？我是在想昨天看过的一部美剧场景。"

田丽说："看就看，冷笑啥呀。"

陶陶说:"那部片子里有个制毒老头,把人整死后,放入车里,送到废车场。"

田丽问:"废车场怎么啦。"

陶陶说:"报废。"

田丽紧张了,不安地扭动着身子,问:"你不是说,车里有死人吗?难道废车场不检查一下吗?"

陶陶说:"这个我不知道。我只知道电影里,老头把车子送去,废车场就会把车子吊起,碾轧成一坨方方正正的铁块,随后垒好打包送往钢铁厂回炉。"

田丽突然醒悟过来,尖叫道:"那我们这车是不是也是……"

陶陶摇摇头说:"我不知道。"

田丽说:"你不知道,你为何这样说?"

陶陶说:"不是我这样说,是电影里这样放的。"

田丽愤然地说:"你为何总说这些不吉利的事呢,到底居心何在?"

董锦虎冰冷地说:"他又不是第一次。"

我强作欢颜说:"田丽,陶陶喜欢开玩笑,他随便说说,你随便听听。"

田丽把怒火发到我身上,这事能随便说说随便听听吗?

半个多小时后,车子渐渐慢下,进入一个空旷地,一根电线杆的顶端绑着一个小太阳,在雨中亮着刺眼的白光,在白光下,我们看到四周都是一坨坨垒得整齐而又高高的铁块。

一看就知道是被处理过的废车。

车子被拉到空旷地的一角,停了。

我们从挡风玻璃处向外望去,整个空旷地跳入眼帘。高高的小太阳旁,是一架起吊机与蟹钳一样粗大的铁钳,它的一边还有一个在风雨中摇晃的大铁锤。

董锦虎倏然回头,眼神像锋利的刀片划过陶陶的脸,田丽扭头一动不动死死盯着陶陶的眼睛，我不由自主用湿漉漉的身子狠狠地撞陶陶的身子。

陶陶惊恐地看着我们，声音发抖地说："你们这样做啥？又不是我拖你们到这里来的。"

田丽突然把头转向董锦虎，一双眼睛恶狠狠地盯着董锦虎。

董锦虎不高兴了，说："你要吃人啊。"

田丽说："你心太坏，说不定这事就是你做的局。"

董锦虎一愣："你说什么？"

田丽说："我说什么，你最清楚。"

董锦虎说："我清楚什么？"

田丽说："你为什么安排我独自住在朝南房间，而你却睡客厅呢？"

董锦虎说："你一个女人，给你优待。"

田丽冷笑说："不，你不安好心。你内心深处是想半夜三更从客厅爬到我床上特别方便。"

董锦虎傻了，半晌才说："你也不看看你的长相，一个老菜皮，还说我要爬上你的床，你他妈的拉倒吧。"

田丽说："我老菜皮？你以前怎么说的？你说，我比你老婆漂亮百倍。"

董锦虎像是被戳到了痛处，猛地举起了拳头。坐在后面的陶陶马上扑了过来，拉住董锦虎说："不管田丽说得是否属实，你不能动手。"

董锦虎被陶陶使劲拉住，火了，说："放手。"

陶陶说："你不打人，我就放手。"

陶陶力气大，董锦虎动弹不得，恨恨地说："我算瞎了眼睛，跟你们交上朋友。上高架买路钱，我出；开车汽油费，我出；还让你们吃住，费用都是我出，你们竟然是这样的人。"

陶陶说："你这话不上路，不是我们要来，是你请我们到这里来的，再说了，我们也不是白来的，或多或少都带了礼物了。再说，每次在市内茶馆喝茶钱是谁出的，还是我，我告诉你们，这几年来，光是外出喝茶钱，我都付了一千多元，我都小本子上记着呢，你们谁出过半毛钱？蒋民，你摆句话，我说得对不。"

不管田丽还是董锦虎，包括陶陶，对于他们这些话，我都不想说什么对与错，既然让我摆句话，我就说了："你们三人听着，每次外出聚会，我总是说AA制，可是你们都是抢着买单，既然翻脸了，回去后，一分一厘从头算起。我不会少付一分钱的。"

我话音刚落，只听到小车发出一阵砰的声音，接着就发现小车身子整个提了起来，陶陶连忙松了手，一屁股坐下，绝望地叫道："死定了，死定了。"

这时，董锦虎叫了起来："看看，下面有人在指挥呢。"

我一下醒悟过来，吼了一句：一起敲窗，一起大叫。

赵兰振，1964年出生，河南省郸城县人。曾做过医生、文学编辑等。1991年开始发表小说，出版有长篇小说《夜长梦多》《溺水者》，中短篇小说集《草灵》《摸一摸闪电的滋味》。现居北京。

七月半

赵兰振

一

村子南面的一角是小树林,树林的中间就是那条村口的土路了,那条路成为两种树木的分界线,西侧是泡桐树,东侧是楝树。楝树的树荫浓,而且大概是楝叶清苦的味道被白日的炎热蒸发到了夜晚仍然浓郁因而令所有的蚊虫退避三舍的缘故,男人们都睡在路的东侧。只要不是落雨的日子,村子里的男人们都是露天而眠的,搬张绳襻软床,或者拎一领苇席,朝路边一搁,清风徐来,躺下随便拉几句话,不久鼾声就会长长短短扯起,像是红薯田里的红薯秧藤。今天没有风,不远的玉米地没有沙沙声响起,头顶上的树叶动也不动,燠热不声不响渗透在黑暗中,让不知藏匿在何处的睡眠不敢轻易来访。被烈日炙烤的土地没有散尽热气,凉意没有从地层深处悄然升腾,躺在苇席上觉得身子底下莫名的烫热,不久就洇出汗水。月亮热得有点发红,不时晕晕乎乎撞进灰云里。几个人坐在树影下的昏暗中吸烟,烟头火像几朵小红花闪烁,伴随着明明灭灭绽放的是拉话的声音。他们在谈论白天赶集的见识,千里坐在他的软床上，但他没有吸烟也没有说话，他通常总是保持缄默，他支棱着耳朵在贪婪地听另一个人瞎侃。那个人声音有点尖细，在暗昧中很难看清面目，他正讲得起劲，讲他晌午赶集看见两个人赌博吃变蛋的故事。一听就知道他是添油加醋讲的，事件远没有他讲得丰富，但大伙儿愿意他这样讲下去。大家一声不吭，几乎是聚精会神听他讲。那个人叫参军，虽然他的声音并不浑厚，但想象力丰富，同样的一件平常事到了他的嘴里，立马精彩纷呈，死蛤蟆也开始乱蹦着尿尿。他能把死蛤蟆说出尿来，他有这本事。但在村子漫长的黑夜里，不听他满嘴跑马车，你又能去听啥哩。他讲到在集上供销社的门口，就是十字街口卖白面馒头的那个大食堂的南侧，有一个卖变蛋的茶摊，两个公社干部打赌，说要是其中一个人能一口气吃掉三十个变蛋，另一个人愿意付钱。那个人并不愿意吃变蛋，但他被激火了，好像他多没有能耐似的，连三十个变蛋都吃不了。他拍了拍肚皮，尽管他刚在公社伙房里吃过午饭，但对这肚子能盛下三十个变蛋仍然信心十足。他趿蹴下来一把抓了两个变蛋在手里托了托，甚至还将一个撂起老高，轻松地又在空中接着那凭空飞高的蛋，握在手心里掂了掂分量并惬意地享受蛋体内凝冻蛋清被吓出的哆嗦。他打算付诸行动。他确信自己的肚子不会背叛他。而且他肯定好久没吃过变蛋了，对谷糠石灰硬壳包裹着的软嫩透亮的内瓤充满香甜的幻想。他应答了那个神气活现因而有点颐指气使的人。他努了努劲儿，开始数那堆被干燥石灰泥包裹得严严实实显得笨重而硕大的有点石头意味的变蛋。他数了三十个而且把这些挑中的变蛋从大堆里分出来，他聚拢了一大堆变蛋——那是三十个变蛋啊，我的娘啊，像是一泥兜子（打土墙时抬泥的布兜）山药蛋，谁又能把它们全都填到肚子里去，你的肚子能有多大空当啊！但那人不慌不忙，拿起一个比拳头更大的变蛋朝地上扔去，变蛋笃地沉闷地摔落在地上，厚厚的灰糠硬壳碎裂了，还好，蛋壳囫囫囵囵的，连裂纹都没一条，而且硬痂里头仅是一枚小小的鸡蛋变成的，那鸡蛋甚至比一只麻雀蛋大不了多少，充其量也大不过一个卵子（他还朝裤裆摸了一把呢）。这是一只当年长成的小母鸡下的蛋，这小小的第一枚变蛋给了那个胆大包天的人无限的信心，他以为既然这随便拿起的变蛋体积这么小，那其余的蛋体量也大不了哪里去，三十个变蛋只有平时二十四五个那么多，对于他那能盛五个两毛钱一个的大白面馒头的肚子来说实在是小菜一碟。他的脸上有了得意的笑容，那是占了便宜的人通常都有的发自骨头里头的笑。他的动作开始从容而欢喜。他剥了那个小变蛋甚至没有擦净黄澄澄的透明的蛋清上沾染的石灰粒就朝嘴里一撂，又一瘪，那变蛋已经成为他肚包里的一部分，就像一块土坷垃扔进了水塘里……随着故事的进展，风没有贴面吹拂，蚊虫也没有飞来凑热闹，而最初的炎热已经溜掉了不少，黑暗中潜来的丝丝凉意让汗粒悉数回到了体内。有些人不想听了，也不想吸烟了，就踱回自己的床铺开始躺下睡觉，此时只要躺下，不出两分钟一准马上沉入梦乡。参军有点不高兴，他的不高兴能从他尖细的声音稍稍顿挫中听出来，但他正讲到兴头上，也不想马上中断。翅膀有点困了，他本想走回自己的苇席旁，躺上去听不远处的一只屎壳郎像煞有介事的飞行声，因为他对吃变蛋不感兴趣，对打赌也不感兴趣。他只对那些泛亮的黑暗中来来往往的昆虫上心。但他不想离开人群，也不想离开千里。千里知道他这心思，就碰了碰他的胳膊低声说，你要是困了就睡我这儿吧。翅膀其实就等他这句话呢，因为他喜欢和千里在一块，也喜欢千里的这张绳襻软床，但这床只能躺下一个人，要是他再凑上来的话，千里躺下的小半个身子只能搁在另一侧的床帮上。但他太想睡在千里这张床上了，太想和千里并排而眠了，又怕千里不情愿，所以从来也不说。好在他并不太占地方，侧着身子靠着一侧的床帮睡，千里也照样舒舒坦坦鼾声如雷。

接着说话声就渐渐消失了，各种蠕动也相继平伏，只有那些片状闪电在天边逡巡，一下一下照亮头顶的天空。千里的鼾声应和着闪亮开始扯响,只要他的头一挨床帮,他的鼾声一准接踵而来,才不管是侧着身子还是平躺着身子呢。翅膀起初睡不着,看着头顶天空中偶至的闪电亮光余孽,看着斑驳月光映出的树冠的轮廓,又仄脸看了看不远处拴牲口的场地里卧在地上的几头老牛安然无事的凝重侧影。他对闪电有点不放心,担心要落雨。但他的担心还没找到落处时他已经滑坠梦乡。

没有那些惊雷闪电,这个夜晚和多少个夏夜一样,一觉睡到天亮,在第二天翅膀醒来时路边一准早没了人影,只有他一个人躺在这舒适的软床上。他在清晨刚醒的那一刻会有些失落,孤单可怜,但他揉着眼睛扛着卷起的席筒朝家走的过程中所有失落会烟消云散。他年纪还太小,还不知道忧愁的滋味也无须为什么事情忧愁,和那些一大早要爬起来干活的大人们不一样。但这一夜却没等到他在清晨醒来,在半夜里他已经被千里摇醒:"快快,下雨了!"千里站在混沌的黑暗里,站在床边略略弯下身子叫他:"翅膀,我们去海民家新屋子里睡。"在翅膀一屈挛坐起来时雨点已经打响头顶的树叶,那种哗哗啦啦的响声比千里的呼唤灵验,让翅膀一激灵像白天一样很快活泛起来了。这时一个吓人的闪电将树林和大路照得雪白,像是一下子跑出来了正午的太阳,翅膀吓得愣了一刻弯腰在地上找鞋,鞋没穿好就听咔嚓一声巨响劈顶炸开树叶好像簌簌震落了许多一样。千里扛起软床子,翅膀拎着他的苇席,一大一小两个人急慌慌走在深夜里,在匆急但从容的雨声里朝楝树林东侧的新屋子走去。

那是海民家的新屋,刚刚建好,房门还没有安上,四敞八开的,桁梁上还悬吊着秋千呢(这一带的规矩,新屋都要荡半月秋千,可能是期望屋子坠坠更稳固结实吧)!一股伴着麦秸馊味的新泥气息浓厚地充斥在屋子里,但这气息很好闻,似乎还掺杂有丝丝缕缕甜甜的味道。因为这气味,黑暗一下子浓重起来,只有趁着门口泄进来的光亮进屋好一阵才能看见东西。有好几张软床已经先他们之前进来横七竖八摆在空荡荡的屋肚里,他们随便找了个靠近门口的空当安置好躺下,但睡梦受了惊一时半刻没有回来的苗头。(这新屋是千里他们一群年轻人的领地,只要夜里下雨他们一准集聚这里,而那些年龄稍大的另一茬人各寻宿处是不会轻易冒犯这儿的。)一支烟工夫外头的雨已经停了,没有了哗啦啦的声响,但马队一样汹涌而来的乌云似乎还没走远,沉雷仍在绕着新屋徜徉,尽管门口明显亮堂了一些。雨水带来了凉意,但仍然有点闷热,要是躺着不动也不至于出汗。翅膀以为就他一个人睡不着,不知道千里也没有睡。"翅膀你往那边靠靠,我换换边儿。"千里已经知道翅膀没有睡着,他腾挪了一番,听他的话声就知道他清醒着呢。

这时月光从门口进来了,猛然亮了起来,让人有点始料未及,有点惊喜也惊疑。"又晴了。"千里说,"一雷一闪的,就挤出这点猫尿!"他又翻了一个身。月亮一进来他更睡不着。

千里坐起来,坐在床帮上,接着又趿拉着鞋走进月光里。他庞大的身影遮挡了光亮,屋里暗了一下,很快又恢复了亮堂。他在屋外站住仰脸看了看天,"云彩没影儿了!"他提高了一些嗓音朝屋里说。

现在能看清屋肚里的景物了,不是一张两张软床,好几张呢。他们都没再睡着,有两张床上坐起了人影。千里又从月光里走进了屋。千里叫:"翅膀,翅膀,你睡着了吗?"

翅膀当然没有睡着,他的脑子清亮亮的,比河水都清亮。翅膀也坐了起来。

"你不是想吃肉吗,咱去吃牛肉,过过肉瘾吧!"千里的声音在微明的黑暗里分外响亮,但却让翅膀摸不着头脑,觉得是在梦中。怎么现在突然吃牛肉,要过肉瘾?他不知道为啥要做这样的梦。他觉得自己此刻坐着也是在做梦,也许他仍在躺着并没坐起来。

但黑暗中响起参军的声音:"千里你发啥吒怔?抡一后晌大铁

锤没掏完你的劲儿啊,深更半夜过肉瘾,是不是想吃肉想疯了!"现在翅膀明白自己不是做梦,是切切实实坐在新屋靠门的软床上,千里慢吞吞的身影就在他旁边。千里说:"吤怔?谁发吤怔!"他站起来,踱到参军床前,黑暗中传来断续的压低的交头接耳的低语声。翅膀这会儿有点困了,他刚才没有把过肉瘾当回事儿这会儿当然也不当回事儿尽管千里从来不会对他说谎。他的身子猛然朝一边歪倒但歪倒本身唤醒了他立马又坐直了。他想就势躺下去,但这时千里走过来,参军也穿好了衣裳(都是粗布短裤衩白背心握手里也就是一小团再说他们好像也没有脱衣服睡的习惯全都好好地穿在身上呢)。他们精神抖擞。千里说别睡了走吧!翅膀的瞌睡虫全飞走了,因为四五个人都起来了要往外走,看样子要开始一场夜袭之类的行动但直到此时翅膀仍然无法与过肉瘾扯连一堆。翅膀站起来随从千里和人群,深夜里任何行动都让他兴奋。要是有一盏点亮的小油灯,你就能看见翅膀此时两眼正闪闪放光。他总是对就要发生的事情充满渴望,好像前行的时间中到处都有芝麻开门的宝藏在等他来呢。

　　千里让翅膀跟着自己走,其他几个人就像一簇鱼游进了大河,转眼已经找不见踪影。翅膀揉着眼睛跟着千里,他不想知道他们都去干啥也不想知道千里去哪儿,他的使命是听话,这个时候不需要他去思想。月光不再昏沉,变得明亮,将花花绿绿的树影摊布在地上,他们没有走那条通向村口的街路,也没有沿着宽阔的护村沟前进,他们从楝树林斜插过去抵达护村的海子尽头与护田的枯树枝交叉竖起的篱笆之间的那处根本算不了大门的村口。雨水仅是湿了地皮,连沾脚的几点烂泥都没生出来。他们沿着那条朝南的路走上吃半根黄瓜的时间然后又拐上了另一条横路,横路的一侧是玉米地,高高的玉米棵比墙垛更厚实,把他们的脚步声全吸走了。"我们去哪儿?"直到这时翅膀才问走在前头的千里,他有点害怕,尽管千里就在他的前头一步就可以攥上但他还是有点害怕。这块玉米地里不太平，里头藏着好几片坟苑，有一个是新坟，是海民的爷爷，那可不是个瓤茬。海民爷爷当过土匪，但土改时期还有后来的"文革"时期无论形势多么严峻但他都是漏网之鱼，都找不到他蛛丝马迹。但他当过土匪这事儿是真的，至于怎么翅膀不知道全村人都不知道但全村人都知道他确实当过土匪，不但他当过，村里还有人当过，至于谁当过不是翅膀这个年纪应该弄清的事情。村子里谁也瞒不了谁，每个人老几辈的事情大家全一清二楚，每个人从屎爪爪长成大人的历程大家也全看在眼里。你干的好事儿大家记着呢，你干的坏事儿大家也记着呢，所以他们都听千里的。千里在生产队里似乎没有地位，队长可以随便支使他干大家都不愿干的活计，但年轻人全听他的。翅膀觉得他们听他的是因为他的个子大，比他们高也比他们有劲儿，但村子里也有和千里一样个头高大的人但好像并没有多少人听那个高大人的。翅膀对这些事儿有点弄不清，也不想弄清。但他听千里的，他的千里哥是他的亲人呢，比亲人还亲。

路面上爬着一层锅巴草，顶着一薄层亮晶晶的雨珠，踩上去软绵绵的，翅膀体验着鞋底上的柔软潮湿清凉暂时忘了害怕。但玉米棵密密实实，随时会跳将出什么来，他不敢与千里拉开距离，只要超过一步半那么远他马上感到危险降临，让他打一个寒噤忙蹶飞奔赶上。路的南侧是大豆田，一眼能望到那一头。这种开阔比玉米地的密实更让人害怕，无遮无挡，远处的一切尽收眼底，要是田地那头真有一个妖怪什么的在这儿一眼就能瞭到。翅膀有点不敢朝远处看。千里小声问："翅膀，你是不是有点，困啊？"他停了下来，扭过头来。他故意避开"害怕"两个字。月光很明，将他庞大的身影压成一短截拍在地上，又矮又黑。月光压缩了人影。这让人有点奇怪也有点担心。"不，"翅膀说，"这锅巴草正长得凶呢，我一踩它乱动。"翅膀本来是想说他一点儿不害怕，但他这么一说他也觉得这锅巴草更可疑，他说之前根本没想过脚底下在动。"你说啥？锅巴草在动？"千里低头踢了踢浅浅的草层，"没有啊！"

他说。

　　翅膀没走过夜路，不知道这深夜里有这么多凶险，不知道尽管有月光朗照还是草木皆兵。白天熟惯的一切在深夜里全变了模样，完全成了陌生世界，好像他们压根儿没认识过，就像这条路白天几乎天天在走也没觉出锅巴草怎么样，而到了夜晚它们竟是如此软和，它们一下子有了肉身有了温度。他们的温度是凉的，就像它们压根儿不是草而是某一种他尚未认识的扁体动物。它们白天是植物夜里是动物……翅膀一年里最多两次见识黑夜的旷野，一次是大年初一夜里跟着大人去祖坟里烧纸（那只是匆匆走一趟，而且不是一两个人）；另一次是秋天晒红薯干时，从麦苗刚长出半寸高的田里一片片拾起红薯干然后收到麻袋或者口袋里，最后拾光捡净后才能回家，但那时常常已到深夜。到了捡红薯干的时节村子里男女老少都要行动起来捡拾，要和即将连阴的秋雨展开竞争。他们一冬的粮食全依赖这红薯干，要是阴雨连绵，他们的指望就会全烂在地里。他们要争分夺秒，无论月黑风高无论野地邈远他们全都不放在眼里都要打着灯笼捡拾干净。翅膀不止一次躺在麦苗丛中睡着了，他的小手利落但只适合白天，到了夜里总是看不见拘挛着身子的红薯干总是落下。但因为人多远近总有说话声大家都在忙活，没有人会在这样的时候害怕，再说也不必害怕，路上总能碰上人。哪像这个夜晚尽管月光照如白昼但不见人影，深夜里没一个人影的旷野是最叫人害怕的。在这种害怕中翅膀走完了那条横路然后一拐又打头向北走上了另一条路。

　　直到此时翅膀才知道千里是要躲开牲口院才绕道走的，其实要是直接去村子西头的这条路没必要转这么一大圈。但牲口院里有饲养员，他们总是夜里比白天更精神，小油灯总是彻夜照亮厩房。马无夜草不肥，他们要在夜里不断地朝石槽里添草。他们的耳朵尖着呢，不但听得清老牛嚼草的声音还对牲口院四周的动静了如指掌。喂牲口的是老板凳和黄鹭，都是夜猫子。老板凳好讲古，尤其会讲三国演义，而且对孩子们特别和蔼，翅膀是比较喜欢他的。牲口院后头是生产队里的菜园，仓库保管员黑脸总是守在那儿，夜里守在园子中央的草庵子里，不，夏天他不可能睡在庵子里，他睡在庵子前头的大楝树下，那儿总展开一张软床，大白天的也不竖起来仍那么平展展地铺着，好像随时准备躺下来睡一觉。翅膀有点羡慕保管员，羡慕他可以躺在大楝树下也可以天天浇水总是凉滋滋的多么惬意。翅膀想，他长大了一定要当个管理菜园的仓库保管员。

  他们刚在村西头站定，刚才消失的那几个人中的一个就出现了，像是凭空从地底下冒出来的。在翅膀盯着西南角天空的一朵乌云端详时，他的身边突然就响起了不是千里的声音，他当然能听出那个人的声音但他还是吓了一跳。千里在和那人说话："我看看。"他伸手接过那人递过来的东西，那是一把菜刀。翅膀能感觉到沉甸甸的分量，但看不见刀刃上的寒光。这也许是一把钝刀，但他们深更半夜的拿刀做啥？此时翅膀早把千里说的吃牛肉的事情忘到九霄云外了，因为他压根儿没指望在这个月光皎洁的雨后深夜吃上牛肉。别说牛肉，他什么肉也没想过，甚至没想过千里给他烤过的蚂蚱肉。他觉得这么个清净夏夜不应该与吃物联系在一起，要是吃物也得是黄瓜啊玉米棒子啊甚至西瓜之类的清爽族类。月亮在偏西的天空，而西南的天空黑沉沉的，是走了再度返回的雨云还是新来的雨云呢？有一只布谷鸟在叫，好像藏在那堆乌云里，好像在天空里边飞边唱："你们干啥，你们干啥……"它在不达目的誓不罢休地追问。翅膀不想搭理它，因为翅膀也不知道他们要去干啥甚至不知道去哪里。那个握着一把菜刀的人叫谷子，千里打铁的师傅——车轮是他的本家三爷。千里举起刀体端详刀把儿嘴边溢出几个字："这把刀中！"千里说这刀是他打制的，他抡起的铁锤砸瘪铁块并且将炮弹皮钢融进了刀刃。谁都知道炮弹皮钢是上好的钢，能让刀子锋利无比而且不会钝裂。千里伸出大拇指指腹划划刀刃，要试试它削铁如泥的本事。

谷子说他去厨房拿刀的时候惊醒了他娘，问他要干啥。他娘听出是他的声响当然不需要起床也不需要打开堂屋的木门只是让声音从窗棂里扯出来。谷子说他渴了，去厨房水缸里喝水。不等他蹑手蹑脚走出院门他娘已经返回梦乡。她的儿子在院子里，她有啥都不放心的。再说谷子是个慢性子，三脚跺不出一个屁来，他除了去厨房水缸里舀水解渴又能做啥！要是知道他在厨房里找刀，他娘的觉瘾比那些云彩跑得都快。

你都没弄清怎么一回事儿，另外的几个人已经到齐，好像他们不是走来的而是一直待在玉米地里或者他们就是几株玉米，猛然间从玉米又变回了人形开始活动。参军扛着铁锨，锨把儿很长可以当抬东西的杠子使用。参军的本事都在嘴上，身子生得细挑挑的（他的铁锨也有点仿他），胸部承受不了头的分量（他的头略扁，像一块挤着长歪了的暴头红薯），向后拱出弯曲。他的驼背和肩上的铁锨搭成完美的线条构图。灯笼手里握着一把短把铁锨，他倒握着锨脖子，让锨把儿朝下，锨刃映着月光一亮一亮。千里问他拿没拿火柴，他说放心吧，说好的事儿我啥时办岔过！他个头不是太高，很瘦，但灵巧得像条狗，要是月光再亮些，就能看见他两只眼睛里眼白很多而黑眼珠有点少。灯笼总是一副不甩乎不在乎的模样，就是他爹给他颜色看他照样以牙还牙。他爹是村子里有名的火暴脾气，见了这个儿子也要礼让三分因为一看他红头酱脸的样子，看那白多黑少的眼睛就知道不是个好惹的主儿。他爹说这一点灯笼没满月小襁褓包着时他就看出来了，一哭浑身通红好像在他娘肚里就喝醉过一样。转运有点气喘，别说急慌小跑过来就是平时走路他也要气喘，他的喉咙里钻着一只蛐蛐或者是那种体形很小的画眉鸟儿总是在叫，发出唧唧唧唧的细响。翅膀真替他发愁，他就不能找个捉蛐蛐的或者捉鸟的能手试试吗！他们肯定手到病除，伸伸手的事情就不让它在里头叫啊叫啊从不间断。但转运一说话就笑，要不是夜深人静不能发出声音他早就大笑了，他大笑时气喘得身体摇摆就像大风刮着,他是风中的小树。翅膀喜欢和转运在一起,他喜欢转运的大笑,笑得浑身颤抖,憋得脸有点发紫,那才叫大笑啊!转运的任务是盐和绒柴火,但他家只有盐疙瘩,没有盐末。千里嘿了一声,但要是用着盐末的时候他也有办法对付盐疙瘩。转运的胳肢窝里还夹抱着半泥兜麦秸,可以引火用,至于泥兜,一会儿能派上更大的用场。

最重要的人物总是最后出场,海民一声不响抱着个大铝盆站在灯笼侧后。铝盆翻冕在他的肚子上,盆体鼓起就像厚重的铠甲或者他长了大粗腰。铝盆比海民的腰宽,一个人站到身后贴皮朝前伸出两只手,两手都能同时探进黑暗的盆体内的空虚里。月光偶尔让铝盆闪耀着炫目的光芒,更让这铝盆荣耀而骄矜。海民话语金贵,但行动利落。他的嘴迟钝但手脚却拥有完美的替代。他让翅膀看过他的胳膊,只要他握拳使劲,上臂外头就拧出一大疙瘩狰狞的劈柴肉——他太有劲儿了,力气都在那里头打旋,随时都要喷发。要是打起架来,这几个人没有一个是他的对手。当然,千里是除外的,因为没有人能与千里比,无论海民多么有劲但他站在千里身旁还是要微微仰脸看才能看到他的头发。没有人是千里的对手因而他是排除在对比之外的人。千里举起铝盆,就着月光揣摩它的深度和容量,看起来他对这盆还是挺满意的。除了铝盆,海民还拿来了一个舀水的黑铁马勺。

他们都压低声音小声说话,个个一脸严肃,但浑身绷着劲儿,如临大敌。村子就在玉米林后头,村子里有深夜醒着的人,他们要想不让人扫见不能不处处小心。要是过了那处打麦场,走过了那堆崔鬼的麦秸垛还有麦场旁边的西塘,他们就可以放开手脚了(还不能放开喉咙)。再往前走到那条窄窄的小径上,他们就可像白天一样敞开说话走路,一点儿也不需要顾忌啥子了。但现在还不能,一定要小心谨慎!因为都屏着气走路他们不自觉地靠拢在一起,身体蹭着身体。转运走在最外侧,猛然他跳起来吓了翅膀一跳因为他就挨着翅膀,而再里头才是千里,他就那么冷不防地一跳像是热铁烫了他的脚,要不就是踩到了一条蛇,接着那脚在半空中没有再落到路面上而是踩在了一棵手腕粗的国槐树干上,槐树哎哟一声打了个寒噤倾盆大雨泼顶而下,所有人都跳开去,翅膀对这种事儿总是反应慢半拍,他仍然愣着,千里伸手把他拽离。转运早已跳走站在那儿哧哧笑响。千里说:"你干啥!你干啥!"灯笼捅了转运一拳没有说话。千里说:"现在是开玩笑的时候?转运你老实点儿!"转运说:"撵撵瞌睡虫。"千里说:"你看谁瞌睡?你看谁不比你精神。"尽管翅膀被及时拉开但身上还是落了树叶筛下的硕大雨珠,凉凉飕飕。转运悻悻地笑着走前头去了,尽管路旁树上坠满了可以逗人惊吓的雨点但他再也没有踩上一脚。

这条道是赶集上店必经的要道,路面平坦宽阔,没有阴雨制造的烂泥干结后的嶙峋面貌。人踩车碾出的羽毛般松软的浮土迅速吸干了刚才的雨水,同时也吸走杂沓跫音。但走过了那片打麦场走过西塘,进入茂密的玉米林中,脚步声突然大而空洞起来,有时咚咚咚地乱响,像是一群鱼游弋在大地深处不时浮上来撞动地面。它们是孤独的鱼群。它们羡慕这阳间的月光。月亮此刻皎洁清爽,刚被乌云擦拭被急雨冲洗过真是太明净了,远处仍然有乌黑的云层,但它们有片状闪电照路正在远去,越行越远。有一朵面目模糊的半边乌黑半边雪白的云走过来走过来,就要走到月亮的身边了但它好像停住了。它要观望一阵,像男人品味漂亮女子。他们都不再说话,只是匆匆急走。夹道的深不可测的玉米林里也有什么人在行走,那人的衣襟拂动了玉米的顶穗但他没有撞断玉米秆。翅膀听得清清楚楚,他还听见了他的轻咳,就这样,吭,像是在清嗓子,像是有什么话要对他们说,但最后没有发出一丁点儿声音,只是衣摆呼啦在近处拂响玉米。你看玉米叶乱动,宽阔的革质叶片映着月光泛出幽亮,然后那人又钻进了玉米林。"那是谁?"翅膀蹭紧千里终于他忍不住了,他指着路旁乱动的玉米叶。"哪?"千里扭头看了看,但并不影响他的脚步,他仍然在疾走,翅膀强迫自己不断地加快步伐跟上。"风,你没觉出多凉快吗!快点走!"千里的话有点像冬天里的大氅一下子就把翅膀遮掩在温暖的结结实实的安全里,千里让他快走跟上。千里不想让说话耽搁时间,现在不是说话的时候。眼看半夜就要到了,他们的事情刚刚开头他们要抓紧!但这会儿翅膀仍然对他们要干的事情所知寥寥。他只是觉得走在深夜的野地里害怕是害怕,但也太好玩了心惊肉跳地好玩。

其实只要处身几个人中间,翅膀虽然害怕但并不是真的害怕。他很明白他是安全的,有千里有这些人他们不怕,他又有什么可怕的,无论遇到什么他们都能抵挡,他根本不用害怕。但他看见听见了太多东西而他们全不当回事儿以为他是瞎说。"小翅膀,别再瞎说了。"有一次灯笼拧了他一把说差点拧疼他。他想回敬他轻轻一脚但他马上打消了这念头。大敌当前他不能和他斤斤计较。

前头路边一蹦一蹦的那是啥?那是野兔吗?不是说兔子不能吃沾了雨水的草吗?一吃就拉肚子那它为啥现在出来觅食?翅膀拽了拽千里的手:"千里哥,你看!"他指着那个跳动的小东西。它不慌不忙像是压根儿没把他们当回事儿,"兔子!"灯笼低叫了一声然后冲上前去,他不是想逮那只野兔他当然逮不着他可能是想看清些或者对月光下的野兔稀罕想探个究竟。和灯笼霎时奔跑的速度相比,野兔倒没有发挥灵巧的特长而是有点慢吞吞溜到护路沟里接着爬上了对面的沟坡消失在玉米林中。再走几步他们就清楚为什么在这个地方见到野兔了,因为这儿是路西的玉米林边缘接着铺排开的是红薯田(红薯叶是野兔的美味佳肴),又有点一望无际,远处氤氲着乳白的薄雾,<u>丝丝缕缕</u>恍如仙境。野兔是没有了,但红薯田里离路不太远竟然长有一两株高粱,有一只蝈蝈正在高粱的某片长叶上弹琴。蝈蝈比蝉的本事可是大多了,它不但在晌午顶歌声嘹亮,在子夜时分,在整个夜晚它都不歇地歌唱。蝈蝈是冥国的使者它交替闪动的鸣翅上滴淌着荧光的乐符。参军想去逮蝈蝈,扫见的蝈蝈让他心痒，他有点按捺不住。说实话翅膀也想去逮蝈蝈，看参军朝护路沟走去千里止住了他，千里说："你来是逮蝈蝈的？"参军说："趁势逮一个有啥。"千里说："你就指定它是蝈蝈？现在是啥时间是子夜时分。"参军不吭声了，他拿不准它是不是一只蝈蝈，在深夜的旷野弹琴如此响亮真无法拿准它是只什么，当他走近时它又会变成一只什么。细听每一吱声完结要交叠下一吱声时总会撅起短促的异响，像是一口白牙中镶了颗闪烁金牙哪像是蝈蝈鸣琴更像剑戟磨吭。参军不敢动了。按说在这种时候是不能说这种话的，但不说这话千里真的管不住参军。参军是个不服管的主儿，他会一条道走到黑。但这样一说参军比谁都瓢劲，再不提溜边逮蝈蝈的事儿了。话能招鬼，千里这话说得实在不是时候。

你在大路上是听不到蟋蟀的鸣音的只有朝东拐到这条厚草蔓地的一尺多宽的小径上，当你蹲下身来时那些小虫才猛然唱响，边唱边笑。它们铺天盖地而来那声响细碎而密集一波一波比雨点比满地的尘土更厚实，刚才翅膀一直不知道还有这盛大的声音，也许是处身太盛大的事物里头时你会忽略这事物的存在，或者这乐音有点哀伤忧郁，有点童声似的从来没有长大，像一群孩子在玩耍，但它们不是哭也不是笑，只是这样发出低微的号鸣。但也许是这蛮音像水一样只向低微处流淌，而你站立时是听不到的，或者听到的很少，反正当翅膀蹲在软墩墩的厚草上一下子降低到玉米的腰窝之下时，他猛然听见了这排山倒海般的乐音。他对这熟悉的乐音有点惊诧，深夜听到和白天里或傍晚听到的全不一样。深秋时节白昼里也随时能听到蟋蟀的群鸣，它们奏起哀乐的原因是它们全知道要不久于这个世界，它们活不了几天了，它们要在最后的日子里说出所有想说的话儿，谁又知道它们说的是什么啊！

但现在它们却全开口说话了。千里不让翅膀钻玉米棵，他说玉米叶锯人，翅膀的皮太嫩会被划伤。他让谷子守护翅膀。反正他们几个五大三粗的人都一个顶几个，一个人都能拎动一头牛犊哪还用得着谷子这个总是病恹恹蔫不唧的人,他的活计就是和翅膀做伴。(翅膀此时才知道他们是要去玉米林深处挖那头埋了的牛犊,也模模糊糊明白了千里哥所说的吃牛肉的含义。)谷子有点不乐意,他觉得千里看低他了。他一直在嘟囔抱怨。"你觉得你是谁,你以为就你有劲儿啊,你试试就知道了。"谷子在月光里伸出他细瘦的胳膊,他也像海民一样让翅膀看他上臂外侧的肌肉隆起,他们称那疙瘩肉(肱二头肌)叫"小猪子拱",可能是说那里头乱拱像头小猪,最后会拱起一个土埂一样的突起。大致就是这个意思吧。谷子沉浸在抱怨里让害怕都趔远了,但不久谷子就不吭声了,除了蟋蟀的层层叠叠鸣响外他们都听到了一个洪大声响,轰隆,哗啦啦!那应该是一头大家伙,应该是一头牛或者一头驴,正在朝他们狂奔!翅膀朝谷子贴紧,等着那大物冲向他们,随时也准备扯起嗓门叫千里。但他们等待的时候又销声匿迹了,好像它藏匿到玉米丛里盯着他们,像所有伺机进攻的野兽一样悄无声息地行动。翅膀的心脏咚咚咚跳个不停,他贴在谷子身上不敢动弹。谷子低声说:"是风,不是任啥。要不我点着火吧,我有火柴。"翅膀只是贴紧谷子,他能感受到谷子冰凉的身子里不时有颤抖乱爬,像是有许多蟋蟀爬进了他身子里,他就是一个蟋蟀笼子。谷子的声音有点打摆子。翅膀说谷子你也害怕吗?谷子说:"我不怕。我不能害怕。我要看好你,不然我怎么向千里他们交差啊。"但谷子的声音被风吹得摇来摆去,翅膀说我们别怕,它走了。他们只用气流说话尽量不用嗓子因而谷子的低语就不稳被吹得乱晃。但是小径上没有风,风被密不透气的玉米林悉数挡在了外面,谁都进不来。

你要是蹲下你就能看到玉米一棵接着一棵连到天边去,月光被支支扎扎的叶片吸噬,没有一丝漏下来,但还是能看见栅栏般的玉米秆下部的叶片早已枯萎干燥挛缩因而顺着行间一望目光能捅出老远更让人胆战心惊。尤其是上头不停地有什么呼啸来去而下头却纹丝不动像是另一个世界,像是它们直挺挺密匝匝与叶片全无半点关系，与披散开早已撒下花粉的干燥顶穗和垂头丧气已经蔫巴的前几天还湿润得五彩缤纷的缨须也没关系。但缨须之下的棒子正丰满，像蓬勃的少女胸脯，鼓胀起伏。所有生命都这样，最美丽的部位总是昙花一现，果实总是蕴蓄隐秘。谷子和翅膀觉得已经等待了一个世纪那么久，觉得月亮都偏斜下去了，他们该回来了啊，不会出什么事儿了吧。千里让他们就在这儿等不要动地方，千里临走时拿走了让谷子保管的转运的泥兜，掏出那些金黄的碎麦秸。谷子说："你叫我在哪儿放麦秸啊？"千里说："脱下你的褂子。"谷子抻了抻他身上粗布黑褂子的两襟但没有脱下来，他说，盛了碎麦秸，麦糠会钻进布丝丝里他没法再穿。谷子把麦秸直接放在小径上，千里说："你是想安大喇叭吆喝啊，对整个嘘水村说我们夜里来过这儿？"谷子说："你放心吧，一会儿再放进泥兜子里，收不干净的碎麦糠漏到草根上你没看草丛多茂密吗……"千里没再吭声，他也顾不上这事儿，他们在商量铁锹的事儿，商量从浇水的大垄沟那儿钻进玉米棵。接着他们就消失得没影儿了，真像鱼游进了大海。玉米林吸走了他们，大地吸走了他们，他们消失得太久了，太久了，他们真的今夜还能回来？

那家伙是猛地从玉米地里冲出来的，翅膀嗷号一声跳起来，但谷子拽住了他，它真长着三头六臂呢，在月光里支里八叉而且好像身子还在不停地涨大，胳膊腿儿都在朝外伸开。"千里哥！"翅膀大叫他知道这个谷子是不中用的，这大物一口就能吞下他，甚至吞下他俩也不费事儿，他要让千里快来，只有千里才能救他们！但千里却和大物在一起，或者大物就是千里，因为他听见大物说在这儿呢，叫个啥！那是千里哥的声音，他听得分明，但让他迷惑的是千里哥怎么就是这大物？这大物难道是千里哥变的？这时谷子说："你跑个啥！""你看抬出来了抬出来了啊！"——这时翅膀才明白，那不是大物，是千里他们把那东西抬出来了，他的眼看花了。他咽口气，压住嘣嘣乱跳的心脏，又长长地嘘出那一口气，但他还是有点信不过自己的眼睛,这个夜晚让他眼花缭乱,他真的不能确定他们真是千里,还有参军、灯笼、转运、海民……那东西拘挛在泥兜里四条蹄子朝外跷着,从泥兜边缘伸出的大头颅早没了平日的神气,而是软耷耷地垂挂着,随着他们的动作摇摆。翅膀没看清它睁没睁眼,也没看见它的嘴角是否还溢出细碎的泡沫,但它弓着身体的模样,他可是从来没有看见过,它总是活蹦乱跳的,好像整个牲口院整个包围噓水村的田野都装不下它,而现在它老实了比下午还要老实,不声也不响蜷缩在狭隘的泥兜里。翅膀有点害怕它,也有点可怜它。谷子吆喝他们停下,他要把地上摊的麦秸收到泥兜里头,灯笼说:"你要干啥?"谷子说:"不拿麦秸你要生吃啊!你又不是老虎!"千里瓮声瓮气地说,"你收吧,不用泥兜子了。"他们真的扔开了泥兜,直接四个人各拽着一条牛腿这样抬着走反而更省事儿。谷子小心地把麦秸收进泥兜里,谷子边收边皱皱鼻子:"我日,六六六粉!呛人!"那泥兜子沾了玉米地的仙气,确实今非昔比,一股浓重的冲鼻子的农药气息横冲直撞,简直要熏得人打喷嚏,好像镇上的农药仓库搬到这玉米地里来了,好像这泥兜子成了供销社售货员,总是趾高气扬一副狗眼看人低气息冲人的人模鬼样。

他们吭哧吭哧喘着粗气趔着身子拽着牛腿前行,玉米们伸出长长的叶臂想拦阻他们,想一看究竟但也许仅仅是想抖落一群水珠。月亮正在佝下脸来要看他们在干啥,不,月亮不住地跃动是给他们加油使劲儿呢!明晃晃左腾右挪,好像它才是比赛场上的裁判员。谷子扛着参军的长把儿铁锹,但那把短锹还有铝盆菜刀不知到了谁的手上,翅膀一点儿也不害怕了,尽管两侧的玉米地愈加黑黢黢的,里头藏满不知名的动弹不停的物件,而且每个玉米叶都在朝下滴淌明溜溜的月光。他们的脚上凉冰冰的鞋子全湿了。他们都穿着布鞋,鞋底早已湿透,脚在鞋窝里湿漉漉的发出吧唧吧唧的和泥声响。好在小径上茂草的厚毯隔离了下头的泥土,不然烂泥围簇再加上抬着这牛犊会寸步难行。

牛犊尥蹶跑着时身子轻巧灵活，像是它还没有吃够的草料没有重拙起来，像是一小股澄明的米黄的风，但现在它真的不动了仰面八叉躺着了你才明白它有多么沉重。肉身总是沉重的，只有灵魂鼓动时才显出轻巧。几个人不断地换着姿势抬，但还是累得手酸腰胀。他们已经迈过了刚才来时的那条大路，正艰难穿过西侧玉米田的小径。这条小径更窄，锅巴草也更深，几个人走得急，根本顾不上草丛里的活物，翅膀可以肯定有蛇，他太害怕蛇了，但你的心用在别处时你的害怕会减轻许多。翅膀照样蹚着蕴满雨水的草丛竭力跟上队伍。他和谷子仍然在后，另外五个人围着那头牛犊冲在前头，他们小心翼翼似乎抬的不是一头死去的小牛而是花轿，里头坐着花容月貌的姑娘。蚂蚱蟋蟀们的美梦被凌乱的脚步声踏碎，它们雨点般四处溅射奔逃，撞在脚踝裸露的皮肤上痒爪爪的。

这是条最偏僻的小径，只有收割季节人们才结队来干活，平常没人敢轻易打破这里的静寂。当一队人马走尽小路爬上河堤时，他们才咂怔过来他们到了哪里。他们听从千里的指挥，是去了那处大名鼎鼎的老鳖湾——这地方曾经做过土改时期几个村枪毙人的刑场。湾子里飘荡着多少冤魂没人说得清，反正有人晌午顶听到过湾子里有哭声，当他走近时才发觉不是一个人哭也不是一个女人哭而是一片悲恸，比出殡的队伍热闹百倍，像是在开恸哭大会。他惊慌失措掉头就跑，他一歇子跑到村头遇到人时才敢瘫躺在地上，此人此后再也没去过一次老鳖湾，就算一群人扯他，他也不可能再去一回。但现在千里领着他们来了，走近小径爬上了高高的河堤。千里当然也不会知道正是在三十年前的一个七月半深夜的此刻，他那位当竿首的父亲领着一干人马同样爬上这道河堤，进入老鳖湾拦劫了一条运粮船，从而酿成了他今天的命运。

河堤把他们举得很高，脚板比玉米的梢顶还要再高出一个梢顶，月亮近了很多，似乎伸手就能够到，视野一下子开阔，能看见半边明朗半边黑暗的天空只有几颗寡淡的星星。河堤看上去比实际高度要高几倍，因为堤顶种植着那些山墙一般的丛生紫穗槐（又叫荆条），它们密密实实向外向上攒射，那些细长的茎枝在秋后收割后可以编制各种篮筐。这些体量庞大的植物在黑夜里令人望而生畏，它们隔开河谷与外面的世界，它们挤挤挨挨好像还在膨胀像一排崔鬼的巨人。他们弓腰钻过两蔸紫穗槐的拱形空隙然后滑下河坡，压低的咋咋呼呼的声音伴随着粗重的喘息再度在滚荡，但另一种咕咚咕咚的落水声响且接二连三，起初几个人以为是谁不小心碰落了土块滚入水中但后来大家意识到不可能有土块，满坡都是高高低低的青草，千里说："是老鳖！"千里说的话全是真理，细听仍在响起的扑通扑通声确实是爬上河坡的老鳖受了惊动于是屁滚尿流滚进水里。（那时嘘水村的人天天挨饿，也没谁想起吃老鳖。老鳖唯一的用途是那顶供它隐蔽的甲板，可以晒干放在中药铺的药柜子里，作为治疗癌症处方中的众药之主。）他们拖拉着牛犊走在水边找寻合适的安营扎寨的地方，四散奔逃的不光是老鳖，接着是蛤蟆，接着是呼呼啦啦的各种响动的动物们。它们急慌慌栽进水里，有的朝更远处窜遁。而另一些更小的动物则闻讯而来纷纷乱乱，比见了久别的亲人更亲，翅膀没听见嗡嗡细响，但身上却痒起来。"蚊子！"翅膀喊，他被自己的喊声吓住，他的声音在河湾里回荡，对面的芦苇丛都应声而动。千里说："你别急，等一会。参军你去折一捆荆条，谷子你去薅几把艾草。"他安排着活计已经端详着地上在水里冲荡干净仰面朝天躺着的牛犊，他在琢磨下刀的部位。灯笼在挥舞着他的短锹刨灶坑，他度量着海民的铝盆口径，要让坑口驮严实盆体。他们不再那么顾忌说话声，和平常已没有区别，他们不知不觉已经提高了声音，因为在这儿你就是大声嗷号也不可能有人听见。这条河是小运河，在过往的年代一度承载着运输功能，将此地盛产的粮食、大烟（罂粟）运往南边的界首城然后沿大沙河顺流而下可以到阜阳甚至上海（这功能半个世纪前已经废弃）。但说不清为什么小运河到了这里却突然膨胀形成一处湾塘，这儿前不靠村后不着店谁也不知道这处湾塘是干什么的，好像就是为了隐藏什么像是岩壁上冒然出现的洞龛。在这里你尽管挥刀放枪杀人越货，就是搭台吹响器唱大戏所有的声响都在湾子里消化，极少能散逸到外面去，即使大白天，湾里和外头也是两个互不关联的世界，到了深夜更是岑寂独立。千里选这个隐蔽地方让人不得不折服。

千里不但在谋略上胜人一筹，他手上的功夫也让人心服口服。他会打铁，会用高粱秸蔑编扎蝈蝈笼，会手握梭子织出或稀或稠的渔网，那才叫心灵手巧透风就过。此刻他手起刀落，正在肢解牛犊。他选中胸脯中线挑开坚韧的皮肤，然后用硬实点的荆条插进皮肉之间能听见咮咮啦啦的分离声，他梭起刀刃边挑边前行，就像裁缝役使剪刀，于是牛皮就被豁开，像解开了黄色的衣服露出了血糊淋啦的内里。千里不是庖丁却精通解牛之道，不大一会儿在转运、灯笼的协助下小牛红红白白的肉身子就完全裸露。一股血腥气味爆发，招来一只大牛虻，嘤嘤作响，像是在不断地问讯，要探听这是干吗。翅膀不敢看四脚八叉仰躺着的牛犊，他恍惚觉得那是一个人在呼喊，他弄不清他要呼喊什么。在漾动的气流中翅膀越看越清晰，他甚至看到了人的鼻子、眼睛，他有点害怕。难道它真是人吗？他动了，他在向千里伸展双臂，像在求救求饶但千里不依不饶菜刀举了起来，接着带着风声落下去。那人啊地大叫一声但一切都无济于事了，他的肚腹訇然剖开，千里不慌不忙将肠子、肚子、心、肝、脾、肺、肾一五一十悉数掏出。他只留下圆硕的肝脏和拳头形状的结实心脏，其他一应什物一股脑扔掉，连牛头、牛皮都不留。翅膀只盯着灶口里的火焰不敢朝那个解体了的人看。牛皮还铺在地上，没有立即抽走。千里要在上边剁肉，肉块要分拨跳进沸浪翻滚的铝盆然后再进入缺少油水的肠胃。他切割下一块块红肉，让参军、海民拿进水里冲洗。灯笼和谷子已经拾掇好灶火，他们竟然点着了麦秸并引着了不知从哪儿找来的一小堆枯枝,于是一小丛火苗摇曳生长。只要能引着干柴火,他们就有办法再让青绿的荆条生发出火焰的幼芽,并最终燃起熊熊大火,在光势旺盛的情况下,他们个个都是在野地里召唤火焰的高手。他们还在湾子里找到了艾蒿,把一丛艾蒿按在火焰里只消出气回气的工夫,葱绿的枝叶就马上盛开黄白的花朵,而且冒出缕缕浓烟,一股强烈的苦味充斥,蚊虫们摸不着头脑不知道发生了什么事儿怎么会生出这种它们平生从没闻过的味道,它们一下子预感到死期临近,于是轰隆一声四散奔逃。翅膀的身上不再痒痒,刚才咬出的硬包似乎也不再刺痒,因为肉味已开始弥漫。和堆垛的牛犊的肉块相比,铝盆还是有点小,他们不得不分三批煮肉。先下最好的肉块,都是肩与臀,发红的瘦肉;第二锅煮心肝肩胛骨,最后再下腿骨和脊柱骨。那把钢刀虽然是炮弹皮钢的刀刃,但对付牛犊的骨骼还是有点力不从心,无奈之下千里动用了灯笼的铁锹。他让灯笼在水里洗净铁锹,以牛皮的肉面为砧板,锹起锹落,脊骨不是树根,顶不住铁锹的舂切,于是分崩离析成了必然结局。只是千里和灯笼身上沾了一身血水与肉屑骨末,像是刚杀过人。海民、转运蹲在灶口前烧着火,千里和灯笼走到水边洗濯身子。水面上也不安静,除了闻讯赶来的成群的鱼外还有一些什么东西蜿蜒在水草间。灯笼说:"这是啥?"千里说:"别动它,那一条是水蛇,看见了吧?"那条水蛇很听话,听见千里说,它马上弯弯曲曲动弹,接着挪了挪地方。灯笼一下子跳开,他有点害怕蛇。他说:"你说的是真是假?"千里说:"你看看不是就知道了吗?"但灯笼不敢再看,没有洗净大腿已经趔到水边回到灶火前。只有火焰是安全的,他有点怯这个河湾了。海民当然不怕蛇,它曾经在某年夏天把一条蛇装到口袋里,尽管那是条死蛇,但翅膀仍觉得那不是人所能及的事情,所以翅膀一直对海民敬而远之,几乎就没说过几句话。海民跑到千里旁边,要看那条蛇,但那蛇已经游开,只有挨边趴在水面上的一两条黄鳝。千里说黄鳝是在仰着头看月亮，它会一看一夜看痴了呆了一动不动所以手到擒来。他问海民吃不吃烧黄鳝，海民敢玩死蛇，但他不吃黄鳝。他们都嘿嘿笑了，因为嘘水村不但没人吃鳖，也没人吃黄鳝。这些都不是人的吃物，似乎与食物无法关联上。但海民想捉一条黄鳝试试。黄鳝是有许多用途的，比如剁掉头将身子断口喷涌的鲜血滴在报纸上然后晒干，于是能够治疗外伤止痛止血的血纸就诞生了。人们不叫血纸而称其为黄鳝血，谁要是碰伤了手或脚马上就去寻黄鳝血，村子里一年四季从不缺少黄鳝血，主人会得意地撕掉一小片血纸贴在伤口上，顺手送个人情。海民问："这黄鳝有血吗？"千里说："牛犊子身上有肉吗？你这话问的！"

　　无论这黄鳝有血、无血，他们都没有去逮，他们只要伸伸手，手握铁锨用锨刃一按，那黄鳝就只能在锨刃下挣扎，而不可能再回到它清水里的老巢了。但他们此刻想的是牛肉，黄鳝吸引不了他们的注意力。这事儿要发生在二十年后，这些黄鳝也不可能安然无恙，因为彼时黄鳝已成为宴席上的美味，大家全都知道只要稍作烹饪，鳝肉的香气和牛肉相比一点儿也不差。当然，等不到二十年，这条河里的鱼鳖和黄鳝就接近灭绝了，甚至连蛤蟆也不可能找到，因为十几年后，这河已经被一家造纸厂污染，黑水肆流，哪还能有活物的影迹。

　　铝盆里浪花翻滚，与盆下噼里啪啦的火焰应和舞蹈歌唱。火焰有时一伸头想看看盆里的光景，一朵沸浪马上跳起来点头，想搭句话但最终没有实现愿望。牛肉块们早已没有了红色而变成了灰暗并漾出香气。参军烤着他的衣裳和布鞋，有点急不可耐，他终于用折出断茬的荆条插了一块上来。蒸腾的热气烫疼了他的手，他吸溜着嘴在两手间倒腾。他很快就举起，伸头啃了一口。灯笼咽了一口涎水斜他一眼说："翅膀都没吃呢，你先吃！"参军说："我尝尝烂不烂，我能不知道先让翅膀吃！"是的，有好吃物必须先让孩子吃，这也是规矩。但煮到了何种成色确实需要尝尝，参军说得没错。牛犊肉并不坚韧，根本见不了火，与老牛肉天壤之别。参军一口就咬下了一大团。他让那团肉在嘴里腾挪滚动，咽下去一半才空出半边嘴说话："烂了，能吃啦！"

为了有序进餐，千里不让他们随便伸手，他怕烫伤了他们的手指。他让谷子打了一沓宽阔厚实的泡桐叶铺展在草地上，捞起一块块肉先搁在桐叶上晾凉。无论多么急于求成，没有千里的口令，所有人吧嗒着嘴搓着手指但一动不动。千里分配好肉块，馋涎滴沥的几张嘴开始鼓瘪翻滚，嘴头油光烁动。翅膀得到了最好的一块肉，千里问他过瘾不？翅膀没有回答，因为实在是太香了，他自从来到这个世界，还没有这样吃过肉，而且是如此香喷喷的牛肉，他觉得他浑身都是嘴，每张嘴都张大了要饕餮这深夜里天外飞来的肉块！他觉得他喉咙里伸出一只手不由分说一把抓走还没有嚼碎的肉糜接着又是一把。

但千里没有吃肉，他专注地在啃一棒烧玉米。他与牛肉没有缘分，只要尝上一口，不出半顿饭工夫他浑身一准刺痒难忍。那可不是蚊子咬咬的痒，而是皮上先隆起，一堆堆硬疱，接着硬疱串联，山峰成为山系，全身的皮肤争先恐后全要隆起一下子成了高原。嘴唇会外翻，眼睛会肿成一条缝再难睁开。千里并没有多少吃牛肉的机会，但过年时尝过腌牛肉，这一带过年家家户户再穷还是要买上一小块腌牛肉的，那是本地特产、拌上葱白、淋上小磨香油确是一道美味（卖牛肉的屠户竟然顽强地存在，牛肉的来源一直是个谜），但千里从来不能碰，只要沾上舌头，就戳了马蜂窝浑身马上起火。是的，千里对牛肉过敏，他这浑身的火疙瘩其实是荨麻疹（这些疾病的名字多么形象），要是热天里他还有办法，揉碎臭椿树叶糊在皮肤上，让自己成为一个绿人；但冷天里没有臭椿叶也不可能有其他什么药草，他只能忍受这难忍的奇痒。所以千里忌讳牛肉，像小鬼忌讳阎王。

在等待第二盆牛肉煮熟出锅的空当，翅膀极度舒服享受的肠胃突然渴望水的滋润。翅膀说:"千里哥,我渴。"你不得不赞赏千里的未雨绸缪,刚才挖灶坑时,千里力排众议甚至否决了灯笼的坚持,一意孤行在灶口边缘连通了一孔搁马勺的圆洞,现在马勺里沸水冒泡,而且还放了半棒玉米和几片玉米衣。千里小心翼翼地端起马勺走到水边,将马勺平放在水面上降温,那些蛇鳝蛤蟆还有成簇的小鱼一看来者不善纷纷避让,水草里响起轻微的激水声。接着翅膀就喝到了不烫也不凉有点青玉米甜滋滋味道的温水,像刚才抓肉一样现在喉咙里那只手开始掬水,一抔一抔急于浇向干旱的脾胃。千里说吃了肉喝生水会拉肚子,以后也要记住啊。

第二波肉出锅的时候,翅膀只吃了一块,下咽的速度明显放慢。他不想慢下来,肉香扑鼻但肚子已经鼓胀,闲空无多。千里弓起食指弹了一下他的肚包,说你先歇会儿,等会儿啃骨头。翅膀吃饱喝足,把冒出青烟但没有火焰的艾草分一把放在身边,这样连偶至的蚊虫都仓皇逃逝。灶膛里一撅一撅的烈焰转弯从灶口朝上蹿,像长疯了的植物长得过旺有点嫩黄但没有乌烟。这会儿开始烧杨树枝,灯笼说杨树枝叶顶烧,不像荆条。那些碧绿厚韧的叶片先是苍白吱吱作响冒出汁水,汁水也马上在火焰的诱导下变作火焰,根本没有中间过程,直接从液体成为轻飘的类近空气但不是气体的火焰。离开几步看,这处灶坑就像打开的一扇窗户,昭现他心里的景象,仿佛大地的表层之下全是由这些鲜艳但没有形体的花瓣堆叠形成。但那是能熔化一切的火焰,当然也包括生命。

千里在照顾那些火焰,他不时地添上枝条和叶片,好让火势嘈杂号叫着更旺,让铝盆里咕嘟声永不断。千里赤裸着脊背,他汗津津的皮肤在火光里泛出幽亮。千里的皮肤比牛皮都厚,让翅膀一想起来就发愁。千里喜好让翅膀给他挠背,当只有他俩在一起的时候千里会笑吟吟地商量:"翅膀,给我挠挠痒痒吧。"那不是商量因为只要千里哥让翅膀干啥,翅膀从来说一不二,他和千里是忘年交。他喜欢千里,因为他真的对他好,不像其他人当家里的大人在时，对你笑成一朵花，但大人一离地方，他们马上寒脸好像压根儿不认识你，但千里哥正好相反，大人在时他不吭也不哈，当大人一离开，他马上喜形于色和翅膀套近乎。他给翅膀做弹弓，做木头手枪，只要翅膀要啥他有求必应。翅膀和千里在一起时一下子庄重起来，从没感觉到自己是孩子，他觉得他是一个和千里哥一样的大人，需要用千里哥一样的方式来报答千里哥。

但千里哥的脊背实在太宽阔，翅膀趴在那儿像面对一堵褐红的高墙无边无际，他怕抓疼了千里哥，让指甲轻轻耙过那密麻麻挤挨着汗毛孔的皮面，但任凭他抓挠那上边，甚至没有一道白印，好像他的手指根本没挨近过，指甲也没有掐凹那厚韧坚实布满雨点一般的毛孔的皮肤，使劲点儿再使点儿劲，千里的声音从遥远的前方响起，于是他用平生力气从上耙到下，他想这土地可够肥沃深厚，他的指甲的犁铧吃不进土里，但千里哥说就这样就这样，千里哥鼓励他一直挠下去，但要挠完一次这宽阔脊背会累得满头大汗，他总是看着脊背发愁，因为他不知道何处才是尽头。

千里平日饥一顿饱一顿的，但还是茂茂盛盛生长，像一株树，你根本不知道它从哪儿吸取的养料，似乎无肥无水也无太多的阳光，有的只是吸不完的空气，但它还是枝茂叶盛。千里一个人过活（偶尔去他打铁师傅那儿蹭一顿饭），他的那三间老瓦房（东头一间屋顶塌了一角）似乎并没有举火的迹象，翅膀很少见到那所老屋里攒射火光，屋顶上弥漫炊烟的时候也是鲜见，但千里似乎不需要这些，他只喝西北风照样长得壮壮实实。千里没有做过晚饭，他总是拿一个红薯干面饼子朝生产队的烤烟炕房跑去，因为那儿总是炉火通红，他的饼子可以傍着炉火烤焦，然后他就着一瓣生蒜狼吞虎咽掉那只饼子。翅膀见过他背着粮食去打面，也见过他和面蒸馍但没见过他做一个人的早饭。千里打面不是光给自己，生产队里的五保户打面似乎都是他去。村子里没有打面房，要打面得去三里外的村子。千里也不骑自行车（自行车此时是奢侈品），也不拉架子车，他只是背着丰腴的布袋走路。

我们很难说清楚千里的角色，他在生产队里处于一个极特殊的位置。他从来闲不住，承包了一切杂活，照管机器房里的各种机器（轧花机弹花机浇水的水泵还有只能给牲畜打料的一风吹打面机等）、护青、修缮房屋（铺屋顶上的麦草并不简单）、打制铁器，手脚得空时还要挑茅坑里的大粪……尽管他拿的是最低的工分，干的是男劳力都干不了的活计，拿的是妇女（半个劳力）的报酬，但他从不计较，反正他是一人吃饱全家不饿，对于前程也没有什么牵肠挂肚的憧憬。知足者常乐，千里就是这样快乐地度过他的每一个日子。他因为成分高没有任何进步的可能，既入不了团也入不了党，当然也不奢望去当干部高升，甚至连每个人都想的说媒娶媳妇传宗接代他也不会想，因为那根本不可能，他只是本本分分地干活，吃了睡睡了吃，享受今天。当翅膀给他挠痒痒时他总是那样跷蹴着盯着前方的某个地方，他的眼睛里蓄满迷惘的弯弯曲曲的光芒。他可能在想过去，也可能在想将来，但更大的可能是在享受今天，享受翅膀细小的手指送给他的醉心的舒坦。

翅膀竭力朝灶火边靠，好像只要他稍微离开火焰就会有什么一把将他攫走。他确实发现了危险，刚才躺在千里面前的那个人（不是皮肉赤裸的牛犊确实是一个人）并没有被利刃劈碎而是屈挛坐起来并且走到了更高些的半坡上。他坐在那儿一言不发，尽管火焰热闹，但他并不朝灶火这儿看，他盯着河面。如今河面没啥好看的，那些平伏在水草间的黄鳝仍然抬着拇指大的小头颅在张望月亮，但肚子里已经装了牛肉的人再没有兴致去端详它们。在那个人盯着时突然轰隆一声大响，是在对岸的那片苇子旁，就像一个人从高处猛然跳进了水里，但不是那人，他还坐在那儿呢，他没有被河里的大响打动。转运问："是啥家伙？恁响！"灯笼说："是一条大鱼！混子吧（草鱼叫混子）。"千里说："不，是火头（黑鱼叫火头鱼）"。河面已经被波浪搅碎，能看见无数的斑片粼光闪烁跃动朝这边拥来，能听见波浪击打岸边的轻微啸响。那人仍在张望。千里扭脸看着翅膀，你在看啥？翅膀没有听懂千里的话，他朝千里再度靠紧，只要靠紧千里，那人就拿他没办法。千里只穿着他的大裤衩，赤裸着脊梁，火光几乎烤化了他半边身子，镀上了一层红铜，他的脸在高挺的鼻子那儿一分两半一明一暗。火光和月光的脾气不同，将影子拉长而月光却缩短，影影绰绰只要你一动就群魔乱舞。翅膀觉得这河湾太热闹了，他看见了许多人许多事没看见的更多，但他只知道有更多，并不知道那都是啥人啥物。千里往灶膛里续上那些绿沫乱冒的枝叶，它们不太情愿，叶片艰难地伸展颜色大变，接着蜷曲，接着就呼啦一下终于忍不住化成一小丛火苗，加入更大的火中，它自己变为一撮灰烬。这火不比打铁的火，但照样能烧熟蚂蚱，连牛肉都不在话下，但要是烧出蚂蚱肯定没有千里给他烧的蚂蚱好吃，那是看不见火苗的无烟煤烧红烧炽铁块，只要让蚂蚱靠在炉堰内，蚂蚱先是伸直后边的两条大腿后来是四只小腿接着摇身一变像经霜的柿叶通红焦黄香气扑鼻。翅膀从来没有吃过这样好的烧蚂蚱，因为在家里灶屋里烧的蚂蚱一律沾满草木灰，而这烤蚂蚱一尘不染，连蚂蚱腿儿都能吃，咯吱咯吱嚼碎香喷喷咽下去，可惜蚂蚱太少，两串蚂蚱根本解不了馋，但他们不可能再去一趟那块田地逮蚂蚱，因为天色已晚。翅膀看样儿你没吃够啊？千里扭脸盯着他，千里的脸上仍然劈头盖脸着汗水，千里看他的馋样儿有点心酸。翅膀没有说话甚至没有扭头，因为贪婪食物是很没有面子很丢人的事情，他不想让人看出来他有点馋。但千里说下回让他解馋过肉瘾！然后千里就去敲打锤击砧子上的活计了，就像随口说了一句说完被大风刮跑了也就忘了。翅膀又去拉吹旺火炉的风箱了，即使他听见了，他也权当没听见，因为在村子里只有过年能见到解馋的肉，平常谁又能真去过肉瘾。

那个牛犊变成的人没有老实地坐在半坡，如今他爬上了坡顶与紫穗槐的黑影重叠，不仔细看你根本发现不了他。在他攀爬时，翅膀一扭脸看见了河湾南侧的河嘴里有人在泅水，两个人头一前一后冒在水面上，偶然映着月光，被水抹平的头发泛出幽亮。那不是黄鳝的小头颅那是人头！他们朝对岸游去。翅膀瞪大眼睛但他说不出话，好像只要他吭一声那个警惕地藏在紫穗槐阴影里的人就会跳下坡，就会把他扔进河里，那时就是千里也拦不住他，知道拦不住的。有一柱红火摇曳着黑烟，猛地从灶口钻出来，而且站得笔直有一人多高，千里手忙脚乱用湿树枝叶去按，他终于按住了，从灶膛里不再钻出来新的火丛，但按断了的火柱仍然竖直在半空，灯笼掂起铁锹去砍，他的锹还没到地方那火柱已经消失。就是在火柱消失的刹那，翅膀突然看见了那条大船，从北面的河嘴划过来，划过来，在河湾里缓慢沉滞，但一刻不停地朝南面移动。那船可真够大的，像生产队里打麦场上的麦秸垛，真担心这河道能否盛得下这么大的船，而且装满了沉重的麻包，那肯定是粮食，大船前头的甲板上有人影在走动，翅膀听见了船上的说话声，而且也看见了一盏桅灯，红红的，无法和灶口里的火光媲亮。船头激起宽阔的波浪，推动水草摇头晃脑。船两侧还站着两个人在使满劲撑篙。他们将长竿插进河底然后倾尽身体的重量顶住长竿好让船头不在这片宽绰的湾子里迷路，找准南侧的河嘴。船找到了河嘴但却停了下来，船停下时发出吱扭的尖叫。船是向前猛冲了一下停下来的，船头竟然稍稍撅出水面。船上有人大喊："有事！有人拦船！"至少有四个人跑到船头观察，但船中间竟然扯有床单做成的船帆，从船帆的鼓面能看出此刻正刮的是东北风。这风确实能够给船行加把力，和欢腾向前流淌的河水一样。但此刻无论风也好水也好都帮不上忙，因为一道手腕粗的麻绳缆索横在河面上结结实实拦阻了大船。船上装的是粮食，当船停下来时你才能看清堆叠的鼓胀麻袋。这时正在烧火的千里一跃而起朝船冲去，他的手里端着火枪，是打野兔的土火枪，翅膀见过但他没见过千里使用这枪。千里挺直胳膊两手一前一后将枪举过头顶，然后对准船头扣动扳机，从枪口里喷射出笸箩那么粗,一尺那么长的火团,携带着霰弹向船上的人倾泻。惨叫声就是这时平地而起,有人在躲避中失足从船上滑落,他掉进河里的扑通声和哀号声惊心动魄。从叫声能听出都是年轻男人,粗壮而野蛮。从船头跌落的人很快就销声匿迹,因为海民率先冲进水里按住了那冒起的头,在这种事情上灯笼当仁不让,他不是游水也不是分开水在河底奔跑,而是扑扑腾腾河面上盛开着潾光闪闪的白水花,灯笼协助海民让那人顺利葬身水底。转运哼喘着游向船尾而且朝船上扔了一样东西,那或许是铁锚,因为接着转运又游回岸上和谷子一起像拔河一样拉一根缆绳于是船移动了,但不是向前通过河嘴而是靠近了这面的湾岸。刚才黄鳝趴在水面的地方如今却是船头停泊处。翅膀想大叫一声,想喊千里哥但却动弹不了,发不出一丁点儿声音。那个藏在荆条树影里的人仍未动,仍在盯死翅膀,只要翅膀一动他就会扑上来,但翅膀根本动不了。翅膀努力想挣脱但比缆绳更紧迫,他被看不见的绳索捆着,就为了让他看清这一切但不让他近前掺和。他们只有行动没有话声,他们在沉默中舞蹈。又有惨叫声响起,船舱里还有活着的人,但像某种速生速朽的植物,那声惨叫消失后再也没有发芽,接着就有沉重的肉体撞击湿岸的闷响,是他们从船上扔出了尸体。千里在低声指挥,他们全听他的。接着就平静了,不再有枪声不再有惨呼,只有麻袋圆囫囵吞从船舱搬卸下来艰难地挪向堤顶然后就是一种奇怪的吱吱扭扭的声响隔堤传来,但有点遥远而且渐行渐远……

那束树枝仍然在燃烧,焰群跃跃欲试,铝盆里沸浪围着牛骨涌动,马勺里的水又开了但只从暗黑的勺底冒出细碎的一簇簇小气泡。翅膀的身旁,艾草吐出青烟,要是有蚊子就好了,蚊子可以用低微的嘤嘤声扇动他让他摆脱捆束的绳索。他看不见绳索但他知道绳索是存在的,不然他怎么这么清醒却动弹不得,连头旁的青草离得这么近也无能为力碰一下。翅膀大睁着眼睛焦急地等待,他想看看坡顶藏在荆条黑影里的那人,那是个神秘的人,他不知道他这会儿到哪儿去了。翅膀断定会发生什么事儿，他压制住满心的焦急，他等着。转运弯着腰，一个比他身体还要硕壮的麻袋差点儿将他砸瘪在地上，但他还是朝翅膀挪过来，他要爬坡，他的上身几乎与地面平行，他的脚踢着了，翅膀绊了一下于是跌倒，倾倒的麻袋被冲撞撑开了裂口，小麦流出来像金色的黏滞液体。但麻袋没有砸瘪转运，甚至也没有砸中翅膀，它流出的小麦悄悄地靠拢翅膀的脸庞在麦粒触到他脸颊的瞬间他猛然觉得轻松，所有约束松绑。他呼隆坐起来。火光涂抹在千里的脸上光脊梁上，闪耀着瓷瓷实实金黄的光，那是粮食的光彩，隐含不露而结结实实。千里朝他扭过脸来说赶紧点儿，骨头能啃了！千里在朝他笑，火光照红他的白牙齿，像是刚吃过人肉。有一瞬间翅膀觉得恐怖，想大叫一声求救，但叫声冲到嘴边又咽了下去因为他是习惯性地想叫千里哥！他想求救的正是让他害怕的，他不知道自己该怎么办。那条大船仍然停泊在湾里，庞大的黑影遮没了河面。翅膀的身旁流淌着小麦，但没见麻袋也没见被砸在地上的转运。转运从不远处正在走过来，他和谷子将牛皮内脏一应丢掉的什物埋没在水边。谷子边走近边说："没事，我还盖上一锨草皮，不出两天青草就铺严了就是拿探雷器他也找不见！"（当时有一部叫《地雷战》的电影极有名，手握探雷器的日本兵让嘘水村无限新奇，于是探雷器这个名词也开始出现在话语里。）翅膀发现自己在哆嗦，牙巴骨子在磕响。千里趔着身子探过头来，他有点看出了翅膀的异常："翅膀你冷？是不是做梦了？"千里总是对他关切。翅膀身上的几小撮哆嗦被火光撵走了但仍有不少胆大的留守着，尤其是两胁和胸脯那儿有成群的哆嗦在爬行。翅膀揉了揉眼睛朝堤顶上的荆条丛瞅去，他朝那丛荆条指指但他说不出话来。千里站起来仰起脸看荆条没看出什么来又看月亮，月亮已经偏西已经是后半夜。月亮像被拦腰砍断的黄沙瓤西瓜截面汨汨流淌着亮晃晃的蜜汁。翅膀又抬起手来他的手在颤抖，他想指湾里停靠的那艘大船，它仍在那儿啊！但船上黑沉沉的没有丝毫动静。这绝不是梦,这船不是还在这儿吗?只是现在找不见流淌的小麦了,也瞅不见那个隐藏的人了。除了树枝在火里兴奋地号鸣外除了蛙鼓除了铺天盖地无孔不入的蟋蟀弹琴外再无其他声响。翅膀仍在抖索。千里招呼另外几个人,都来都来,赶紧啃骨头!他没有说翅膀在颤抖他不想黑更半夜的说这些事情,尽管人多势众但有什么异样的动静还是让人有点发怵。千里不想让大伙儿横生枝节,他想平安无事撤离这河湾。

所有人都回来了都围着铝盆啃骨头。他们已经过好肉瘾,翅膀也已经过好肉瘾而且睡了一刻还做了梦。他是做梦吗?为啥那船还在?船黑魆魆停泊在河湾里没有要走的意思,它根本就不会走的。但翅膀不想对他们说船在那儿,他觉得只要他说出来那些打死的人会一下子从船里冲出来,他的心脏跃上喉咙,他不想说也不能说。但他又困了在零星的哆嗦中他想闭上眼睛,他一点儿也不想啃骨头了。千里把翅膀朝身边拉了拉,翅膀感受到了来自火焰的温热和安全,于是睡意更浓。他抵抗不了这困他只想睡觉。

他们把啃光的骨头瘪埋进灶里,铲起一锹锹土填平灶坑。谷子如法炮制铲了几锹草皮摊在平好的坡里,火早已死在土下,连灰烬也找不见踪影了。只有践踏的稍显光溜的草坡无法复原,青草趴伏在地上一看就能知道人的痕迹,但只要停上两天,所有的草都会直起身子昂起头来你根本看不出有人来过。

但那条船还在呢。翅膀在睡梦里再次看见那船黑沉沉岿然不动的庞大敦实身影。翅膀并不觉得是在梦中,就连趴在千里的背上朝村子走去时,他仍然清醒着,只是不睁眼也不说话。千里背着他,翅膀能感觉到自己无数次伸开十指挠过痒的肌肤的温热,感受到温热中拱动的漩流般的力气。现在他不怕千里哥了,那个把火枪举过头顶的千里不是驮着他的千里,朦胧中他知道不是一个人,但无法厘清这一切变故,只是感受到踏实和安全。他身上早已没有哆嗦,但只要那群人走在千里前头,翅膀马上醒过来,他害怕殿后他觉出了屁股后头的空虚马上害怕。他只要一嗯哼催促,千里就三步并作两步马上赶到前头去,他知道前头是千里哥的硕大头颅后头是杂沓的他熟悉的人们于是他又潜入半空中流动纷乱的梦乡,就像鱼穿行在水草之中。

二

其实翅膀拿不准蝗虫和蚂蚱是否同一种昆虫,要是真有区别,区别又在哪里。可以这么说,蚂蚱伴着他长大,他的童年世界一直没缺过蚂蚱蹦蹦跳跳的影子。蚂蚱的种类很多,除了有一种瘪头的鬼脸蚂蚱他不喜欢外,其他蚂蚱他都喜欢。即使那种鬼脸蚂蚱,脸呈三角形像一斧子斜斜砍下去那么丑陋难看,但飞起来时照样展露鲜红的内羽,像一朵小花在空中迅疾绽放,绚烂出惊人的美丽。它的瘪脸它的贼溜溜不怀好意的小眼睛那么难看为啥有这么漂亮的内羽呢?这令他百思不得其解。但无论内羽多么漂亮他仍是躲着它,从来不碰当然也不可能去逮它,他没有对它漂亮内羽考证一番的兴致,那种斜脸的丑相比一堵墙更高大地阻隔了他。对于鬼蚂蚱来说这未尝不是天降福音,丑陋成了它最好的盾牌,给了它安全保障,让它的天敌对它避而远之。五彩缤纷的蚂蚱使他的童年灿烂多彩,但飞蝗席卷嘘水村的可怕景象也笼罩了他的童年。不是他亲身经历过蝗灾,而是有关蝗灾的传说,活跃在每个年长的大人的口中,也就是说,在他出生前的没几年,蝗灾不止一次光顾嘘水村,像飓风像乌云黑压压过来呼啸而去,所至之处庄稼树木全成了光秃秃的秸秆树杆,所有叶片全用来发育并胀满那密密麻麻的小身体,每个洼坑每个沟渎都填得半平,积地盈尺全是枝枝杈杈的蝗虫。"为啥不烧吃啊?"在睁大眼睛陷入昔日灾难景象的同时他马上发问,因为在任何情景下正在发育的幼小身体最关心的是吃物,这么多层层叠叠的蝗虫过来烧起一堆火让它们自己蹦跳进焰心变成焦黄的一疙瘩肉多么惬意！讲往事的人给了他一句："你就知道吃！"但吃是这个世界的头等大事，当他们讲起因为没有吃食一九五八年饿死了一多半村人时，他们关心的不是吃又是什么呢？

但翅膀压根儿没指望在这个炎热的下午吃上烧蚂蚱，而且是他吃过的最香的烧蚂蚱，焦黄，香气四溢。这是暑假的最后几天，他不止一次掰着指头算计时间，看他的美好日子还剩下几天。当然，他也有点向往那所离村子两里地开外的学校，但他只向往开学的最初两天，或者说一天，因为最初的久别重逢诉说无数暑假的新鲜见闻后很快就又堕入灰暗的无法忍受的坐在教室里的时光（其实他不自觉夸大了听课的无聊，此时所有学校都在开展勤工俭学运动，至少有一多半的时间是要进行割草拾棉花之类的田野劳动，而这些劳动极少集体行动，一般都是采取分散自由形式，和暑假也差不了多少）。他觉得村子和包围村子的层层田野有太多的事情等着他前往一探究竟，他被深深吸引，都来不及惊叹夏天的丰富就已经堕入这丰富之中，总是无限流连忘返。他要去老高坟那块大豆田里再逮一回蝈蝈，他知道哪一片长得最茂盛的豆棵里窝藏有蝈蝈，运气好了还能逮一只越冬的紫蝈蝈呢！他还要去南塘钓一回蛤蟆，根本不用鱼钩，只用纳鞋底线绳拴一团楮树叶在水面抖动，蛤蟆会一跃而起咬住涩碌的叶片再不松嘴，它当成可口的飞虫自投罗网而没想到自投罗网会让你将它甩到岸上，只等你上前抓它在手中。对了，他还要去东大坑钓一回鱼，用揉搓结实的馍团当诱饵也用不着曲蟮。还有他要去牲口院里听老板凳讲一回三国，他想听那些打打杀杀的故事甚至想囫囵吞枣听完三国演义，但他一直摸不着头绪；他去过牲口院好几回，但都逢上老板凳正忙，不是把牲口牵出来拴在场地的桩上就是又牵回厩房里，根本没心思给他们讲那些只适合悠闲的下午或晚上时光才讲的故事。他后悔有一两回晚上时光是可以去听老板凳的故事的但他却跑去邻村听大鼓书了，是春分拉他去的他不能不去，他们俩是好伙伴是老伙计（他们把两个人交好称老伙计）。

春分的爷爷是铁匠，能捏出铁蜻蜓还能用铁丝捏弹弓呢。他和春分是老伙计，因而他们大事小事总在一起形影不离，这让他见识了许多他并不熟悉甚至都没听说过的新事物，也让他错过更多的虽然不新奇但同样深深吸引着他的事物……他把这最后的宝贵日子细细铺排，有点像把遍地的珠宝只挑选几样放进狭小的木匣子内。他天天数一遍离开学所剩无多的日子，有点急不可待又有点沮丧。今天下午他和春分商量要去擒蜻蜓，去村南的那片白杨树苗圃。那些去年扦插进土里的一节节白杨树枝经过一年多发育生长，竟然蓊蓊郁郁密不透风，变成了蜻蜓栖落的家园。那些黄蜻蜓红蜻蜓用好几条细腿抓住阔大的幼杨树厚韧叶片，略微垂下长长的身体悬停在荫凉里歇息，有时一棵树条子上就有好几只。你看着它们两只大眼睛外凸着好像对周围一览无余看得清清楚楚，其实它是复眼它根本看不见前方的东西。他和春分精通擒蜻蜓的技术，他们蹑手蹑脚不碰出一点动静只是顺应着风响动作，他们直对着蜻蜓的眼睛处在正前方前进，他们悄悄伸出手张开食指中指抵达薄如纱帛的羽翅时立即合拢捏紧，于是一只呼呼啦啦扑棱出干燥声响的蜻蜓就成了无望挣扎的俘虏。它无奈地瞪视着，似乎有些恐惧但更多的是恼怒，它薄薄的翅膀布满黑色的脉纹就像几片细树叶但却没有丝毫水分，是一种铁质的或者与生命的湿润全然无关的织物，但却能使细长的蜻蜓的身体飞驰或悬停空中。无论这对羽翅有多么神奇他们都不会撕开一看究竟，他们知道蜻蜓是吃蚊子的益虫而不是害虫，不能伤害它。他们尝试在家中的屋里放飞，想让它吃掉屋子里的蚊子。他们从没有见过蜻蜓吃蚊子甚至没有养活过一只蜻蜓，那些被捕的蜻蜓最后大多仍是死去，因为在把它们带回家的过程中幼小的手指捏力失衡不可能不伤害它们单薄瘦瘦的身体，死亡是它们唯一的命运，无论屋子里蚊子再多处处珍馐美馔可以饕餮但它们却无缘消受。

在这个炎热的午后时分蜻蜓们尽可以抱紧白杨树硕大叶片的边缘沉入美梦，享受着顶上另一片宽阔叶体遮覆下的荫凉，而不需要惊恐不安四处逃窜了。救蜻蜓们死于非命的是一膛炉火。那火在风箱呱嗒呱嗒的怂恿声中燃烧得茂盛，没有一丝乌烟红火，全是白蓝焰心。你甚至看不见火焰的身影，只看见黑铁块红通通的越来越红红得发白透亮，在通体透白的铁块没有溶化之前一个长长的铁钳夹它出来，放在黑暗的有点蠢头蠢脑的铁砧上，说时迟那时快，一个大铁锤自天而降，一锤砸瘪尚处在白热期的红铁，接着又是一锤……砸击的同时红白的花瓣溅射飞舞，像是每年元宵节夜晚短暂的烟火景象。"离远点！"抡锤的人发出警告，但夹着铁块翻动的那个老人一声不吭低垂着眼皮，他甚至都不会朝两个孩子看一眼。翅膀有一瞬间觉得他是在生气，是烦他们干扰了他打铁，但很快又从他盯着变薄了的铁块的眼神里看出他沉醉在红铁变幻的得意里罔顾一切，压根儿没把他们放在眼里。

　　翅膀没想到打铁炉会开张，尽管他在去年暑假也看过这儿铸犁铧，看他们烧化红铁并将黏稠的铁水倒进埋在土里的模具里，于是被牛们拉着的能够犁开土地的铁犁铧就浑身青黑地出生了，像是土地本身生出的一样，就像红薯、山药、萝卜这些块根类植物一样。翅膀尽管见过他们在炎炎夏日里把铁化成水，但他还是拒绝承认这热烫烫的活计要在大热天里进行，所以他没有把看打铁列入暑假最后几天的计划。事情总是这样，美妙总是不期而至自天而降，他最想看的燃烧的打铁炉红白的热铁竟然猛然间在他面前亮相，让他惊喜，也让他所有的其他打算全去了爪哇国。

　　这打铁炉就蹲在南大坑的北堰，是个土坯支起来的炉灶，高及翅膀的胸口，平时上面盖层塑料薄膜遮雨但并不挡风，只要大雨浇不塌它也就达到了目的，因为一年里它只能风光三两回。都是在庄稼活儿下来之前，需要打制但主要是修修补补一些工具时它才怒火冲天。比如眼下秋庄稼就要收割，伤了的铁锹铁锨鞠子需要复原，别断的锹刃需要补全，还有谁家需要把菜刀，也早早列入名册，趁热打铁，也敲出一把来。南大坑里一池碧翠，藕荷长平了坑口像是大庄稼地，粉红的荷花正在盛开，风一吹送来一阵一阵芬芳。吃过午饭，千里他们才开始拾掇打铁炉（上午已经在准备煤炭还有从屋里搬出风箱与铁砧，但春分是死脑筋，只想去捉蜻蜓，没想到打铁比捉蜻蜓更热烈），翅膀之所以没扫见风声是因为直到此刻风箱还没低低吼响，还没来及得发出浑厚苍劲的匆急长嗥当然还没来及得让炉心跃跃欲试挑战太阳。翅膀和春分要去南地这儿是必经之路，一见打铁炉，一见千里，翅膀两眼放光，一下子把杨树丛里的蜻蜓们丢在了九霄云外。他喜欢千里哥，喜欢帮他做所有他正做的事，尽管帮的倒忙居多但千里哥从不责怪他。

　　来得早不胜来得巧，其实翅膀没有少看一秒钟打铁，就是提前扫见也不一定提前到来，他耿耿于怀的是没有更早一点儿得知打铁的消息。翅膀站在千里跟前时炉膛里还没有生长蓝韭菜丛一样的火苗呢。千里正在生火。与翅膀的瘦小羸弱相比，千里显得憨实高大，有点不可企及。他慢条斯理但又一刻不停地在收拾他的那些打铁的家伙：一大一小两把长铗，盛在已经掉了瓷而且壁上有一个烂洞的破瓷盆里正在用水调和的黑乎乎的煤泥，一个比平常每家都用的风箱要大上两倍的专门吹旺打铁炉的风箱……他溜了翅膀一眼但并没停下手中的活计，将一大把金黄色的碎麦秸拿到炉膛里，而且正在东瞅西瞅一定在找火柴。他穿着极少，只有短得可怜的一点儿也不合体的粗布裤子套掩着他粗壮的腿和肚脐之下的小腹——那裤子可以不用裤带，一条细细的能伸缩的内含"老鼠筋"的绳子起着裤带的作用，圈着他结实的被说书人称为"熊腰"的腰（对，称为"虎背熊腰"）。他没有穿褂子，甚至没穿他那件烂了洞的薄瀣汗衣（背心），只是那么光着脊梁，好让汗水像雨水一般没有任何阻挡地恣意流淌。"待会儿帮我拉风箱！"千里说话简短，没有一句多余话。他找到了火柴，原来那瘪瘪的小方纸盒就趴在支好的风箱顶上，只是滑落在木桯子下头，被高出平面的桯子遮挡住了。他凑近炉膛，"噌"地擦燃一根火柴，那一小朵淡淡的红火苗在火柴梗的一端生出,他双手捧捂着移近蓬松着的麦秸,于是一缕蓝烟升起。在树隙间漏洒下的阳光里,那缕轻烟蓝莹莹的,有点发翠,可以看清飘荡着的内部的丝丝缕缕,像是一条在空中流淌的碧蓝的溪流。"现在拉吗?"翅膀问。如果他拉动风箱送进麦秸中一小群风,那烟雾就会吹散,而看不清的火苗就会簇簇生发——即使在阴凉中,没有太阳直照,火苗仍然黯然失色,和夜晚的明亮招眼相比,无论多么旺盛仍然淡歪歪的,能看出面对太阳的胆怯。火苗只敢在内部张扬,一点儿也不敢对着太阳发威。"好,拉一下!"千里眯缝着眼,没有看他但发出了命令。翅膀两手握着风箱的木把手等指令发出,于是他使劲儿往外拉,但和他平时在家里灶屋里拉的风箱相比实在是太沉,连拽动着绕圈编扎有密不透风鸡毛的活塞不肯移动,但在他的不断加大的双臂的力气之下终于被拉出来越来越长。风被生出来,能听见呼呼的声音而且麦秸一下子燃烧起来不再冒烟而是生发出一大丛哈哈笑着的红火苗。千里拢了一下麦秸立即用铁铲铲起湿煤覆盖住火苗最旺盛处。"轻拉,"他喊,"别使太大劲儿!"但他无法定量均衡,不使劲他拽不长连杆也无法推进去然后再拽出来,而一使劲吹出的风势过大会对初生的火苗构成危害。"不会你俩一起拉!春分,快上!"千里抹了一把遮住眼睛的汗朝他们说。于是春分站到了他旁边而且他的手旁添上了一只黏乎乎的小手,他一下子觉得循环拉动轻松起来而且控制住了风速,起初一两下有点不协调有点别扭但很快两个人开始默契稳稳让风箱服帖。

汗水和人一样,也喜欢扎堆,看见千里汗流浃背,肥胖的汗水全崭露头颅;春分的汗水也开始茂盛。翅膀能感觉到密密麻麻的汗粒钻出头皮时的焦灼,它们肯定碰得头发左摇右摆像草丛里黑水一般漫流的蟋蟀但他无法看见自己摇动的发梢。他满头都是麻扎扎的微痒,更多的成群的汗粒在冒出。千里扯过肩膀上搭的毛巾擦了一把脑门和脖子里流淌的汗水,他的眼被烟呛得红红的,盈满泪水,而且在流泪,但汗水和烟泪早已混合无法分辨是流泪还是流汗。那条毛巾已经没有贴面竖起的毛鼻儿,变成了光板,甚至毛巾中间使用频繁处开始溃烂,那些有着细碎网格的基底编织物也已经裸露被汗水渍垮。

煤泥一点儿也没听热晕了的千里的指使,麦秸烧成了灰烬,但它们纹丝不动,没有跟着麦秸生发火苗。由灰烬和煤泥覆盖着的炉膛死气沉沉,虽有热烫的气息但没有火苗就和一处墓穴一样。千里红红的双眼盯着死穴稍稍愣了一刻,他的表情不是失望、无奈,而是惊异,仿佛对那些煤在这么炎热的午后没有跟着一哄就燃的麦秸蹿起火苗而吃惊。有一瞬间他不知所措,不知下一步该从何着手,他只是不停地出汗,不停地一把一把拿他那条中间溃出破洞的手巾驱赶头上脖子里还有胸前的汗水。他被热昏了。今天的火焰有点失常,按说这么多麦秸已经燃起这么大丛的火焰煤泥不可能无动于衷,况且这不是厨房里的做饭用的烟煤而是优质的无烟煤。拒绝燃烧的煤炭让千里有点摸不着头脑,这种反常也让他心烦。千里甚至忘了翅膀与春分的存在,他陷在那种短暂的讶异时刻等着他师傅来解围(千里遇到这样的失败时刻太少见所以他有点尴尬)。他师傅(春分的爷爷,但春分与他并不亲热)也就是在这个危难时刻露面——这是个年过半百的老头儿,略微驼背,好像因为打铁的缘故,总是与那些硕大沉重的铁器为伍使他的头颅显得硕大而沉重。他也有着铁器的性情,一声不响,不到万不得已是不会说出一句话的。但他会笑,那是一种假笑,皮笑肉不笑,用那层浅浅的笑意还有露出的并不太白的牙齿粉饰他内在的倔强与蔑视。他从他的那处屋子里像一个不可觉察的阴魂挪过来或者说是飘过来。他的小屋离这儿不远,也就是十来丈那么远一眼就能望见,屋门照常敞开着但谁也休想窥清那屋子里的一切,甚至千里好像也没有进过几回那灰暗破败充满琐屑的屋子,翅膀倒是推故好多次走过那门口以窥探屋子里的动静,他对屋肚里的一切都充满好奇。但翅膀只是看清过一只像老龟一样趴在地上的铁砧和一堆破铜烂铁，其他一无所获。如今这个铁砧就在翅膀身旁，是一大块方铁而已，一侧伸出一支比擀面杖细不多少的尖铁针，另一侧则是梯形切面……这一应形状全是为了塑造通红的尚处于幼稚阶段不成形状的铁器。在阳光之下这铁砧一下子黯淡复原为普通的打铁才用的器具，没有了一进那处小屋才焕发的神秘光彩。翅膀甚至不想多看铁砧一眼，他只看那个走近的老头儿。老头儿叫车轮，虽是春分的爷爷，但他的小屋和春分家好像没有关系，春分也从不在他那间小屋里吃饭只是能拿到一段铁丝或铁丝捏制的弹弓而已。车轮与千里有一种说不清楚的亲近关系，不是一个门等但是某种亲戚。他总是在关照千里，好像千里才是他的儿子或孙子而春分是外人。车轮对生火失败一点儿也没感到意外，倒是此刻炉膛里火苗熊熊倒会让他惊讶。他从随手提着的化肥布袋里面掏出一大把干枯的细树枝，然后用铁铗清理净炉膛重新将麦秸放上点燃，而干树枝趴附在麦秸上头像是在打架，把麦秸压在了支里八叉的身子底下。火苗再次跳跃在蓝烟里但翅膀听见干树枝咔咔叭叭兴奋地低唤，像是夏天里天转热头一次孩子们跳进水里游泳，仍然凉冰冰的水激起一片唏嘘声。但接着树枝上生发出火苗，开始时不太情愿但马上就热闹起来像是一树枝一树枝都是红艳艳的花朵。千里没让两个孩子拉风箱而是用一只手沉稳地一点点自己拉。煤泥覆在绽放旺盛火苗的树枝上，薄薄一层，冒出一群乌烟后也开始泛红，最终全被感染一同蹿起热闹的手舞足蹈的火苗。车轮又从那个破化肥布袋里掏出敲得适中的大块煤炭——据说那是另一种打铁专用煤块，能够烧化铁块。煤块经过稍纵即逝的灰暗时期马上浑身通红。现在已经只有蓝淡的火苗没有一丝蓝烟，炉膛里红得发白，好像那几步之外盛大的白阳光全吸聚浓缩在那炉膛的一小堆里。车轮把铁块夹放进去，棚在白炽里，好让铁块也跟着白炽起来。

你看了千里打铁你才能知道啥叫带劲儿，啥叫稳准狠！千里抡起铁锤，瞅一眼砧子上仍然白亮着的铁块，让铁锤在空中划出一条夸张的弧线，咚的一声闷响你能感觉到别说是红铁就是那块铁砧也会瞬间变瘪。不错，那红铁瘪了，车轮眯缝着眼夹着扁铁他连眼色都不需要使铁锤总能落到需要的地方。现在还看不清红铁要变成什么，也许是菜刀刀体也许是一把铁锹，要变成的器具全在车轮和千里心里，因而铁锤的落点与劲道他们都心领神会。翅膀太喜欢看铁锤最初惊飞的那些红黄虫子了，一下子飞开溅舞就像你一脚踏在暴雨后路上的水洼里故意让水溅射出去真是太痛快了！第一锤虫子最稠，第二锤少了一半，到了第三锤已经只蹦起几点黑影，那些红黄虫子已全部飞光。但铁锤逗出的响亮已经比头顶上的蝉声更悦耳已没有了最初的闷钝。当当当的变得清脆的声音会招来风，会让满坑的荷叶翻舞露出雪白的叶背（南大坑里只种了这一年莲藕，在接下来的雨季里涨得平坑槽的大水轻易就把还没长成莲藕的莲叶抬离了坑底，让嘘水村的人从此断绝了在大坑里种植莲藕的打算）。但这当当声也引来更多的汗水，翅膀盯着看打铁都忘了汗水淹得眼睛通红，劈头盖脸全是汗。千里就不用说了简直像刚从水坑里跳上来浑身上下没有一块干地方。他站过的白地都有点发暗，汗水也许是浸透了布鞋但更可能是甩落的就像雨水从屋檐下流淌。千里穿上了他的汗水蚀出了无数虫洞的白背心（早已不是白色而是一种黄不拉叽的褐色）但没束遮挡热铁屑的帆布裙（他裸露的胳膊上有好几点铁屑烫出的痂疤）。车轮也已经浑身湿透，但一看他就是那种顶热的角色，他连黑粗布上衣都没脱连纽扣都没有解开一两颗只是腰里束一片帆布围裙仍然那样坐在那个小木凳上端详着就要成形的铁块用小锤敲敲打打。炉膛里仍躺着几块红铁，风箱又响起来，千里用毛巾抹了一把汗水，又在催促炉火旺起来。翅膀觉得他看不够他太喜欢看打铁。千里扭头瞅了他一眼说："翅膀春分，赶紧找片树荫凉快去！这儿太热。"翅膀有点不愿离开，他知道千里是怕热晕他们了，但他还是想看看铁砧上究竟要演变出什么来，他想知道菜刀的刀把是如何打制出来的，还想再听刚打制好的热铁丢进另一个盛水瓷盆里的吱吱叫声，那声音太诱人像是一群人噘着嘴在吸气，像是都在吹口哨又没学会吹所以吹不清亮。但千里想让他们趔远点儿，实在是太热。"这样吧，"千里边拉风箱边说，"你们去南地逮蚂蚱，逮回来烧吃。翅膀你吃过打铁炉烧的蚂蚱吗？"翅膀当然没有吃过，别说打铁炉就是家里做饭烧煤的时候（因为缺少柴火，他们很多时候要用煤来烧饭。每年冬天生产队里都要派人去几百里外的禹县煤窑拉煤）也不能烧蚂蚱。他们没有用煤火烧蚂蚱的经验，只用柴火烧过蚂蚱。

千里的这个提法果然灵验，翅膀的眼睛开始转动。他和春分嘀咕了几句，他们的眸子里开始闪现南地的那块晒垡子空田（休耕田）里青草茂密蚂蚱乱飞的景象。接着他们依依不舍地不声不响倒退着离开，然后才面朝前走路，走老远还停下来回头看车轮把烧红的热铁夹出来，千里再度抡起了大锤，接着火屑飞溅。当铁锤声响亮起来时他们又开始踌躇，有一刻翅膀想拐回去看一会儿再走但最后还是熄灭了念头，绕过碧荷翻涌清芬不绝的南大坑开始在那条通往南地的村街飞奔。翅膀从不一步一步正常走路，对他来说奔跑才叫走路。他们要赶紧拎回一串蚂蚱，现在他已经闻到了烤蚂蚱的香气舌头上也品咂到了青草气息的肉香。

翅膀的计划总是遇到阻碍，眼看就要跑过那片楝树林拐向通往南地的那条路了，但翅膀没有拐弯而是一直朝西跑去，因为他看见牲口院旁边围着一群孩子他断定一定又发生了要命的新鲜事。春分不离左右跟在他身后，他们很快就成为那群孩子中的一员。翅膀这会儿知道为啥打铁这样的红火事情只有他和春分当观众了，原来这儿的事情更吊人胃口。他们有的在下地棋（就是五道方，在地上用树枝画出五道纵横的直线交叉形成多个方格，两方的棋子在多个交点形成方块、三斜四斜五斜还有或纵或横清一色的大洲，根据形成状态赢方吃掉对方一颗或两颗棋子，直到把一方的棋子全部吃掉宣告胜利），有的在打扑克，但更多的孩子在围着一头牛犊出神。这头牛犊昨天还活蹦乱跳呢，翅膀看见它从牲口院里尥蹶飞奔出来根本不听老板凳的吆喝，但现在它蔫巴巴的，无精打采。它站不起来了，只那样卧在大椿树荫凉里，嘴里也没有吐沫没有嚼刍动作。它有点被吓住了，不知发生了什么事儿，让它这样卧着站不起来。它太年轻了，不谙世事，弄不清这些孩子围着它要干啥。有一小堆青草就放在它嘴下面的地上，但它没有多看一眼，要是平常它舌头一伸一卷早没了影儿。老板凳慌着在端水，以为只要给它喂半盆加了豆料的水它一定会站起来。老板凳撵孩子们："趔远点儿！小心喝饱水站起来踢你一蹄子！"牛犊要是能踢一蹄子就好了，无论它踢的是谁，估计老板凳挨一蹄子也会心满意足。但它踢不成了，甚至喝不成水。它的头老是直不起来，一次次要垂下去。它已经没有挺直头颅的力气，直到此时你才能知道针对身子来说牛的头实在是太大了，稍微得点病脖颈驮起头颅确是一件难事。牛犊的眼睛里充满恐慌和迷惘，它害怕死亡，但没有可以帮它的人。它很明白，它偶尔才发出发颤的低低的哞哞哀鸣，一听就知道它已经叫了无数遍叫得口干舌燥但没有效用，平时只要它这样一叫它的妈妈那头母牛马上就不顾一切冲过来，但整天却不见了妈妈的影子它明白它完了，它离断气的时刻已经不远。一头病入膏肓的牛犊无论对大人还是对孩子都算是头等大事。

　　牛犊是夜里得的病，老板凳发现它不吃也不喝，老是想卧地上，而且身上的皮不断地在抽搐。牛犊的眼神惶惶惑惑，一派迷离。它一直在害怕。它身上的颤抖也许是吓出来的。一大清早老板凳就找了队长铁桶，找了会计，还有保管员计分员生产队里的各路皇帝大臣们，他们都会来看望这牛犊，但牛犊没有因为众人的注视而多吃一口草仍那么病恹恹的一副惊慌失措相。队长发愁地端详它一阵决定送它到镇上的公社兽医站，也许那儿能够手到病除。于是他们调配老板凳牵着牛犊去镇上。也许不去镇上牛犊不会这么快萎坍瘫软，从公社回来老板凳不得不用架子车拉着它。把它弄到架子车上也不容易，要是搁平时，别说让它上架子车，就是让它挨近架子车也休想。它是一头捣蛋的牛犊，从来没有听过话。但现在却老实了，送它卧上架子车它只是做出反抗的架势但最终还是服从了命令。可怜的牛犊啊。兽医站的医生们往它肛门里注了许多水，说是灌肠给药，天知道那是在干啥！老板凳坚持认为是兽医站加速了牛犊的死亡，要是不去兽医站，说不定摆治摆治还能痊愈呢！还能长成一头好犍牛呢！但现在不可能再有第二种结局，只能等着它头颅着地去找地狗子（即蝼蛄）说话。

老板凳不知道铁桶的苦衷，要是不去兽医站，死一头牛是大事，谁又能承担得了责任。说不定要法办人呢！铁桶没有这个胆，你牵到兽医站死了是该死，要是你不去，该死的就是你了。这个道理铁桶当然懂，但老板凳未必懂得。因为宰杀耕牛，邻村的金克郎蹲了五年班房。（金龟子的俗名叫金克郎。）牛是生产队里的劳力，被称为"劳动力"，死一头牛应该比死一个人重要。金克郎判处五年徒刑也不亏——他杀生成性，让他坐坐班房理所应当，他的手下不知窝藏有多少牛啊狗啊的冤魂。但说实话他宰牛也有点历史，方圆十里八里过年都是吃他的腌牛肉（这是他的祖传手艺，名曰腌牛肉，其实牛肉成分并不多，他有本事把瘟猪死狗肉都变成牛肉，让你尝不出来），而他本人确实弄不太清世道早已生变，宰牛已经成为犯法之事，耕牛既然是劳动力，宰杀耕牛就是破坏社会主义。金克郎热天冷天都穿着油渍麻花的衣裳，浑身溢满腥味和膻味，一只羊在远离他三百米的地方哪怕是隔着玉米棵，隔着重重青纱帐，照样马上会跳起来，力图挣脱主人的绳索。羊一下子就能感知死亡的气息，那种气息能够穿越障碍，庄稼棵以及厚重的空气都不能阻断那种气息，任何生灵都能准确地感知死亡。那气息不仅仅来自他的衣裳——衣袖上发出亮光，可以试明亮的屠刀是否锋利，因而那些刀刃上的亮光就沾染在了那些不比帆布薄些的袖子上——

而是来源于他不停努动的嘴唇，明光闪耀，还有那张不大的嘴唇四周的胡须，总是保持着某种长度，仿佛专门为了窝藏某种气息，像是一片缺水缺肥的乱草，营养不良，但生命力却极强韧，总是那种高度，长年不见丝毫枯萎。此人有一辆自行车，乡下人称其为"洋车子"，当时洋车子极少，只有人五人六的人才有资格拥有，一个村子少则一辆，多则两辆，能骑骑洋车子是许多人的终生梦想。金克郎的洋车子弯曲的车把上挂着一把长柄铁钳，用来钳狗。铁钳碰撞着车架，发出清脆的叽里咣当的金属响声。那响声和哪怕是一条小狗的吠声都无法相媲美，但方圆十里八里村寨们却听不得那声音，只要在哪一个村口荡响，那个村子的所有狗都像得到了统一指令，一齐吼叫，然后又比赛着逃窜，看谁跑得疾快，眨眼之间就不见了踪影，任凭主人再三叫唤也不再听话，至少失去半天的忠诚。在死亡与忠诚的选择上，大部分狗还是选择了远离前者。金克郎事件给铁桶给所有人敲响了警钟，让他们觉得给这司空见惯祖祖辈辈饲养使唤的大小牛们赋予一种令人畏惧的神圣光辉。

　　只要一遇上稍微稀罕的事儿，翅膀就会沉浸其中并马上忘了自己最初的目的。濒死的小牛犊留住了翅膀，他想看小牛犊肯不肯喝水能不能吃草，他想喂它青草试试，他要薅一把翠碧的茬口沁着清汁的嫩草喂它，说不定吃上一小把疾病就能烟消云散它就又能昂起脖颈驮稳头颅站起来说不定还能碎步跑上一圈呢！当然不指望它马上就炕蹶奔跑。春分碰了碰他的胳膊，提醒他南地有蚂蚱等着他们呢。在蚂蚱和牛犊之间，翅膀还是选择了蚂蚱，因为蚂蚱一蹦炉火通红千里哥就满头满脸满身大汗出现。蚂蚱牵连有太多吸引翅膀的事儿，所以翅膀虽意犹未尽但还是离开了牛犊与孩子们。他俩是不声不响溜掉的因为可不止一两个孩子喜欢逮蚂蚱，要是只有翅膀一个他就会手臂一挥领一群孩子朝南地挺进，但现在有春分做伴再说烤蚂蚱也是限量供应，千里哥最多能烤出两个孩子品尝的，再多他就会犯愁。一离开村子离开人群，路面拍打他们脚板起劲起来了，庄稼这么稠密但他们的脚步声还是如此响亮，好像并没把庄稼们放在眼里。他们听见了高粱的轻声嘀咕，它们远远近近纷纷议论，声音都不高，时大时小时近时远。这声音他们早已熟悉早已听惯，他们也不怕突然出现的高粱摇晃，好像高粱林子深处藏有无数的人或妖精。但其实是有些怕的，只要一离开村子离开人群，只要深沉的寂静如期而至，不由得你不害怕。这是白昼，太阳明晃晃的，鬼魂或妖怪一般不在这个时辰活动，它们都有点怕太阳，也更怕火。但是岑寂会有魔力，会呼唤那些邪魔鬼道走出来，只要有这样的岑寂你就不要安稳把心装进肚里去，所有不太喜欢和人在一起的物件都会现形的。比如蚂蚱，比如蝈蝈。他们听见了蝈蝈的弹琴，一串一串，让翅膀心里痒痒，让他想舍此去彼要去逮蝈蝈。好在春分会及时提醒他，他们来是做什么的。春分似乎一点儿也不害怕，好像他从没害怕过。他还想去高粱棵里找一株不结穗实的高粱当甘蔗吃呢，这种不生育的高粱秆吃起来不比甘蔗差也会甜汁四溅。但翅膀制止了他，翅膀只是不让他钻进高粱棵但啥也没说。有些话有些字是不能说的，只要一说就会有事，被说的东西就会应声而来。翅膀不会说出鬼这个字也不会说出妖怪这两个字但他明白这高粱地里不缺这些物件，这是午后没多少庄稼活太阳一毒烈没有人下田的，没有人的野地什么事情都可能发生什么东西都可能见着，所以最好不要轻举妄动，这是奶奶反复告诫他的。也正是猛然想起奶奶的告诫，翅膀正走着打了个趔趄，他有点不想去那块晒堡空地上逮蚂蚱了，那里太偏僻，不能保证这会儿正安安静静呢，就像不能保证他们只要一走进那茵茵草丛中包围着那块地的玉米林里不跳出个什么来一样。翅膀听老板凳讲过就是在那块地里他碰上过一个老犍精，那是秋末是在深夜，老板凳走亲戚回来晚了走在翅膀正走的这条路上，就看见在那块田里站着一个庞然大物，比一所房屋都高都长，就像打麦场里的麦秸垛。它不动弹也不号鸣，只是那样站着，让老板凳头发梢子全站直了。但老板凳有各种办法对付这些突发事情，他停下脚步解开裤带，朝着那妖怪撒了一泡热尿，这还不够，他又让右手拇指钻进食指和中指之间，他拇指指天举起手来，并且念了一道符咒。老板凳不肯教孩子们符咒，翅膀他们帮他运了一下午铡碎喂牛的麦秸，想着落黑时分老板凳肯定不再吝惜那符咒，会教会他们一首的。但老板凳终究不肯教。翅膀能理解老板凳的苦衷，因为他听说这样的符咒是不能轻易传人的，再说换个人也未必有效。但老板凳碰上的那个老犍精还会在这块田里，没有听说过它会飞走再不回来，说不定这块田就是它的老巢，有它的吃草的石槽还有它住的厕房！当然还有淘草缸夜里还要点亮小油灯——不对，老犍精哪需要这些啊，它不吃也不喝，它才不要那昏暗的馊味浓重的厕房呢只要能成精要啥就有啥要是我也能成精该有多好啊！翅膀停住脚步眼有点发直，他已经决定另选地方逮蚂蚱。他想去南塘，尽管南塘不比那块地更洁净。春分不太想去南塘，翅膀已经吊起了他的胃口，他对那块孤零零田里碧翠的青草和纷飞的蚂蚱们已经在想象里熟惯，猛然遗弃让他若有所失。但翅膀谆谆开导，他用比刚才形容那块田青草与蚂蚱浓密美好得多的话语淹没他对那块田的向往，翅膀当然会成功在这些事情上春分想做主连门都没有。他们找到了那条通向南塘的小路，那路面茂草覆盖可真是令人胆战心惊，踩上去一软和一软和的厚草让翅膀觉得春分的坚持不是没有道理，要是这样一脚接一脚的软和他不知道他们走到南塘那地方又会遇上什么。什么都可能遇上，什么事情都可能发生。翅膀说："蝈蝈声在那边。"他朝后扭过头去，那块大豆田确实越离越远（蝈蝈只把大豆和红薯的叶片当成美味佳肴，对高粱叶和玉米叶没有品尝的兴致），蝈蝈的琴声正在变得模糊，就像耳朵里进了水后听见的声音一样，越来越沉。有一刻翅膀又想回转去那块青草铺地的晒垡田了，但一扭脸看见春分不惧也不怕大踏步朝前走他马上打消了想法。他们心里扑腾扑腾往前走。他们听见了明亮的从地心里传来的青蛙的呼喊，一阵又一阵，一阵比一阵匆急。翅膀听见这群青蛙这么起劲的叫声,知道已经发生了什么事儿,但就是有什么事儿他也得硬着头皮冲向前去。

你只有在阒无人迹的午后走一回漫无际涯的大庄稼夹持的半尺厚的草体铺地的小径你才能明白那种感觉,只要一脚踩上去,下头猛一软和,像是踩着了一群老鼠或者一蟠蛇或者一堆癞蛤蟆,但从你的脚旁四散奔逃的不是你臆想的那些而是无数零碎的节肢昆虫,蟋蟀(大大小小还没长成个儿呢)、蚱蜢(大大小小)、蚂蚱(形形色色)——"对了,我们在这儿逮蚂蚱吧!"看着脚边纷乱的蚂蚱春分喜形于色。翅膀弯腰捂了一只,捏在手里端详。他否定了春分的提议:"这儿的蚂蚱太瘦,南塘那片脱砖坯子的空地上有大蚂蚱,肥!"那块空地上的蚂蚱翅膀确实逮过,也确实逮过大个头的,但就此否定这条草径上的蚂蚱当然也是歪理。翅膀害怕这个时辰去南塘,可人有时候就是这样奇怪,越是害怕的地方越想去一趟,就像你害怕蛇,但你有时候就是想看看,越害怕越想看,可能是想弄清自己为什么害怕吧。

青蛙的呼喊比庄稼林更茂密,从地心闪闪发光地向半空溅散,比所有的植物都狂放茁壮。但有时青蛙们又集体沉默,一下子不声也不响,像是大地关闭了窗户还严丝合缝撮住了曾经的伤口。就是在这种沉默与躁动中间,翅膀和春分竖着汗毛接近南塘,像深入敌阵的侦察兵。每向前一寸,危险就增添一分。你迈出了这一脚,真的不知道下一步会踩出什么。有一只蛙又开始鼓噪于是接二连三新的一轮再度开始一大群蛙全开了腔这次不是呼喊其他人是在喊他们,翅膀和春分,翅膀翅膀翅膀——春分春分——。他们已经走完了那条小径站到了南塘堰上而且那个废弃的老窑也在池塘南侧静等着他们,在一片庄稼叠堆起的绿色中黄赭色的老窑巍然耸立就像一位瘦骨嶙峋的老人头上只有几根毛发——老窑身上还没像后来那样长出楮树只有不多的几棵高草,是茅草。它的窑洞口黑咕隆咚的打死也不敢近前一步。池塘里靠岸的地方长有既不茂盛也不枯瘦的芦苇，塘心里漂浮着一堆堆黑暗的苲草，那些偶发声响的青蛙就趴伏在堆堆黑暗的苲草上露出个小头在端详翅膀和春分。但他们现在不想和青蛙们搭腔，他们要捉蚂蚱。他们出气回气顺畅了真正看清南塘也就这回事根本不像想象的那样恐怖。但这不是他们消除恐怖警报的真正原因，真正原因是塘西南角那块地种了菜瓜而且地中央搭了庵子看守，此刻庵子里有人影在走动（种瓜的是海民爹，听说他在瓜田里放养的一窝小鸡全没了影儿，在一个月光之夜他走出庵子尿尿，乖乖，一条吃馋了嘴头的大蛇盘踞在庵门口，在芯子闪映地质询他为啥没了小鸡的香甜鸣叫。那条蛇极大，没有解馋也并不愤怒，垂头丧气踽踽离开时蛇头到了窑口而尾巴还在庵子旁边扑甩呢）。翅膀也不是之前没来过南塘，每当生产队分菜瓜时他们还是会来一趟南塘的（当然，有时他们也把菜瓜拉回村口去分）。翅膀之所以改变想法要来南塘，与这块菜瓜田不无干系。

一看见他们来，老窑顺手扯过一朵云彩遮住了太阳。翅膀身上不多的衣物——遮住小鸡鸡的裤衩和奶奶缝制的黑粗布褂子全都溻透了，连脚上的布鞋似乎也汗津津的一走一趔趄。春分劈头盖脸都是汗水而且满面通红。再没有阴凉光顾，他们身上的水分全被榨干了，而且有再多蚂蚱也无心去逮了。但阴凉说来就来，只要太阳打盹凉风马上就一群群从庄稼林里走出来，凉风们到处找汗粒就像小鸟到处找草籽庄稼粒。翅膀身上的汗不大一会儿就被风啄光他忍受着口渴两眼开始朝草丛里寻找。那是一片开阔的空地，是烧窑兴旺时脱晒砖坯的场地，因为布满了细碎的砖渣暂时种不成庄稼，这地就空置下来专门长草生蚂蚱，好让孩子们偶尔心里痒痒一回。名不虚传，翅膀和春分从粗壮些的草茎里提了两根茅草莛用来穿蚂蚱，不一会儿草莛上已经有好几只蚂蚱朝外舞扎长腿了。他们挑个儿大肉多的那种绿蚂蚱捏在手里肉墩墩的，草莛穿过它们颈上的硬领时能感觉肉质的鲜嫩与肥硕。蚱蜢们太庆幸了，因为翅膀不太喜欢它们长长的略微发紫的长腹，虽然对它们外头深绿里头浅绿的羽翅并不反感但与绿蚂蚱们一比确实逊色不少。翅膀也喜欢土蚂蚱,质朴而平实,没有花哨的外衣但内羽漂亮得令人眼花缭乱,怎么也想不出来这么像黄土一般颜色竟然内里这么鲜艳就像一朵开在土层深处的花。只有祖露在阳光下只有阳光才能使漂亮显现,否则没有五彩连芳香都没有。花朵要开在白天。土蚂蚱要不时展开你的内羽啊。

他们已经拎了一满串蚂蚱已经寻觅到新的茅草莛要再穿一串,但草丛里蚂蚱明显少了因为那种鬼蚂蚱开始多起来,翅膀有点生气,他真想跺这鬼蚂蚱一脚可惜不够跺一脚的它们形体实在是太小了。鬼蚂蚱都长不大,陡脸阴森,草籽般的小眼睛恶狠狠瞪着你,一直想警告你什么。但实在是太多了你只要一蹲下它们像漫灌的大水、像蚊子那样一下子全围上来。它们要真是蚂蚱为啥不逃跑?蚂蚱见了人总是四散奔逃这是规矩,但鬼蚂蚱好像在等你来只要见了你马上蹿上来有的竟然跳到了翅膀肩膀和头上。翅膀招呼春分,要告诉他蚂蚱少了而鬼蚂蚱到处都是像惹着了蚂蚁窝。春分也开始愁眉苦脸,因为他碰上的鬼蚂蚱不比翅膀少。春分说:"我们掉鬼蚂蚱窝里了,恁多!"他这样一说,翅膀警惕起来,翅膀抬起头来不再盯着草丛——乖乖,这一看他的脸马上苍白,马上掉头就跑,因为老窑里黑黢黢的,曾经推土轧死过人的门洞离他们只有两三步远,要是那条大蛇卧在那儿只要嘴一张、芯子一颤不费吹灰之力哧溜就能把他们吸起来吸离地面一头栽进黑咕咚里去。

那才叫没命狂奔才叫仓皇逃窜!凹着脊梁伸着头,两只胳膊像是划船屈起来在身子两侧快速摆动。"照护着蚂蚱串!"春分一点儿也不比翅膀跑得慢,他就差一点儿踩中翅膀在草径上晃动的黑头。翅膀的影子是黑的。草丛里不断有起飞降落晃动点点屑屑,但两个人都顾不上看究竟。他们一跑那朵云也跑了如今太阳又得意地出来了而且不让他们盯着看一眼。翅膀拎着蚂蚱串的右手不再来回甩动,他不能摇落草串上的蚂蚱但这样一来他根本跑不快,他一只手像是被人砍了一跑身子就朝一侧歪。好在不需要那样上气不接下气地奔命了，因为春分竟然跑在了他前头竟然站住了："你看见了啥啊？"春分的胸脯一起一伏，肋骨一根根暴露出来他的身子真像一个筷笼子（灶屋盛放筷子的口大底尖的竹笼）。春分的黑粗布褂子没穿在身上而是抓在手里，另一手里的蚂蚱串完好无损。翅膀朝后瞅了一眼催春分快走，别站着，他不会说他看见了啥，而其实他除了看见黑黢黢的窑门洞外又能看见啥！要是能让你轻易看见你还害怕个啥啊！

一走到那条通往村口的土路，翅膀十五只吊桶打水七上八下的心一下子咕咚落了地，他的喘息渐渐平复，直到这时他才知道他身上有多少汗水。他的褂子湿得冒水，像是刚才他掉进了南塘扎了个猛子才爬上来。他掉塘里了吗？他有点恍惚，仔细一想没有挨水边，没从塘堰往下走一步。他身上有冒不完的水，无数细小泉眼在看不见地涌流，阳光一照晒得紫红的皮肤上明晃晃耀眼。翅膀的胳膊在麦收季节已经晒脱过一层白皮，像麻秸瓢子，蜕了一层下头还有一层。但现在就是晒一晌午也晒不出那层麻秸瓢子了。翅膀已经百炼成钢，太阳拿他已没有办法。但这汗水实在是太多了，淹得他的眼痒爪爪的生疼。

他们到了村口却没有再走老路，春分担心一看见他们提着蚂蚱串马上就会跟来一队孩子。他们宁愿牺牲想知道牛犊是死是活的好奇心也不想后头长出尾巴。他们沿着环绕村子的寨海子东行，从另一条路回到荷花满池的大坑。只要你想到一个地方，从来都不止有一条路的，而且这另一条路虽然要爬过寨海子但要近好多。现在翅膀喉咙里已经着火，需要马上用清水泼灭。他咽口唾沫就难咽下去了，浑身到处都是干裂的土地都等着淋漓的雨水啊！

千里和车轮干够了一歇活计，铁砧旁堆躺着几把锹头铁锨或者镢头菜刀泛着新铁的靛青，他们正在洗脸抹胳膊当然还要喝水。一个黑铁桶就站在旁边，桶里荡漾着清凌凌的刚打来的井水（那口供大半个村子吃水的水井就在南大坑的东南角，离这儿很近）。翅膀顾不上许多走上前去就要痛饮但他太匆急两手端不动铁桶蹲地上伸头又够不到桶里的水。他已渴红了眼他要仄歪铁桶让水流进嘴里，但操作难度太大。他正在急煎煎发愁寻找窍门的时候铁桶突然升高并且仄歪向他的嘴正好供他咕咚咕咚尽情倾注肚里。翅膀不操心为啥铁桶这么会意他只想赶紧让清水泼灭干渴让旱得冒烟的肠胃得到滋润。千里提着桶趔着身子托歪桶底笑了："看你喝水的样儿，像八百年没见过水！"千里问他为啥不早点回，渴了饿了都不知道那不成个二半吊子了！沉醉在洇透中的翅膀既顾不上千里也顾不上就要跳火坑的蚂蚱，清得发黑的井水像美酒沉醉了他。

　　接着就是这一天的高潮，那串还在瞪眼蹬腿的蚂蚱开始经受火焰的酷刑摇身一变为人类的美味。翅膀每年一到秋天也偶尔逮一串蚂蚱烧吃，但那是在灶膛的灰烬里，灰屑包裹着蚂蚱，就是你对着烫手的蚂蚱使劲儿噘起嘴唇吹，但想吹净袒露蚂蚱焦黄的身体也困难重重因为蚂蚱身上到处是褶皱沟壑藏灰纳烬是它的拿手好戏。但现在蚂蚱根本挨不着灰烬，千里把它们请进炉堰里尽量远离炉膛可热度一点儿不低蚂蚱们没有经受过如此的酷热它们先是惊慌失措胳膊腿儿乱伸乱蹬接着就懒得动弹接着就伸直所有腿儿蹬了一下或者两下就再也没有丝毫动静你只看见那美丽的羽翅一下子黯然失色浑身披挂的鳞甲在悄悄变化像是羞赧的晕红像是麦子成熟的金黄接着千里就用火钳夹它出来。蚂蚱有点烫手，既不蹦也不跳更不会趁势用红色的两颗板牙夹你一口而是赤裸的焦黄热气腾腾。翅膀等蚂蚱稍微降温马上揪掉它的头并带出一小坨腔子里的肠肚——那里头盛满发黑的青草，然后翅膀清除掉它的腿脚就把那残剩部分放进嘴里舌头上翻搅起四溢的清香。那是一种脆香，在颊齿间萦绕流荡，偶尔的一道白肉会钻进牙缝但舌头卖力地立即将它挖掘出来。蚂蚱的肚子几乎是空的，而胸脯却藏着一疙瘩白肉，那一小点白肉甚至能够劈开，丝丝肉脔分明。春分在这些事情上也不会耽搁怠慢，他也在如法炮制地嚼蚂蚱。最忙的是千里，他既要照护好风箱让它总在呱嗒呱嗒拉话又要让炉膛里的铁块通红透亮又要让炉堰里的蚂蚱焦黄。好在千里总是手疾眼快，几样活计并在一起他不会落下任何一种，样样都能做得漂亮。

只可惜蚂蚱实在太少了。蚂蚱在草串上显得多，好像一只排着一只一箩头都盛不完，但摘下来支棱的羽翅销毁身体已经缩小多半，再去掉腿脚头与肠胃几乎不剩了什么。看翅膀眼睛直往草串和炉堰里审，而蚂蚱的踪影儿早已全去了肚里，千里就说，翅膀，下回我要让你过过肉瘾解解馋！你等着！

三

翅膀倚着一棵小桑树站在人群外面靠近大坑的地方，他太喜欢这大坑里在小风中翻卷的莲叶了更喜欢正在悄然开放的荷花，他站的地方能够嗅到荷花的清香，但他却没有一点儿品咂花香的心思。几乎全生产队的大人孩娃全在大坑南堰的这处空场上，因为铁桶通知所有人七岁以上八十岁以下全都要参会，这是从没有过的盛会（平时生产队召集开会能稀稀拉拉来上几十个人也就很像样儿了）看上去黑压压一片比春秋天的饭场还热闹。男人们在交头接耳插科打诨有的一进会场马上搁开了地棋，聚在一堆的女人们清一色全在纳鞋底，线绳穿过布层像是一群马蜂在飞但嗯嗯嗯嗯的声音比马蜂们轻柔悦耳。铁桶并不想弄这么大的会但他没办法，他得跟在县公安局来的那俩人身后，人家叫他干啥他得干啥，一副点头哈腰的孙子模样（他痛恨自己这个尿样儿，而那俩人却觉得他趾高气扬地处处在怠慢他们）。不但县公安局介入最初是公社派出所的穿蓝制服的民警，他们办不了这大案因为侦察了好几天也没有眉目他们只有上报公安局让手段更高明的人来查办。铁桶只怕嘘水村被树成典型要是好事啥也别说了可弄这么一件事儿他觉得丢脸。公社派出所已经抓过人，案子发生第二天他们接到报案马上赶到现场，他们盯着玉米林中的眢井拉开布尺量了脚印（哪还有脚印啊，夜里一场雨水冲垮了所有痕迹他们只是那样装模作样量量不然他们来了能干什么事儿呢）。尽管一夜雨水冲去了脚印但六六六粉的味道仍然很冲，那个一脸酒糟疙瘩的年轻民警说我靠，撒药没撒到玉米缨上都倒这井里了啊？他本想再发掘一桩大案以为有人搞破坏为了省事把生产队装玉米缨的农药一下子倒进了这眢井里。他的眼睛东审西瞅，想再发现蛛丝马迹。铁桶慌忙解释说这是昨天埋牛犊子时我安排人撒的，谁知道会有人打牛肉的主意，我想着这样撒上六六六粉他们就打消念头了呢！那民警没好气地盯他一眼，为打消了他的新发现而一肚子怨气。但他们根据掌握的第一手材料很快锁定了嫌疑犯——除了宰牛的金克郎外不会有第二个人！这人刚刑满释放马上就旧病复发心里痒痒又要牛刀小试！他以为可以瞒天过海他没想到处处是天罗地网。酒糟疙瘩二话没说打头就去了静庄，那村子离案发地不远，甚至比噓水村还要近一些就在北面半里地。他们浩浩荡荡开进那村庄径直闯进金克郎家的土院，金克郎早饭吃晚了还端着糊粥碗呢，看见民警进家那碗砰的一声跳到地上一碗糊粥泼溅洒开引来群鸡欢呼啄食。金克郎颤抖得说不出话来，他的牙巴骨子一直在响。民警二话没说就拿出了手铐咔嗒一声就把他铐起来了。只要一见那闪闪发亮的手铐金克郎比狗见了他都服帖。"我说，我说。"他就会说这两个字，至于说啥他也不知道。两个民警把他请进了三轮摩托的拖斗里，反正他不是头一回坐这种摩托也不是第二回坐，他早已有了经验但经验没能帮上他的忙他一直在反省自己是不是又触犯了规条但一直弄不清是哪条规条。村子里照常跟来一大队老老少少看热闹看稀罕，弄不清这刚刚蹲了班房放出来的屠狗宰牛的杀生人又犯了啥法。到了镇上的派出所都没审讯呢金克郎就说个没完自己全招了，说他不该掐生产队大田里的红薯叶掺面蒸吃，他好几年没吃过就有点嘴馋他边交代边扇自己的嘴巴。酒糟疙瘩在一个小本子上不停地记着什么，金克郎佝着头铐着的两手互相摩挲着吧嗒着嘴小声话语。他说了大事小事一大筐但还是不合酒糟疙瘩的心意还让他说下去，他说他说完了。说完了！酒糟疙瘩大怒，问他七月十五夜里去哪儿了，要一分钟一分钟地说清楚，只要错一分钟以上就再判他几年！他这样一问金克郎倒不害怕了，他说你是说七月十五那夜？酒糟疙瘩说你自己比谁都清楚就别装了！金克郎一点儿也不哆嗦了甚至从方凳上站了起来："你去问问我那一夜在哪！我在卫生院，俺婶子拉肚子我尽孝心一直陪着呢，一整夜一刻也没离开——乖乖，卫生院的蚊子可真厉害！"为了加强真实度他加了一句话进一步证实而且还捋起裤脚让那人看看他腿上咬出的红包。酒糟疙瘩断定金克郎又在说谎他知道凡是犯过事儿进过劳改农场的人没几个人说话实落。他说："说啊说啊，你说啊！编，继续编！捣你几电棍你就不说蚊子咬你了！"他以为金克郎会蔫巴谁知他不但没蔫巴还站了起来，还说你捣个试试，这不！他甚至要朝前走一步。酒糟疙瘩这时才有点说话平和他知道这个刑满释放犯说不定说的是真话要不没这么足的底气。

金克郎确实受了冤枉，七月十五夜里他一直在公社卫生院守着没离地方以表现他多么孝顺，连他婶子有病他都这么上心简直就是亲儿子。金克郎离开村子七年他必须找一切机会表现，让全村人知道让所有的人知道他金克郎历来就是一个拍着胸脯讲良心的君子至于抓他蹲班房那是国家形势其实他想说宰牛是他家的祖传手艺难道宰牛真的有错哪朝哪代也没说不能宰牛啊！他心里是这么认为的但再给他十个胆他也不敢把话说出口来，反正他觉得自己没犯法理直气壮但一摊上事情他又比谁都尿，一下子像殃打了一样缩头缩尾就像受了惊的老鳖。给金克郎当证人的可以一抓一大把，连那夜当班的医生护士都说那个刚刚释放的劳改犯一整夜没离地方一步，好像他都没怎么睡觉。真事假不了，那这丢失的埋在眢井里的牛犊看样子是真的与金克郎无关。

但与谁有关却成了谜语。其实七月十五落黑时分铁桶就派饲养员和仓库保管员一起把牛埋了，特意安排黑脸带上半袋六六六粉，先把牛犊撂井里（这是口从前的灌溉井，后来打了机井这井就彻底废弃也没谁费个事儿去填平，如今只是个两人深的黑窟窿，只有发水天，下头才有水，平时井底上倒是有几只蛤蟆卧在不太茂盛的几丛青草中的湿泥上夜以继日揣摸圆镜子一般又高又远的天空），然后多撒几把六六六粉再封土（也正好填了眢井平出一笸箩口大小的土地，来年种麦有牛犊肥田肯定好收成），让想打这牛犊主意的人一闻六六六粉冲鼻的气息就打消了念头。上级有严格规定，病死的牛要就地埋掉，禁止食用（也是为了防止生病，天气太热，各类群体性食物中毒事件时有发生）。但人们扯年到头见不到油星荤气，一道禁令哪管得住馋涎长流，肯定会有人觊觎这现成的一堆好肉。铁桶想，尽管早已易风易俗"破四旧立四新"——为这个破四旧可没少让他费事，群众觉悟实在太低，你不让他七月十五烧纸他会偷着烧，逼得干部们彻夜站岗，只要抓住烧纸的不但罚工分还要开会挨斗（其实就是挨揍，通常是开夜会斗争人，找几个力气使不完不分青红皂白的年轻人把挨斗的人拉上来灯影里看不清你一拳我一脚不一会儿就打得鬼哭狼嚎让干啥干啥）。采取了这样的举措算是终于见了效果，这几年眼见得别说七月十五连初春的清明节上坟的也少了，听说坟也很快就要迁到一处大坟场那样更节约土地。人死如灯灭，埋不埋坟烧不烧纸其实又有啥！铁桶想要是像当年一样都过这七月十五，大伙儿都知道这一天阎王爷要放鬼（他自己其实是信的，这一天他早早关了屋门再没有出去）谁还敢夜里去挖头死牛犊！没事儿找事儿！他也怨自己是没事儿找事儿，七月十六那天上午一直下雨，谁也没想到去眢井瞧一瞧，你说牛犊死了埋了，你瞧有屁用！偏偏就有人咸吃萝卜淡操心要踏着泥泞去钻玉米棵瞧瞧。铁桶开始埋怨黑脸这人多事，本来下雨天你不好好待菜园子里你去玉米林做啥子！这不，眢井里的秘密叫他发现了而且马上向他报告，他是队长接到报案不能不重视害得他也两脚泥泞一趔一滑钻玉米林去探窨井。你没有下雨天钻过玉米林你不知道玉米叶像钢锯拉得你身上冒火生痛，即使你穿着黑亮的雨鞋你的好胶鞋是刚买的但你照样也得带两坨烂泥，玉米叶像一条条带刺的胳膊拦着你钻进去，伸着头瞧还要挥舞铁锨铲铲土看究竟还有没有小牛犊。那牛犊是没影儿了，难道他就不嫌六六六粉的气味不知道这农药有毒吗？牛毛上带着有毒的药粉难道他真的毫不在意剥剥烀吃！铁桶不相信有人会烀肉，他还是坚信是金克郎偷走了牛犊，没有第二人，他说得天花乱坠也不要信他的，这样的人一上绳马上全部交代不怕他嘴硬就怕你手不硬。派出所这俩年轻人嘴上没毛缺少经验容易上当受骗，金克郎一说不是他，一说夜里在卫生院他们就全信了，他们刚褪净胎毛不知道这些生意精有多狡猾。他竭力说这不是什么大事你再审金克郎一次，要是你们审不出我们可以协助，但派出所的人不听他的话他这个队长只能管嘘水村的生产队管不了派出所，人家连账都不买。你不买账你找我干什么，你自己去开会去调查不就得了。铁桶几乎和那俩人大干一仗，人家亮出手铐似乎想铐他，他想你铐我试试，谅你没有这个胆！但人家没打算铐他，只是觉得这案子有点棘手不是想得那么简单，这队长不配合说话阴阳怪气你都弄不清他在这案子里究竟扮演什么角色！他是报案的队长还是犯案的人的亲戚？他们是不是想借这个案子整整谁或者谁想借这个案子整整他？这些不好厘清。碰上这样难缠的案件最好上交，交给上一级公安机关去侦察办理。当然，看上级有没有兴趣接手这案子，看他们心情好不好是不是在县公安局的办公屋子里待得有点烦想下乡看看尝尝新下来的煮玉米棒子。

铁桶本来七月十六晚上就可以报案了，但他去大队部找到支书棒槌，然后打电话时却发现电话不通，他拼命摇电话就是没一丁点儿声音。棒槌说你别摇了，你摇零散电话机也不会打通，这电话机只是个摆设，有声的时候没有不吭声的时候多，你还是赶紧去公社派出所直接报案吧。铁桶说天眼看着就黑了路上烂泥二尺深你说得怪好听我咋去公社啊！棒槌说你看着办，我不管！铁桶说案情我也给你说了，越山不打鸟，我这个案就报给你！棒槌一听就发了火，这不明摆着往他肩膀上推卸责任吗！但他干气也没法再说，他说这样吧，你明天去，都是咱们大队的事儿，啥是你的我的责任。我们一起担责任。棒槌不愧是支书，不但觉悟高而且有手腕，让铁桶也再没话说，只得第二天（七月十七）一大清早穿着他那双本来幽幽发亮的新雨鞋（走这样的泥泞路让他心疼他的新鞋）去了公社。好在当他领着派出所的那俩二货回村时天已经放晴。二八月烈马等路，只要天放晴路上的泥泞一见太阳马上就没了影儿。铁桶再走进那块玉米林时，站在眢井旁朝下瞅他的雨鞋上没有一丁点儿烂泥，倒是有干泥凝结的斑斑块块。天一晴玉米林里简直热得像铁鏊子，像要把他们当烙饼翻着面儿烙熟。

  你要和聪明人打交道，不要与这种脑瓜不够用的二半吊子挨边。你说这么一大点事儿有必要惊动县公安局吗？眼见着天一晴各路农活全下来了不但要碾平打谷场等待庄稼上场芝麻已经有裂嘴的而大豆也几乎落光了萎黄的叶片很快就要摇铃催你收割你说这节骨眼儿上一群穿蓝衣服的人在村子里窜来窜去好吃好喝还得人陪着这叫哪门子事儿！这还不算，不让你干活啊，说是社会主义耕牛的事儿大还是你收庄稼的事儿大？你是队长你要分清！但铁桶说耕牛是社会主义的但庄稼也是社会主义的啊，你看焦芝麻炸豆的眼见着都等不及三秋大忙时节你让人支棱着两手闲坐着开会谁有心开会啊。县公安局的人烦了，说你这个队长觉悟太低，你咋干队长了？你是不是党员？铁桶说随你怎么说，开会不能误了农活儿，我们还是抓紧点，赶紧破案吧。其实他嘴上这么说一肚子是怨气，他想你县公安局怎么着，你腰里别着鼓囊囊的小手枪难道你敢对着谁随便放枪不成！我才不怵你呢，我也不是吃素的你吓唬不住我。但他一边发着牢骚一边心里也在打鼓，他不知道这事儿最后能折腾成个多大的事儿。炮捻子一旦点着你都不知道最后能炸出多大的响儿。他当初还不如不上报这事儿,剋一顿黑脸不声不响也就完了。你说没事找事儿惹出这么一堆麻烦事儿图个啥。

　　让铁桶这样一肚子怨气的人主持全体生产队社员大会能主持个啥样可想而知,他简直是哪壶不开提哪壶,让棒槌的光头上沁满汗珠摩拳擦掌几次要站起来打断他。但铁桶正说到兴头上棒槌一次次使眼色他根本看也没看,他说到三秋大忙不能这样耗着我们是要觉悟起来牛犊子虽然死了但那是社会主义的牛犊上头是有法规的是不能动的,我们要检举揭发七月十五夜里虽然是鬼节阎王爷发脾气但确实要让北庄的那个挖牛犊的人当面说清楚……棒槌终于忍不住站了起来,棒槌说队长说的有点疏漏已经核实过北庄的金克郎在此事上是清白的,这是经过调查取证过的我们可不能信口开河。铁桶有点烦他哑了一下嘴扭过头去不瞅棒槌也不接他的话茬。现在他们两个人站在会场中间另外两个穿蓝制服的人一脸恼怒地坐在长板凳上,他们的面前是一张破烂不堪桌面大窟窿小眼睛的不知从谁家临时抬出来的木桌权当会议桌。进入会场时棒槌指着这桌子问铁桶你就弄一张桌子?铁桶说就这桌子还不知怎样才找到的呢?阎王爷别嫌鬼瘦。棒槌觉得挺没面子他想他大小是个支书县上来人了你摆张漏洞百出的桌子这不是明着难堪吗?但他又能对这个拗种队长有啥办法呢?他不贪不占又一心想着集体心思全在大田里的秋庄稼上呢。棒槌是个读过书的人他曾经在镇上读过三年高级小学,不但能在纸上写出他自己的名字而且许多人的名字他都会写最多写错三五个字,他参加各级干部会议培训对上级政策说起来头头是道让你以为他才是制定政策的人。他剃着光头头顶上好沁出汗珠就像刚锯开的大树断口总是往外沁水。棒槌也是个大公无私的人他从没占过公家的便宜因而说话嗓门奇大而且好对人发火,除了给铁桶留点情面外全体大小队干部没有不怵他的。反过来说铁桶和他也一样全生产队没有不怵他他只给棒槌留面子,不直接怼他。但公安局来的俩人却和他俩心情不同,他们都觉得铁桶是在放烟幕弹要转移侦察的视线混淆是非增加破案难度，他们想让支书棒槌火线撤掉这队长让这样的人当队长你这工作还咋开展！棒槌总是抹拉他的光头从额门到脑后然后再返过来抹一遍仿佛想让头顶的油汗更均匀地分布到光面的每一个角落仿佛在用稀泥湖墙，但他不会下决心让铁桶从队长这个位置掉下来除非他从支书这个位置也掉下来。他们两个人都站着讲话，但铁桶不再说话只听棒槌一个人瞎咧咧。而或蹲或屹蹴听会的人也没人真的在听，竟还有人在搁地棋——这让棒槌有点愤怒，他的怒火正无处发泄他猛然变了腔调吼搁地棋的你能不能停一会儿太不像话了！那些人赶紧聚精会神听他讲话，也聚精会神朝那俩傻鸡喝醋一样愣着的蓝制服看，以显得他们多么尊重他们博取好感。很快他们就不会漫不经心了因为待一会儿后这些人会一个个被叫到牲口院里的一间屋子里，那几个下地棋的人会被另行处置——蓝制服可以随意根据每个人的配合情形决定罚不罚罚多少工分。工分工分社员的命根，看你还敢不敢不放我们进眼里还搁不搁地棋你把我们看成啥了啊在你家门口打着简板唱着戏词要饭的乞丐吗？

　　这些人被罚了工分只能背地里骂骂娘出出怨气根本不会当回事儿，而千里、海民、参军、转运、谷子这些人却是度日如年。他们心焦瞀乱没有星点心思去搁地棋，这两天几个人没事一次次围在一起在黑暗里议事，订立攻守同盟，打死也不说出那个饕餮之夜的半根牛毛。他们彼此都有信心，但翅膀毕竟太幼小他才九岁啊嘴叉子还嫩黄着呢是否能够坚守秘密他们心里实在没有底。千里心里翻江倒海但外表岿然不动根本看不出丝毫慌乱他私底下谆谆诱导翅膀，教他如何应对可能的变故。翅膀想考验我的时候到了，假使他们抓住我要上大刑但我就是咬紧牙关一句话不说，什么都不说。"他们会不会灌我辣椒水啊？"翅膀万分担心地小声问千里，因为那样会呛得你不知道辣椒进了鼻子该有多难忍。千里说不会，你放心。他们会哄你说出那一夜，你只说在睡觉，下雨了，从路边挪到海民家新屋里睡了一夜，其他一问三不知就好了。"好，用烙铁烙我手指头我也不说。"翅膀咬着下嘴唇差点咬出血来说。你想哪去了！你以为他们要打铁啊，他们才不呢！千里被翅膀说得嘿嘿笑了，但翅膀却严肃地在想这些可怕的景象当这些酷刑真的落实到他身上时他能否一如既往地坚强。我一定要顶住！他叮嘱自己，考验我的时候到了。他以为自己要为国捐躯，他要成为小英雄！但千里轻描淡写地说你只要说睡觉睡在海民家新屋里一夜就好了。好，好！翅膀一个劲儿地点头："听说竹扦钉进指甲里疼得会燎心。"翅膀看一眼千里，他在选择假如遭遇他们钉竹扦他该怎么办，是大叫还是忍着不吭声。他觉得他忍不住，他会大叫，但大叫会很丢人再说他也会哭，流泪更丢人。千里说好了好了，你别瞎胡想了，说不定人家根本不问你，你也就装不知道，啥事也没有。听见没有？听见了，翅膀说，但他没有从种种可怕景象中走出来，他的身体还在经受各种可能的想象刑具。他在不停地命令自己要挺住要坚强不说出那夜里有关吃牛肉的一个字。

　　一听说叫他开会翅膀就知道不妙，他想终于来了终于来了。有时他渴望早点到来，等待是最折磨人的。学校原说是公历9月2日开学，但因为教室修葺什么的拖后了几天开学，但对翅膀来说不去学校更是难熬。他天天在等着这一天这一时刻的到来，他已经等得喉咙里老有东西往外拱，再不到来他觉得他要咣的一声爆炸了。只说在新屋里睡了一夜其他啥也不知道！他一遍遍告诫自己。给他安慰的是不仅他一个人，还有千里哥，还有参军、灯笼、转运、海民、谷子，虽然除了千里哥外这些人都不甚重要但和你站一堆的是一群人的时候你的胆子会莫名地胀大。翅膀知道关键时刻没有谁能帮你，千里哥也帮不了你，你只有自己挺着。他拿不准他们会不会动刑，会不会灌辣椒水钉竹扦也有可能让你坐老虎凳（他一直弄不清老虎凳是个啥样机关），他们做这个的时候，千里管不住地说："说不定给他上刑比这个还要酷呢。"会场里种有好几棵大腿粗的洋槐树，浓荫匝地。翅膀盯着层层叠叠的南大坑里的荷叶但他哪有心思去观赏荷叶离他不远就有好几枝红荷花在绽放透黄透黄的花蕊也披散开了正是最香的时候,但翅膀压根儿闻不见那股诱人的清香。他不时斜睨会场中心的那些人,看铁桶还有支书当然最核心的仍是蓝制服的俩人。他真祈望他们说散会这个事儿就此结束你们都忙农活去吧!但他知道这是妄想,那俩蓝制服愁眉苦脸能拧出水来。他们嘴绷紧眉头紧锁没有一丝笑容也许他们从来没笑过。铁桶仍然站着头一拗一拗,他的头就像一盏波浪里倔强的漂浮式航标灯他的窄长的红脸膛就像一个老南瓜。他很不高兴一直想抢回棒槌打断的话头但棒槌不给他机会,棒槌在大谈耕牛的重要性而且每说一句都要啊一声,好像没有那个啊字他就不会接续下一句话了。他一脸严肃,眼瞪得像鸡蛋,右嘴角挂着一星半点白唾沫。支书棒槌和队长铁桶虽然礼贤下士与群众打成一片,一副清官形象,但到底与群众还是不一样。他们当然不会穿制服,但他们可以穿日本尿素袋子布,那是公社供销社的特供,只给大小队干部们穿用。真不知日本人怎么能做出比葱叶更薄的布来像苇秆的内胆膜而且用来包装化肥,天下事儿真是无奇不有。日本人哪想到中国的大小干部们将这化肥袋子作为特供产品,成为高一级阶层的标志。不过那布穿着确实凉快,像是什么也没穿只要一见风贴着身龇棱不停,好像风能带来它老家的消息让它激动不已。当时有一首民谣——干部见干部,比比龇棱裤,前头日本产,后头是尿素。屁股一扭,含氮量百分之四十五——形象地说出了靛青染料也遮不住字迹的这种特等布料的时髦风尚。身上包装有龇棱布的除了支书和队长,还有老虎,就是那个个头不高敦敦实实和支书一样长有一双暴突眼的壮年男人。老虎没坐长板凳上(坐不下他的大屁股了),他跂蹴在板凳一端。他不会有手枪,但他拥有民兵训练的步枪,而且每年打靶时田野里的枪响都听他的。他不多说话,但他是村里的国防部长(主抓偷鸡摸狗杀人放火),这种县公安局亲抓的重大特大要案他是不可或缺的。与那俩人相比,公安局的蓝制服比较相信老虎,尽管后来也明白这是个更不能相信的人,他和支书队长明里针尖对麦芒暗里却穿一条裤子是一块田里的蚂蚱。

棒槌讲完话也没再给铁桶留讲话的空儿,直接让老虎说几句。老虎吭哧半天说了几句,但他自己也不知道他说了什么。接着就是蓝制服,你不得不承认,他们讲话还是有水平,丁是丁卯是卯,一句话一个地方。他们敲打村里干部不配合办案:"你还是没弄清案情的重大,你不能老站到村子的一小片地方看问题成为一只井底之蛙,你要认识到问题的严重性要提高认识站到与世界人民一道线上看这案子。"这是其中一个方脸膛脸上长有密密麻麻酒糟疙瘩遗迹的蓝制服讲的。另一个圆脸蓝制服说话明显柔和,不但表扬了社员们干部们肯定了这么热这么忙的时候大家都出力办案让他感到振奋精神要为社会主义大厦增砖添瓦。这个圆脸擅长说假话,但翅膀觉得圆脸说话好听他有点喜欢他了,他希望审他的是这个圆脸。

嘘水村想搅浑水的干部们包括支书队长还有民兵营长全都看走了眼太小瞧两个蓝制服了,这一天傍晚这俩人就让他们见识了他们的手腕。他们不像公社派出所来的菜货民警案情越理越乱前后折腾五六天还没摸着头绪,还听信铁桶的指鹿为马揪住金克郎不放。他们根本不朝金克郎瞅一眼,一直在深挖嘘水村,一场接一场开会,好像他们不是来办案的是来嘘水村不停亮相烧包跩跩架子满足虚荣心的(刚开始大伙真以为是这样)。他们一共来了两天,那辆驮他们来的带拖斗的三轮摩托车这天傍晚离开嘘水村时已经驮走了嫌疑犯,那嫌疑犯还老老实实把两手平举到胸前因为他戴着明晃晃的手铐呢!

牲口院里的驴和马们(另外加一头健骡,但它轻易不叫唤)算是大开了眼界与鼻界,本来机器房里的柴油已经够稀罕的了,现在竟然又平白无故跑来了汽油,像是大豆田里硬生生冒出了一大片艳丽的盛开的罂粟。那辆三轮摩托就歪别着头停放在账房门口,牲口们无论是在厩房还是在院东侧的拴牛场都能嗅到暴烈的汽油气息。

它们张着鼻孔品咂,接着打了个喷嚏再接着就哈哈哈哈笑响了一个接着一个笑响仰着头张着嘴扯着长秧子大笑不止。它们不但在拴场上肆意笑响在厩房里也无所忌惮大笑长笑笑声在四壁弹跳震荡整个牲口院连说话都听不清。这阵牲口们的大笑(牛们不知道发生了什么事只是瞪着眼乱瞅间或哞哞一声但没有驴和马那种长笑)干扰了账房里的拉话声——是的,那两个蓝制服在和翅膀拉话,还不时打哈哈像是翅膀的亲戚根本与审讯无关,翅膀有点摸不着头脑不知他们葫芦里卖的是啥药,但他一直没有放松警惕。圆脸制服说翅膀别当个事儿是闹着玩儿的,一开会都得沉着脸毕竟和平时不同。他笑嘻嘻地让翅膀坐在板凳上,屋子里有两条长板凳,但他让翅膀坐在他身边同坐一条板凳,他从裤兜里掏出了一个钥匙链让翅膀看,那是一个闪闪发亮的金属圆环钥匙链还挂有一个白瓷像章,翅膀有点喜欢那白瓷滋腻油润摸着像红薯粉面看着像香脂或玉石(老板凳屁股后头挂有一个玉件蛤蟆,翅膀见过也摸过,老板凳说挂到一定年岁那蛤蟆会被人气滋润暖活一蹦老高),翅膀小心地触摸然后捏在手指间有点爱不释手了但他知道这是人家的物件于是马上奉还。但圆脸没有接而是说这是给你的,是我送你的小礼物。一时间翅膀有点愣怔他总觉得不对劲儿但到底是哪里不对劲儿他也不知道。他不应该在这样的场合收这样的礼物,但圆脸很坚决让翅膀觉着要是不留下这礼物有点难为情。翅膀把钥匙链放在了面前的桌上圆脸马上拿起来又塞到他手里,但翅膀也斜了一眼亮晶晶的小礼物终究还是丢在了桌角。他不要别人平白无故送的东西,礼物也不行。但翅膀紧张的心不跳得那样急了,他觉得这个圆脸人也不赖。接着圆脸就问他几岁了,上几年级,家里几口人等扯淡问题,话题不知不觉慢慢靠拢要害部位就像捏蜻蜓的手靠近羽翅。圆脸问翅膀晚上都睡哪儿,翅膀说有时睡村口的那条路旁,和奶奶睡家里的次数不多。他喜欢和大家在一起奶奶也放心。圆脸说七月十五那晚上你也睡在路旁吗?翅膀开始再度心跳加速他想开始了开始了终于开始了,之前那都是诱饵引你上钩呢！你要管住嘴就是不说就是不说一问三不知只说睡在大路旁下雨了然后去了海民家新屋子里睡了一夜。他的手开始发抖，他管不住自己。七月十五晚上？翅膀像是发吆怔跟着问了一句。那人说是啊，不就是那晚吗？他浅浅地笑着眼睛都眯细了，他应该是个好人，看上去不太坏。他有枪吗？他会给他上刑吗？但这间账房确实没有烙铁也没有竹扦也没有他也不知道是啥样的老虎凳反正他屁股底下正坐着的绝不是老虎凳。翅膀说那晚上是睡在大路旁，我起初躺在苇席上，后来就睡在千里哥的软床子上了。圆脸说后来下雨了，你们没淋湿吧？翅膀说没淋雨，我醒来时下得哗哗响但我们躺在楝树下树叶稠密能隔二指雨呢，我们走到海民家新屋里也没淋几滴雨。千里哥说这个是可以说的，睡到大路旁睡到海民家新屋里都可以说的。圆脸说你一直睡在那儿？翅膀有点蒙这个千里哥没说能不能说啊，也没说会不会问这个啊。翅膀摇了摇头抿着嘴再不说话。一问三不知一定要一问三不知。我不知道。我啥也不知道。圆脸笑眯眯的很谅解翅膀没有去拿任何刑具的意思也没有摸屁股，他的屁股那儿没有鼓囊囊的好像没有手枪。他要是有手枪看样子一时半刻也不会崩人但翅膀还是无端地紧张。圆脸说你一直睡在新屋子里，对吧？翅膀点了点头。就应该这样说他又问你们几个人睡在新屋子里啊？翅膀想这个是可以说的于是他说有参军，他停下来了因为他拿不准该不该说，他在看那人的面色，要是他很当回事儿他就不说了要是他压根儿不当回事儿他就可以往下说。但那人没当个事儿甚至都没怎么注意听，只是随口问还有谁？翅膀说还有海民，灯笼。那人说一下雨都该挪屋子里了，还有好几个吧？翅膀说有转运、谷子。翅膀不说了因为要说出千里的名字了他不想再说。那人又接着问肯定还有人啊，是不是？翅膀看瞒不了就不情愿地小声说，千里哥。那人说这是明摆着的你就是不想说你都和千里睡一个软床他怎么可能不跟你一起挪到新屋子里呢！翅膀这才想起先前说起过和千里哥同睡一张软床子他有点后悔他弄不准该不该说这事但已经说出来了啊。就是这时候一匹马开始像喘气那样叫起来它刚叫了一半一头驴又连着叫起来其他的马和驴全都叫了,叫声塞满了账房根本听不清说话声。他们停住了对话圆脸制服若有所思盯着脚尖踢地上的一根麦秸他都把地面踢出了一个小坑。他忘了翅膀的存在,翅膀这时已经不担心那些刑具了也不担心手枪了看样子他没有去摸枪的打算。但马和驴的嘶鸣确实不太中听就像天上正在下砂姜雨而那根本不是砂姜分明是碎铁碴子。那人有点生气他感觉到这些马和驴是冲着他来的但他也明白这是大牲口谁也管不住,他生气也是瞎生气。但这时候他要是有手枪他真想摸枪他想一枪崩了这些扯着喉咙号鸣好像永无止境没完没了的牲口们。

你要是说那些驴和马是自发地昂首嘶叫似乎也有点不对头,它们是识号,老板凳已经和它们厮混了十个年头还要多点,老板凳做一个动作或者咳嗽一声它们马上明白是叫它们干什么,比如要跷一跷蹄子跳开缰绳或者暂时不要把头伸进石槽里喝水……也不是说老板凳叫它们干啥它们就干啥,也不能说老板凳会对着它们的鼻孔撒一点儿胡椒面或者辣椒面或者其他刺激性粉尘,因为这些东西并不是信手拈来估计老板凳当时手头也没有,但老板凳想让它们不停嚎叫的时候它们不一定不给他这个面子。反正它们一直在扯长喉咙大叫别说小声问话你就是照样扯起喉咙问询被问的人也不一定能够听清这牲口们的大叫太有混淆效力了。

要是你让大牲口一齐叫叫就能干扰了办案这想法实在是太幼稚了,是三岁小儿的伎俩。两个制服有条不紊不管不顾在推进,可怕的是你并不知道他们在怎样推进,你只看见他们一会儿一个进来了一会儿一个又出去了他们在会场和牲口院之间来回穿梭。他们竟然要带着翅膀坐坐那辆三轮摩托——圆脸制服提议让翅膀试试坐摩托。"翅膀你坐过摩托吗?"他脸上摊布着笑容有点和蔼可亲像是一个远房亲戚,翅膀只要面对人家朝他笑着说话他马上也会跟着笑着说话他板不起面孔来。翅膀笑了一下说没坐过,赶集时见过呢!

翅膀是说他连见过这样的摩托次数也有限至于奢侈地去坐他可是从来也没有想过坐摩托有点超越他的可想象边界。

但圆脸制服亲切地要扯他的手他也拒绝不了只是很难堪，他不知道该如何应对这种突发状况。人家要拉你的手而你只与奶奶拉过与千里哥也拉过或者与其他亲戚伙伴也拉过但与一个半生不熟的人拉手翅膀从没有过，可人家对你这样好这样亲而你冷脸拒绝多不好啊，人家是对你好啊，伸手不打笑面人，翅膀就这样被动地被人扯上摩托。但一坐上摩托他又有点怵了，他想他不是拉我去哪个野地里吧听说行刑的人都是这样拉到哪个野地里才动手。那三轮摩托并没有掉头朝西边的出口开而是大吼一声像是要压住驴马叫声径直朝东出口冲去，而东出口是通向村子的于是他停在了厩房门口因为他看见了老板凳正在石槽旁调教那些牲口也许他仅仅是想学学如何才能让大牲口们接二连三不断地叫嚷，老板凳搓着双手不得不走出厩房但他仍是那样硬挺挺的连胡子都是一根根支棱着的，这时老板凳才发现他原来要驮走翅膀老板凳马上不干了。"你怎么……你吓着孩子怎么办！你有本事发在大人身上不能吓唬小孩子！俺们看见了不管没法向孩子家大人交差！"老板凳叉着腰质问圆脸制服。圆脸制服满脸堆笑："你问问翅膀我吓着他没有，他稀罕摩托我驮他出去兜一圈。"老板凳盯着翅膀有点傻鸡喝醋不知今夕何夕了。"翅膀你真的想兜摩托？"他的口气软下来但他目光里全是疑惑。翅膀要下车圆脸已经让摩托走动他又不敢随便挪屁股了他看着愣着的老板凳想说什么但什么也没说。这时圆脸才问老板凳从东侧出口出去能不能上大路因为三轮车太宽掉头有点费事，此时大牲口的叫声有稍熄的苗头但老板凳大声告诉他还是掉头吧你出了东口照样要朝西掉头而厩房后头堆着刚出的牛粪怕过不去这么宽的摩托，于是圆脸驾着摩托掉头朝南开过东厩房的门口饲养员黄鹭正在那儿瞪大眼睛瞧着接着是草料房房门关了锁鼻上插了根短木棍好关闭钉铞，翅膀头有点晕有点看不清摩托车要朝哪儿去他还有些想吐摩托又掉了头掠过南侧的藕池马上又掉了头窜过西侧的机器房接着就从西出口呼的一声冲出去你都来不及反应已经把牲口院撂到了老远的后头稍微平稳地行驶在大路上了,摩托的叫声低了很多好像一下子放心了而且平息了愤怒。速度一快翅膀更是心惊胆战,他看不清两旁倒退的玉米林他不知道下一刻他们要送他去哪里,他高叫停停停我要干啥!于是摩托车停了下来又是那张笑嘻嘻的脸凑上来翅膀现在有点讨厌这张脸了。

你要是认为摩托车真是想驮翅膀兜兜风让孩子见见世面那你就完全错了,这是人家的招数为了让东偏屋的那间草料房里关着的人心神不定,而且效果惊人,最心猿意马的当然是千里。那里不但关着千里还关着翅膀说出的七月十五日夜里睡在新屋里的所有人。圆脸制服负责讯问翅膀而方脸制服则专门对付千里他们。为了不打草惊蛇他们先传来开会时下地棋的那几个人,没有过激言辞只是批评教育,让那几个人被罚了工分还心怀感激他们说你看人家说话多家常,像走亲戚一样。而在传翅膀来牲口院之前他们也先传叫来两三个孩子他们也是不大一会儿就返回会场了还说没啥事儿就是让你回答几个咸吃萝卜淡操心的问题,比如晚上睡路旁有没有蚊子夜里露水大不大会不会第二天清早头痛……正是这些被传讯后返回的孩子让翅膀提着的心略微放了下来他想他完全可以蒙混过关和那些孩子一样。他当然不会想到圆脸哄着他说出那些名字后方脸马上将这些人传唤到牲口院而且被关在了草料房里,协助传唤人员的是老虎,老虎在关上草料房门时朝着千里几个人吼你们这几个小贼种子没一个成器的!都支棱着耳朵听清了要有啥说啥,要是胡说八道看我回头不打断你的腿!脑袋要长在脖子上不要长在裤裆里长成夜壶像铁桶那样——方脸制服听他吐秃舌头唤鸭子越呖呖越呖呖不上来了就说打住吧打住吧!谁都能听懂老虎话里的意思这也让灯笼转运谷子之流内心更坚定让他们视死如归不吐露半点秘密。

但翅膀被三轮摩托驮走却完全出乎所有人的意料,千里趴在草料房窗棂上瞅着翅膀东倒西歪坐在车斗里那摩托在院子里比受惊的驴跳得更欢更夸张所有的土尘腾空而起仿佛被激烈的发动机尖叫与闷响吓坏接着一闪而逝千里的心扑通落进了深渊他们做的事儿让一个小孩子来扛这算什么事儿！而且翅膀毕竟才九岁想哄一个九岁的孩子说出事情原委并不太难，说不定翅膀已经将那个深夜里的一切全说了尽管他相信翅膀会听他的话坚守秘密但他不能确定这俩蓝制服到底能干出什么事儿，他们玩一个小花招就足以让一个孩子有啥说啥。他们是驮翅膀去河湾里吗？是翅膀已经全说了来龙去脉吗？还是要驮翅膀去县局里再度审讯，一个九岁的小孩子有个三长两短他们这一伙人高马大的大小伙子该如何交代，以后在村子里如何做人……千里七上八下灯笼七上八下所有人都七上八下他们如坐针毡全没主意了。他们逗头耳语但没有结果这才是万般无奈千里只是挠头再挠头他让他们看着点听着点也许摩托不一会儿就返回了……但摩托再无音信连一声低微的突突声也没有偶尔传来看来是去县城了……终于千里挺不住了他说这样吧我去招了吧这事是我一个人干的与所有人没有关系！你们要记清与所有人没有关系！七月十五夜里我从井里挖出牛犊在河湾里烀吃了是我一个人的事我干事从来不带上别人！千里决绝地说完就站起身来胸有成竹地开始拍草料房的木门呼唤方脸还有老虎开门，灯笼转运谷子都没有呙怔过来方脸制服已经打开门，千里走出屋来大声吼道你们别再折腾了全是我干的是我一个人干的……

赫尔曼·麦尔维尔,美国作家(1819–1891),有"美国的莎士比亚"的称誉,在美国文学乃至世界文学中占有重要地位。代表作是长篇小说《白鲸》。另有短篇小说集《阳台故事集》《苹果木桌子及其他简记》,中篇小说《漂亮水手》,长篇小说《骗子的化装表演》等。

《骗子的化装表演》译序

陆 源 译

双重密写的讽世之书

《骗子的化装表演》(The Confidence-Man: His Masquerade) 是赫尔曼·麦尔维尔生前最后一部公开发表的长篇小说。不少批评家认为,其价值仅次于《白鲸》(Moby Dick)。理查德·蔡斯 (Richard Chase) 便持这种观点。另一位论者伊丽莎白·福斯特 (Elizabeth S. Foster) 更是主张,《骗子的化装表演》堪与《白鲸》比肩,虽然可能没几个人读得懂它。同样,约翰·施罗德 (John W. Shroeder) 指出,《骗子的化装表演》与《白鲸》各有千秋,但显然高于麦尔维尔创作的其他长篇作品。

《骗子的化装表演》于1857年由纽约的迪克斯和爱德华兹公司 (Dix, Edwards & Co) 出版,发行日期为4月1日,即愚人节当天,与小说故事发生的日期相同。这一选择自然别有深意,不仅契合作品的主旨,应该也在相当程度上反映了作者的处世观念。在寄给朋友塞缪尔·萨维奇（Samuel Savage）的一封信里，麦尔维尔写道："一个人毕生的境遇，尤其是他遭受的厄运——如果他遭受过厄运——无不以玩笑的方式发生，领悟这一点，是或者大抵是智慧的。同样，我们应该记住，这玩笑开得很随意，却又不偏不倚，因此大多数人无须认为，自己特别倒霉，竟撞上了其中最糟糕的玩笑……"考虑到麦尔维尔坎坷的经历和他鲜获掌声的创作生涯，这段话固然有解嘲之效，恐怕更是小说家洞明世事的总括性结论。读者不难发现，《骗子的化装表演》当中层层嵌套的故事，那些真真假假的圈套，如同一个接一个不期而遇、令人破财受窘的玩笑，不断印证着作者的思想。至于"忠诚号"客轮那趟鱼龙混杂的密西西比河旅程，则无疑构成了我们生命历程的某种莎士比亚式象征。

麦尔维尔这部作品复杂难解，呈现明显的多义特征，而这多义本身又加剧了文本内容的含混朦胧。故此，译者认为，有必要将一份浅陋的"研究报告"以译序的名义，置于整本译作之前，以期提醒、提示读者诸君，你们即将看到的作品非比寻常，堪称一部"双重书写"（double writing）加"密写"（secret writing）的奇书，其中一些谜团，至今让研究者争论不已。

"骗子"（Confidence-Man）是美国用语，最初实指一名1849年被捕的超级诈骗犯。英语单词"Confidence"既有"信心"之意，也有"欺骗"之意。据《骗子的化装表演》诺顿评述版的一篇导读，此书讽喻了各种各样的美国式信心——欺骗，诸如激进的社会改革方案、接受大自然馈赠的思潮，又如对法律程序正义的信念，以及宣扬自由派基督教济世之功的大肆鼓吹，等等。麦尔维尔让"撒旦"选在愚人节这天，从圣路易斯（St. Louis）登上开往新奥尔良（New Orleans）的轮船"忠诚号"（Fidèle）开始，向乘客们实施了一连串令人眼花缭乱的哲学和神学"洗脑"。

约翰·施罗德教授在长文《麦尔维尔〈骗子〉的源流及象征》（Sources and Symbols for Melville's Confidence-Man）中写道："麦

尔维尔这部作品里，每一页都隐藏着许多讽喻和象征。"举例之前，请允许译者姑且以最为粗线条的方式，梳理一下小说的主要情节，亦即骗子其人先后扮演了哪些角色。按照一般理解，骗子登上"忠诚号"客轮之初，首先扮成一个聋哑人，继而扮成一个瘸腿的老黑人，此后，他又陆续假扮一个抽卷烟的男子、穿灰外套的男子、戴旅行帽并夹着转账簿的男子、草药医生、戴小铜牌的男子，接着从第24章开始，他扮成一个衣饰花里胡哨的所谓世界漫游者，直至结尾的第45章。以上总共8个角色，通常认为全是骗子其人所扮演。

这些角色的名字，颇有讲究，同时，或许还隐约透露了某个秘密。约翰·施罗德分析，瘸腿的老黑人名叫"黑基尼"（Black Guinea），这名号乃由魔鬼的颜色（黑色）与一个货币单位（几尼）构成。而抽卷烟的男子姓"林曼"（ringman），夹着转账簿的男子姓"杜鲁门"（Truman），世界漫游者姓"古德曼"（Goodman），他们的姓氏与"骗子"（confidence-man）一词，均含有"人"（man）这一语义要素。沿着这条线索，约翰·施罗德提到小说第42章里世界漫游者与理发师的对话。

"啊！只不过是个人在说话。"（Ah! it is only a man, then.）

"只不过是个人？听上去好像人不值一提。"（Only a man? As if to be but a man were nothing.）

请注意，这两句对话正是所谓"双重书写"。从上下文来看，理发师要表达的意思应该是：说话者是人（man）而不是鬼怪。但依照字面义理解，也可以认为理发师要表达的意思是：说话者是一个人（a man）而不是几个人。世界漫游者随之反驳了理发师。约翰·施罗德据此提出一个观点，即"骗子"不是一人（a man）而是多人。"骗子"不是独行侠，前述诸多角色，其实是一个骗子团伙，世界漫游者弗兰克则是他们的首领。约翰·施罗德的结论，与通常的认识不同。事实上，译者在阅读和翻译《骗子的化装表演》时，也屡屡感到迷惑，始终搞不清楚所谓"骗子"究竟是一名没有助手的"伪普罗米修斯"呢，还是一个分进合击的"撒旦军团"。如今译者倾向于认为，约翰·施罗德的看法不无道理。以第24章为分水岭，小说的前半部分一直让读者看到，信任是愚蠢的，而在后半部分，"骗子"扮演的世界漫游者弗兰克则不断呼吁世人应彼此信任。大体观之，世界漫游者更多是在理论层面施展骗术，与诸多难缠的人物交锋，隐隐然具有某种"领袖群伦"的气质，其言谈举止跟小说前半部分那些形而下的诈骗行径殊为不同。当然，这点阅读感受并不能算作过硬的"直接证据"。无论如何，从方便读者欣赏作品的角度来讲，译者在给译文加注时，仍会遵循"'骗子'是一个人而非一伙人"这一比较传统的意见。

不过，无论"骗子"是一个人还是一伙人，即无论是"骗子"一人分饰多角，还是他仅仅扮演了世界漫游者弗兰克一角，总之"忠诚号"客轮上绝不止一个骗子在四处游荡，在诓诈普通乘客。第29章题为"欢乐的同伴"，世界漫游者弗兰克那个欢乐的同伴查理·诺布尔，应该也是一名骗子。另外，与理查德·蔡斯教授的观点不同，约翰·施罗德认为第45章兜售腰包的少年商贩，不是来阻挠世界漫游者行骗的，而恰恰是助他行骗的同伙。

由上述例子可见，麦尔维尔的"双重书写"除了有拟喻、象征和戏仿等作用，还让文本甚至在一些最根本问题上也显露多义面貌。因此伊丽莎白·福斯特教授在《〈骗子〉导读》（Introduction to The Confidence-man）中写道："（作者）含糊其辞，似乎不是在阐说意义，而是在让它变得越发晦涩。""很可能，作者不想让任何人略窥其幽暗故事之端倪。"塞缪尔·威利斯（Samuel Willis）则在《麦尔维尔的私密讽喻与公开讽喻》（Private Allegory and Public Allegory in Melville）一文中解释："毋庸置疑，麦尔维尔希望欺骗'那些匆匆浏览的肤浅读者'（正如他在《霍桑与他的青苔》里分析了霍桑也这么做），但他一定在期待优秀的读者，包括霍桑，去理解他的作品。"

另外，《骗子的化装表演》也是"密写"之作。据学者分析，书中有不少人物是以19世纪英美两国一些文学家、艺术家、政治家、科学家和社会知名人士为原型。其中既包括我们比较熟悉的纳撒尼尔·霍桑（Nathaniel Hawthorne）、埃德加·爱伦·坡（Edgar Allan Poe）、拉尔夫·沃尔多·爱默生（Ralph Waldo Emerson）、亨利·戴维·梭罗（Henry David Thoreau）、詹姆斯·费尼莫尔·库柏（James Fenimore Cooper），以及美利坚合众国第六任总统约翰·昆西·亚当斯（John Quincy Adams），也有中国读者兴许不太熟悉的诗人威廉·卡伦·布莱恩特（William Cullen Bryant）、女演员范妮·肯布尔·巴特勒（Fanny Kemble Butler）、废奴主义者查尔斯·萨姆纳（Charles Sumner）和化学家汉弗莱·戴维爵士（Sir Humphrey Davy）等人士。

卡尔·范·维克滕（Karl Van Vechten）在《卓越的超验讽刺作品》（The Great Transcendental Satire）一文中确然点明，书中骗子的原型就是爱默生，他说，读《骗子》之前，应该先读读爱默生的《友谊》。在《骗子》第8章开头，作者写道："如果说一个处于清醒状态的酒鬼最迟缓笨拙，那么一个狂热分子若被理智主导，就会从他生龙活虎的巅峰滑落。"（If a drunkard in a sober fit is the dullest of mortals, an enthusiast in a reason-fit is not the most lively.）维克滕认为这句话是对爱默生所谓"崇高而迷人的竞技场"（lofty and enthralling circus）的精彩总结。

卡尔·范·维克滕还指出，《骗子的化装表演》形式上仿照了威廉·赫雷尔·马尔洛克（William Hurrell Mallock）的著作《新理想国》（The New Republic），让理论派和实践派、超验派和现实派的代表人物展开可笑的对话，再让恶魔的拥护者赢得胜利。维克滕认为，霍桑如果读到《骗子的化装表演》应该会偷着乐，因为爱默生曾经公开宣称，"好人纳撒尼尔的作品"他没有读完过一本。

简言之，麦尔维尔《骗子的化装表演》一书指涉不少作者生活年代的文坛逸事、社会新闻、国际局势、时世风潮等方面的内容。尤其是对爱默生、霍桑、梭罗、爱伦·坡诸家的品评和暗讽，出于不难想象的原因，麦尔维尔必须以"密写"的方式来完成它们。

除了上文介绍的这类"密写"，还有一类"公开的密写"，它比前者更容易辨认一些。例如约翰·施罗德提到，在全书末尾，白发老者要返回自己的客舱休息，怎奈煤油灯已经昏暗，于是骗子假扮的世界漫游者对他说道："我还能看见，您跟我走。不过，为了肺部的健康，让我把灯灭掉。"这一场景，让人联想到《圣经·启示录》第22章，亦即《圣经》末尾的内容："不再有黑夜，他们也不用灯光、日光，因为主神要光照他们。"《骗子》中的场景，仿佛是《圣经》这一场景的反写。同时，它又可与《失乐园》中魔王撒旦看到地狱里"没有光，只有看得见的黑暗"（No light, but rather darkness visible）一句相类比。骗子熄灭煤油灯这一场景之"密写"，正应了约翰·施罗德的断语："《骗子》是一部黑暗之书。"

译者在此只能试举一两个例子，意在向读者稍稍展示《骗子》"双重书写"加"密写"的手法和特色。若要详尽解析全书，非长文、专著无法胜任。在英美文学批评界，关于《骗子的化装表演》的研究文章，虽不至于像我国学者研究《红楼梦》的著述一样汗牛充栋，其数量应该也不少。仅附载于诺顿出版社1971年版的《骗子》后面的评论（reviews）和批评（criticism）便达到28篇。许多评论家对麦尔维尔这部长篇小说给予有力评价。理查德·蔡斯认为："骗子其人是美国文学中最非凡的人物之一。"劳伦斯·汤普森（Lawrence Thompson）在专著《麦尔维尔与上帝的争吵》（Melville's Quarrel with God）中写道，这部长篇里的骗子皆为上帝的代言者。莱昂·霍华德（Leon Howard）则在《赫尔曼·麦尔维尔传》（Herman Melville, A Biography）中写道，《骗子》的主题是人类的愚蠢。他称《骗子》是超世绝俗的伟大讽刺作品。"借此，麦尔维尔报复了那些指摘他早前作品有超尘绝俗倾向的人士，这是一部超尘绝俗的伟大讽刺作品。"

写作《骗子》时，麦尔维尔的状况不大好，无论是身体和精神都因为长年劳累而出现了问题。当时，家中的经济情况尚可以维持体面，但出门旅游、疗养的花费就无法支付了。在各方面压力之下，麦尔维尔仍奋力写作，甚至整个冬天足不出户，反复锤炼词句，增删不倦。友人家人都劝他搁笔，好好休息一阵子。可以说，作者为《骗子》一书倾注了大量热情和心血，似乎知道这是自己最后一部长篇小说。麦尔维尔在书中隐晦地反驳批评者，含蓄表达对同行、对同时代人的看法，回应他们的观点和主张。等到小说定稿，发表过程也一波三折。或许是由于麦尔维尔在1856年，即《骗子》面世前一年出版的《阳台故事集》（Piazza Tales）销量不理想，导致《骗子》的合同迟迟无法签订，而在《普特南氏月刊》（Putnam's Monthly Magazine）上连载的计划，也未能实现。据说麦尔维尔起初并没有打算将《骗子》当成一部严格的小说（novel）来创作。他本想写个系列故事，这个故事"没有结尾"，"忠诚号"客轮可以一直航行，骗子则不断改头换面，不断招摇撞骗。奇妙之处在于，麦尔维尔这部最晚创作、最晚出版的长篇小说，灵感源泉却是他青年时代最初的工作经历：在密西西比河的轮船上当水手。那段岁月，比他登上捕鲸船出海的时间更早。而形形色色的旅客乘船出行，这无疑是一个展现百样人生、千般际遇的绝佳舞台。麦尔维尔并不意外地引用莎士比亚表达了此一观念：

全世界是一个舞台，所有的男男女女不过是一些演员；他们都有下场的时候，也都有上场的时候。一个人的一生中扮演着好几个角色。①

然而，等到《骗子》最终定稿，我们发现麦尔维尔似乎打破了自己原先的设计：有些人物形象在第3章虽经瘸腿老黑人之口而出现在书中，但在随后章节里他们并未真正登场。译者斗胆揣测，麦尔维尔之所以改变了写作计划，从第24章开始让世界漫游者这个形象一直保持到终章，是因为人们不仅是演员，同时还是观众，就好像世界漫游者弗兰克那样，既卖力表演，也看遍了尘间万象。

翻译《骗子的化装表演》全书，译者主要依据"古腾堡计划"（Project Gutenberg）在互联网上共享的英文版本，以及美国诺顿出版社（W. W. Norton & Company, Inc.）印行的诺顿评述版（Norton critical edition）。注释译文时，除了参考诺顿评述版的英文注释，还参考了美国弗吉尼亚大学（The University of Virginia）在其网站上提供的英文注释。

译者先前翻译过麦尔维尔的短篇小说集《苹果木桌子及其他简记》（The Apple-Tree Table and Other Sketches），然而在翻译《骗子的化装表演》时，仍感到相当吃力。麦尔维尔笔法精妙，意旨深远，如何使译文流畅易读，同时又保留原文的些许韵味，每每令译者犯难。在这部长篇小说里，麦尔维尔延续其一贯风格，戏仿、双关、用典相当频密，而且信手拈来，天衣无缝，所以，转换成中文时，部分译文不得不选择意译法，并适当加注说明。

麦尔维尔的作品有许多句子、情节，以及人物形象源自《圣经》，这在《骗子的化装表演》中表现得尤为突出，对此欧美学者做了大量研究，也足见这部小说内涵之丰富。诺顿评述版《骗子的化装表演》的注释和弗吉尼亚大学网站的注释，不约而同都极

---

① 这段话出自莎士比亚的喜剧《皆大欢喜》（As You Like It）第2幕第7场。译文引自朱生豪先生的译本。

具学院气，其中不乏研究者的深入剖析、解说乃至揣测。比如，在第2章，作者描述"忠诚号"客轮时，提到船上有一些偏僻的舱室"堪比写字桌秘密抽屉"（like secret drawers in an escritoire），弗吉尼亚大学网站的注释提出，这一形容暗示"忠诚号"如一张写字桌，麦尔维尔是想强调轮船乘客的所谓"文本性"（textual nature），这意味着他们的身份和故事有必要仔细审视、分析、阐释。又比如，在第5章，骗子遇到一位大学生时，"沿栏杆慢慢滑近"（slowly sliding along the rail）对方，诺顿评述版注释道，骗子的这一动作与蛇相似，而《圣经》说："耶和华神所造的，唯有蛇比田野一切的活物更狡猾。"这便赋予了骗子"慢慢滑近"这一动作更深刻的含义。再比如，在第9章骗子说过一句："转账簿。法院传唤我带着它上庭。"（My transfer-book. I am subpoenaed with it to court.）诺顿版注释道，这个场景未必是象征末日审判，但法庭无疑是指上帝的法庭。而在第10章，与骗子对话的大学生谈到转账簿时说"我又没有见过真实的那一本"（I have never seen the true one），诺顿版注释道，"真实的那一本"意指《圣经》，而两人议论的"转账簿"里，记录着魔鬼收买人类灵魂的交易信息。

除了上述这种研究气息浓重的注释，还有一种注释，关涉麦尔维尔的其他作品，或者其他作家的作品，特别是霍桑的作品，指引读者注意《骗子的化装表演》与它们的照应、互文。比如在第9章骗子捏造了一座名为"新耶路撒冷"的城市，介绍说那里有不少学园（lyceums）。诺顿评述版的注释提示说，在霍桑的短篇小说《通天铁路》（The Celestial Railroad）里，名利城（Vanity City）的教士们可以让市民"甚至无须学会读书就能获得广博的知识"，而麦尔维尔关于学园的闲笔，其讽刺态度是与霍桑一致的。又比如，在第6章，麦尔维尔写到一个瘸子发泄了一通之后，他"一跛一跄走开了，显然心满意足了"（with apparent satisfaction hobbled away）。弗吉尼亚大学网站的注释指出霍桑《通天铁路》里的亚玻伦（Apollyon）表现也是如此。像这样的注释，译者大多没有添加到中译本里，要么是觉得研究者的推衍太过，要么是觉得我本人无法逐一去检视所谓的互文作品。或许此类注释，确有助于我们探寻作者遣词用字的隐意和渊源，但译者并不是专门从事英美文学研究的学者，精力、水平有限，更怕连篇累牍，只好选译了一小部分自认为比较重要的研究性注解，这一点还请读者原宥。

关于《骗子的化装表演》原文的风格、韵味，想再啰唆两句。这部长篇作品写于160多年前，距今已远，加之作者刻意经营，令小说的文字越显古奥。译者虽不是英语专家，但也感觉它与当下的英语小说多有差异，词句似乎更典雅、繁复、精警。于是要不要让译文带上些泛黄的旧时代光晕，译者始终为此犯难。反复权衡，决定还是先尽量保证译稿的叙述明白晓畅，对话平顺自然，在此前提下，再考虑兼顾所谓的风格特色。麦尔维尔还很重视幽默。他在《骗子》第29章借世界漫游者之口说道："幽默十分宝贵。""幽默为尘世贡献良多。""幽默通常被当作心灵的标志。"为了秉承麦尔维尔幽默的志趣，译者也颇费了些功夫，有时穷思竭虑，效果仍不理想。总之，麦尔维尔的章法、句式灵动多彩，如神如魔，译成汉语往往会造成原文韵味的损失，译者力图以中文自身的韵味稍加弥补，但能力所限，不免捉襟见肘，挂一漏万，望读者见谅，再望方家指正为幸。

骗子的化装表演

(节选第22、第23章)

赫尔曼·麦尔维尔 著
陆　源 译

第22章

如《图斯库兰讨论集》[①] 般温文尔雅

"'哲学信息咨询处'[②]，新奇的点子！可你怎么会觉得，我

[①]《图斯库兰讨论集》(Tusculan Disputations) 是古罗马哲学家西塞罗 (Marcus Tullius Cicero 前106—前43) 的一部对话体著作。这本著作的讨论语气友好、礼貌。但本章的对话既不友好，也不礼貌，本章标题无疑是一种反讽。

[②] "哲学信息咨询处" 原文为 "Philosophical Intelligence Office"，据说 "Intelligence Office" 是一个当时用于职业介绍机构 (employment agency) 的词汇，故译作 "信息咨询处"，而不译成今天较为常见的 "情报局"。另外，霍桑 (Nathaniel Hawthorne, 1804—1864) 写过一个短篇小说，名字就叫《信息咨询处》(The Intelligence Office)，麦尔维尔在文论《霍桑与他的青苔》(Hawthorne and His Mosses) 中提到了这篇小说，他写道："……《信息咨询处》，(是) 人类心灵秘密活动的一个绝妙象征。" (…… the Intelligence Office, a wondrous symbolizing of the secret workings in men's souls.)

要用你这个荒唐的办法,嗯?"

轮船从开普吉拉多下行约莫二十分钟后,密苏里汉子冲着一名偶然遇见的陌生人如此大吼。这位主动搭讪的老兄是个驼背,膝盖内翻,穿了一身五块钱的破旧套装,戴了一条链子,链子的小铜牌上刻着"哲信处"①字样。此人的举止鬼鬼祟祟,神色堪比丧家之犬。②

"你怎么会觉得,我有求于你这个行当,嗯?"

"哦,尊敬的先生,"男人猫着腰,满脸谄媚,又走近一步,似乎还在摆动他那件衣服的破烂燕尾,"哦,先生,凭着多年的经验,本人一眼就能看出谁亟须我们卑微的服务。"

"假设我想找一个小家伙——他们逗趣地称之为'好样的小家伙'——你那荒唐的咨询处打算如何帮我?⋯⋯哲学信息咨询处?"

"是的,尊敬的先生,该咨询处建立在严格的哲学和生理学基础之上⋯⋯"

"你说说看——到这儿来——根据哲学或者生理学,怎样雇用一个好样的小家伙?到这儿来。别让我伸着脖子讲话。到这儿来,来吧,先生,来吧。"汉子像是在招呼自己的学生,"告诉我,怎样把众多的优点安排到一个小家伙身上,好比将乱七八糟的肉末塞进一个馅饼里?"

"尊敬的先生,我们的咨询处⋯⋯"

"你老说咨询处咨询处。它在哪儿?在这艘客轮上?"

"哦,不,先生,我刚上船。我们的咨询处⋯⋯"

"上船地点是前一座码头,嗯?请问,你在那里认识一名草药医生吗?一个滑头,穿着褐色长外套。"

"哦,先生,我只是在开普吉拉多短暂停留。不过,既然您提

---

① "哲信处"原文为"P. I. O.",即"Philosophical Intelligence Office"的首字母缩写。
② 这人是骗子假扮的第七个角色。

到了褐色长外套,我想我跟您说的这个人打过照面,当时他正下船登岸,而我正要上船,我觉得此人有点儿眼熟。我要说,看起来是个脾气非常好的正派之士。尊敬的先生,您认识他?"

"聊过几句,但比你以为的更加了解。继续介绍你的生意吧。"

男人恭敬、谦抑地鞠了一躬,以感谢对方的许可,并接着说:"我们的咨询处……"

"瞧瞧你,"密苏里单身汉粗鲁地打断道,"你脊椎有什么毛病?你干吗老是弯着腰,驼着背?站直了。你们的咨询处在哪儿?"

"我代理的分支机构,位于奥尔顿①,先生,就在我们正航行通过的这个自由州。"男人骄傲地指着河岸上的什么东西。

"自由,嗯?你一个自由人,你在自吹自擂?凭你那衣服的下摆,连同你那卑躬屈膝的生病脊椎?自由?不如用脑袋瓜想想谁是你的主子吧,行吗?"

"哦,哦,哦!我实在……实在……不明白您说什么。但是,尊敬的先生,前头讲过,我们的咨询处,建立在全新的原则之上……"

"让你的原则见鬼去吧!一个人开始谈论原则,可绝不是什么好兆头。等等,回来,先生。回这儿来,回来,先生,回来!我们别再说什么找小家伙的业务。不,我是个玛代人、波斯人②。在我老家,树林里有的是松鼠、花栗鼠、黄鼬、臭鼬,我真受够了。我可不想又多弄些祸害回去,败坏心情,浪费材料。别再提小家伙,别再提你烦人的小家伙,招瘟的小家伙,头顶生疮的小家伙!至于什么信息咨询处嘛,我在东部住过,所以知

---

①奥尔顿(Alton),美国伊利诺伊州南部城市,位于密西西比河流域。
②"我是个玛代人、波斯人"(I'm a Mede and Persian),典出《圣经·但以理书》第6章:"照玛代和波斯人的例,是不可更改的。"(the law of the Medes and Persians, which altereth not.)玛代人和波斯人同种。

道。那是一群玩世不恭的下流胚开办的诈骗机构,全凭阿谀奉承来使坏,来愚弄大众。而你是他们的优秀代表。"

"哎呀呀,哎呀,哎呀!"

"哎呀?好吧,雇一个你的小家伙我也得哎呀三次。你那些该死的小家伙!"

"可是,尊敬的先生,如果您不要小家伙,我们可否谦卑地为您供应①一名成年劳力?"

"供应?毫无疑问,你们还可以向我供应一位知心好友,对不对?供应!蛮不讲理的供应。这下子供应有注脚了,向人供应一笔贷款,假如他还钱不够利索,再给他供应手铐脚镣。供应!上帝不允许我接受供应!不,不。你看,我对你那位堂兄弟,那名草药医生说过,我乘船旅行是为了买些机器来干活。让机器帮我。我的苹果酒磨坊有没有偷过我的苹果酒?我的割草机有没有睡过懒觉?我的剥玉米机有没有摆过什么谱。没有:苹果酒磨坊、割草机、剥玉米机,全部忠实于各自的工作。而且不打小算盘,不吃不喝,不领工钱,始终在世间做有益的事情。它们是具有无上美德的光辉典范,是我知道的唯一可用的好家伙。"

"哎呀呀,哎呀,哎呀,哎呀!"

"是的,先生。小家伙?真让我恼火啊,从道德上讲,一台剥玉米机和一个小家伙到底区别何在?先生,一台剥玉米机,一直勤勤恳恳工作②,差不多能上天堂了。你认为一个小家伙办得到吗?"

---

① "供应"原文为"accommodate",这个英文单词有"提供住宿""加惠于某人"等多个含义,今据上下文译为"供应"。在莎士比亚戏剧《亨利四世》(Henry IV)下篇的第2幕第3场,巴道夫(Bardolph)和夏禄(Shallow)也围绕"accommodate"展开过一番对话。而在本书后面的章节里,"accommodate"仍不时出现,但词义不尽相同。

② "一直勤勤恳恳工作"(patient continuance in well-doin),语出《圣经·罗马书》第2章:"凡恒心行善,寻求荣耀、尊贵和不能朽坏之福的,就以永生报应他们。"(To them who by patient continuance in well doing seek for glory and honour and immortality, eternal life.)因指机器,译者感觉不适合采用《圣经》的句子"恒心行善",故译作"一直勤勤恳恳工作"。

"一台剥玉米机,上天堂!"男人翻着白眼,"尊敬的先生,你说这话,好像天堂是华盛顿专利局的博物馆……哦,哦,哦!……好像只有跟机器、木偶一样工作,才够格上天堂……哦,哦,哦!没有自由意志的死物,竟然要收获善行义举的永恒报偿……哦,哦,哦!"

"好你个普列斯戛德·巴本①,你在抱怨什么?我有没有讲过那种话?照我看,你光是言语动听,其实很狡猾,说一套做一套,抑或你打算同我好好争吵一番?"

"尊敬的先生,可以吵也可以不吵,"男人恭谦答道,"但如果争吵,仅仅是因为一名战士,出于荣誉,要机智地应对侮辱,正如一名基督徒出于信仰而机智行事,洞察异端邪说,偶尔他还可能稍嫌太过机智。"

"嚯,"密苏里汉子惊异地沉默了片刻,"你和那个草药医生真是不可理喻的一对,应该捆在一块儿。"

两人继续交谈。单身汉目光锐利地盯着男子,后者脖子上挂的小铜牌提示了他,让他想起此人语含谄媚,急切想同他再聊聊雇工的问题。

"关于这件事,"心血来潮的单身汉大声说,如冲天炮般直奔主题,"现在,所有思考都指向一个结论……它来源于前人的丰富经验……且听听贺拉斯和另一些古代贤哲如何谈论仆从②……结论是,不得不说,成年人也好,小家伙也罢,对于大多数工作而言,我们人类统统不合格。不堪信任,不如牛可靠,责任心还比不了一条转叉狗③。因此,成百上千的新发明——梳毛机、钉掌机、

---

① 普列斯戛德·巴本(Praise-God Barebone,约1596—1679),英国一名皮革商和再洗礼派牧师,曾为奥利弗·克伦威尔组织的1653年"小国会"成员。"普列斯戛德·巴本"(Praise-God Barebone)的字面意思是"赞美上帝的瘦子",作者采用的正是此意。
② 贺拉斯的不少作品,如《讽刺诗集》(Satires)、《长短句集》(Epodes)和《书信集》(Epistles)等,均提到奴隶不值得信任。
③ "转叉狗"(turnspit dog),指能帮人类转动烤叉的狗。过去在欧美各国,人们曾训练狗转动炙叉、烤肉架,并制造相应的器械,方便转叉狗工作。

隧道挖掘机、收割机、削皮机、擦鞋机、缝纫机、剃须机、送信办差机、端茶送水机，还有天知道什么神机鬼机，这一切等于在宣告人力时代的终结，那些顽固不化的劳工、侍者必将被历史淘汰，沦为彻底无用的老古董。在这辉煌的日子降临前夕，我毫不怀疑，他们的皮囊会像刁滑的负鼠一样标价出售，尤其是小家伙。没错，先生。"汉子用火枪敲击着甲板，"我愉快地想到，这样的年月为期不远了。那时候，在法律的许可下，我要扛着这杆枪，出门猎捕小家伙。"

"哦，天！上帝啊，上帝啊，上帝啊！……但我们的咨询处，尊敬的先生，当我壮起胆子去批评，会……"

"不，先生，"密苏里汉子满是硬胡子的下颔一沉，搁在浣熊尾巴上，"不要打算贿赂我。先前的草药医生试过。我想起一桩往事——简直比流涎症还糟糕——那支队伍由三十五个男孩组成，已足以证明少年儿童是一帮子天生的小浑蛋。"

"老天保佑，老天保佑！"

"是的，先生，是的。我名叫匹奇。我坚持自己的说法。我十五年的经验做证。三十五个男孩，有美国的、德国的、爱尔兰的、英格兰的、有黑种的、黑白混种的，居然还有个中国男孩，来自加利福尼亚，是一位熟知本人难处的先生介绍的，还有个印度男孩，来自孟买。土匪啊！我发现他吸食已变成胚胎的鸡蛋黄。全是些无赖，先生，彻头彻尾的无赖。要么是高加索山民，要么是蒙古游牧人。五花八门的混账儿童，真令人惊诧。我一个接一个解雇了这些小家伙，总共二十九个，他们坏得可以说完全出人意表，各具特色。我仍记得，我对自己说：这下子肯定没事了，统统给开了，连一个都不留。如今我还得找一个小家伙，跟前面那二十九个不同的小家伙，他务必听话，符合我一直以来的要求，可是，天啊！这第三十个小家伙……插一句，那时我早已放弃你们的信息咨询处，他是我千挑万选，从移民局专员手上，从纽约城大老远弄来的,总之吧,应我特殊要求,男孩出自一支八百个小家伙组成的队伍之中,他们是各民族的精华,他们给我写信,他们的临时营地位于东河①的一座岛上……嘿,这第三十个小家伙举止相当得体,他已故的母亲做过一位女士的仆役,或者是差不多类似的工作。他讲礼貌,哦,以平头百姓的方式讲礼貌,堪称一位完美的切斯特菲尔德②。他聪明伶俐,迅捷如闪电。但又那么温顺乖巧!'对不起,先生!对不起,先生!'他总是鞠躬说'对不起,先生'。这小家伙的言行极为奇特地融合了儿女的依恋和侍从的恭敬。他对我的事务很热心,非常感兴趣。我想,应该考虑把他收作养子。有天早晨,我去了趟马厩,他揣着小孩子的天真善良评价一匹老马:'对不起,先生,我觉得它越来越肥壮了。''可它瞧着不太干净,是吧?'我不愿狠下心肠敲打这小子,'它屁股好像有点儿往下凹,是吧?或许我看错了,今天早上我眼睛不太灵光。''哦,对不起,先生,我想它那儿是掉了些膘,对不起。'好个文质彬彬的小混球!我很快发现,他晚上从不给那匹可怜的老马喂燕麦,也从不给它铺垫子。这全是家仆该干的事情。他刻意的疏失当然不止于此。可他越是偷奸耍滑,对我越是毕恭毕敬。"

"哦,先生,您有些误解他了。"

"绝对不会。另外,先生,这家伙表面上是个切斯特菲尔德,骨子里破坏力极大。他把鞍褥剪成了一小块一小块皮子,把木箱的铰链卸掉,却矢口否认。他滚蛋后,我在他床垫下面找到了好些碎片。为了不再锄地,他狡猾地弄折锄柄,还大大方方地忏悔自己勤劳得过头,用力太甚。他说要修补那堆破烂,便优哉

---

① 东河(East River)位于纽约城,实际上它并不是一条河,而是一个连接上纽约湾(Upper New York Bay)和长岛海湾(Long Island Sound)的潮汐河口。
② 切斯特菲尔德(Chesterfield),指菲利普·道摩·斯坦霍普(Philip Dormer Stanhope,1694—1773),第四任切斯特菲尔德伯爵(Earl of Chesterfield),英国政治家和文学家,以书信闻名,其称号至今是温文尔雅的代名词。

游哉晃到离我们最近的村落,这一路上尽是挂满果子的樱桃树。他客客气气地偷我的梨子,偷钢镚,偷小钱,偷大钱,好像一只搬运坚果的松鼠,有条不紊。然而我缺乏证据。我向他表明了自己的怀疑。我颇为温和地说:'少点儿礼数,多点儿诚实,我更喜欢。'他恼羞成怒,威胁要告我诽谤。后来,在俄亥俄,有人看见他往铁轨上潇潇洒洒地放了根横木,就因为一个火车司炉斥责他是无赖,关于这件事我懒得再提。总而言之,够了:礼貌的小家伙或者粗野的小家伙,白皮肤的小家伙或者黑皮肤的小家伙,聪明伶俐的小家伙或者懒惰成性的小家伙,印欧人种的小家伙或者蒙古人种的小家伙——无一例外,统统是小王八蛋。"

"令人震惊,震惊!"男子紧张兮兮地把他的破旧的领巾下端塞进外衣里头,"无疑,尊敬的先生,您刚刚的讲述充斥着可悲的幻觉。呃,我再次请求原谅,您似乎对小家伙们毫无信心,实际上,不得不承认,至少有一部分男孩,有这样那样的愚蠢小毛病。但是,尊敬的先生,即便如此又有何妨?反正依照规律,他们终将彻彻底底甩掉各种问题。"

此前,戴小铜牌的男子一直在用狗一般的呜咽和呻吟表达他哀怨的不满情绪,眼下似乎才开始拾起勇气,与对方大胆交锋。然而他初试啼声,效果却不怎么令人鼓舞,这从紧接着发生的谈话便可见一斑:

"那些小家伙甩掉了他们身上的什么问题?从坏孩子一跃变为老实汉?先生,'孩童乃成人之父'①。所以说,既然所有小家伙都是浑蛋,成年人也统统是浑蛋。不过,上帝保佑,诸如此类的事情你肯定比我更懂。你经营着一个信息咨询处,这样的机构,洞察人性自然是强项。来,到这儿来,先生。痛快承认你心里一清二楚吧。莫非你不知道,所有成年人全是浑蛋,所有小孩也全是

---

① "孩童乃成人之父"(The child is father of the man),出自威廉·华兹华斯的诗歌《我的心怦然跳动》(My Heart Leaps Up),这句诗又出现在《不朽颂》的题词之中。本书第10章有一首《多疑颂》,是作者对《不朽颂》的谐谑仿写。

浑蛋？"

"先生，"因为震惊，戴铜牌的男子似乎鼓起了些许干劲，不过仍分外谨慎，"先生，谢天谢地，您刚才讲的，我远远谈不上什么清楚不清楚。真的，"他若有所思地继续说道，"到十月份，我跟同事们一起经营信息咨询处将满十年，我们始终专注于此业，在大城市辛辛那提①也开张已久，而如您所言，在这么长一段时间里，我肯定多多少少有些好机会探究人性。因为做生意，不仅见过成千上万张面孔——男的女的，来自世界各国，既有雇员也有雇主，九流三教，鱼龙混杂——还记录下他们的个人情况。我坦率承认，当然不乏一些例外。但根据范围有限的观察，我发现，无论是在公共领域，还是在私生活领域，可以说人类大体上——人非圣贤，孰能无过——道德高尚得出奇，堪比我们所能设想的最纯洁的天使。尊敬的先生，对此我信心十足。"

"胡诌八扯！你要么没讲真话，要么不食人间烟火。看来你对世风、习气一无所悉，而它们近在眼前，像蛇一样悄悄爬行，穿街过巷，让你难以察觉。简单说吧，我们脚下的大船就迷雾重重。哼，你这种菜鸟不知道它能否经得起风浪，却依然跟蠢货一样哼着歌，袖着手，在千疮百孔的甲板上溜达，傻乎乎地人云亦云，听信狡猾船东的谎话，那家伙拍胸脯保证客轮安全，任由它沉入水底……

"'湿淋淋的帆索，滚滚的海！②'……

"嗯，先生，此刻我想到，你那一整套说辞，也不过是湿淋淋的帆索，滚滚的海，不过是一阵穷追猛赶的盲风③，为本人的论述提供了鲜明对照而已。"

---

① 辛辛那提（Cincinnati），美国俄亥俄州城市。
② "湿淋淋的帆索，滚滚的海"（A wet sheet and a flowing sea），是苏格兰诗人艾伦·坎宁安（Allan Cunningham, 1784—1842）一首诗作的题目和第一行文字。
③ "一阵穷追不舍的盲风"（an idle wind that follows fast），由《湿淋淋的帆索，滚滚的海》的第二行"一阵疾风在追赶"（A wind that follows fast）演化而来。

"先生，"戴小铜牌的男子渐渐没了耐性，大声喊道，"请允许我深怀敬意地指出，您的某些措辞不够理智。当我们的客户走进咨询处，为一个我们推荐的小家伙而怒火中烧，那孩子又完完全全是受了冤枉，这时候，我们也这么告诉来者。是的，先生，恕我直言，您并未充分考虑到，我虽然身材瘦小，照样有一份小小感情。"

"好吧，好吧，我根本不想伤害你的感情。我相信你说的，它们很小，非常小。对不起，请原谅。可是真相好比打谷机，容不得温情脉脉。希望你理解。我无意冒犯你。我只不过要说，我从一开始就说过，而我现在敢赌咒发誓说，小家伙一概是浑蛋。"

"先生，"男子低声答道，他仍旧保持克制，像一名在法庭上纠缠不休的老律师，或者一个好心肠的呆瓜，顽皮地晃动着屁股，"先生，既然您又回到这句话，可否准许我，以低微的、不起眼的方式，向您呈上我低微的、不起眼的观点？它们出自一个我经手的实际案例。"

"哦，请吧，"密苏里汉子搓着下巴，望向另一边，无礼而冷淡，"哦，请吧，继续。"

"那么，尊敬的先生，"男人一副斯斯文文的模样，仿佛那身讨厌的五块钱烂衣服真可以满足他装腔作势的需求，"那么，先生，我要说，本咨询处是建立在特殊的原理，亦即严格的哲学原理之上的，"渐渐地，他越说越慷慨豪迈，身材似乎越来越高大，"它们指导我以及我的同事们，以我们低微的、不起眼的方式，去小心谨慎地分析研究一个人，而且，我们依据的理论普普通通，我们自主设定的目标也不易吸引关注。该理论我此刻没打算详加说明。但不少发现来源于它。若你准许，我将简要介绍一二。我认为，它可以指导世人科学地看待我们的童年阶段。"

"看来你研究过这些东西？还特别研究过小孩，嗯？你原先怎么不露两手？"

"先生，我做的是小本生意，得不到那么多专家，有身份的专家的免费指导。我听闻，见解如同人一般，也讲先后次序。您已表明自己的观点，现在轮到我投桃报李了。"

"别一个劲儿文绉绉的。快讲啊。"

"第一条，先生，我们的理论教导说，要以自然界的现象类比道德问题。先生，这您没意见吧？好，先生，如果有一名男童，或者一名男婴，总之是个小家伙——先生，烦请相告，您首先会作何评价？"①

"浑蛋一个，先生！现在是，将来也是，浑蛋一个！"

"先生，激情占据的领域，科学必然退出。我能否继续？好，请问，尊敬的先生，大体而言，您如何评价一名男童或男婴？"

单身汉暗自咆哮。不过比较先前，眼下他好歹压住了火气，虽然相当勉强。实际上他觉得，保险起见，还是不要清楚明白地回应对方为好。

"您作何评论？容我恭敬地再问一次。"然而没有应答，只有勉强压抑住的低沉咆哮，如同一头熊②躲在树洞里。于是提问者接着说道："好吧，先生，若蒙您许可，我将以自己低微的方式，代您答话，尊敬的先生，代您评价一个初生的受造物、一件散乱的未完成作品、一首写在白纸上初步成形的练习曲、一张随意涂抹了几笔的漫画，也就是说，评价一个人。尊敬的先生，您看，理念已有，可它尚待落实。总而言之，尊敬的先生，男孩在这儿了，尽管各方面还很欠缺，我承认。不过他大有希望，没错吧？是的，我敢说，他确实非常有希望。（因此，同样地，我们对主顾说，切勿将品质可贵的小家伙当成侏儒。）但是为了更进一步，"男子迈出他破旧裤子中腿，走近了些许，"我们不得不抛弃那张随意涂抹了几

---

①戴小铜牌的男人开始采用苏格拉底的对话方式，不断设问，以驳倒密苏里汉子匹奇。
②"一头熊"的原文为"Bruin"，该单词的本意是"童话故事中的熊"，可直译为"布伦熊"。

笔的漫画，且从园艺学领域借一件东西来，以便需要时立即可用。您如果愿意，权当它是一个蓓蕾，百合花的蓓蕾。好，这名新生儿具有若干特质——我大可以坦承，并非全是优点——然而，这些特质，它们天生就存在，与成人的特质一样分明。但我们不应止步于此，"男子又往前跨了一步，"孩童虽年幼，但不仅仅拥有刻下的特质，他如同百合花的蓓蕾——我们的园艺学概念这下子派上用场了——蕴含着另一些事物的雏形。换句话说，那是目前还未曾显现的特质，不乏优点而又暂且蛰伏。"

"喂，喂，你说得越来越园艺学，越来越诗情画意了。简短些，简短些！"

"尊敬的先生，"男子像个老迈的军士，身姿僵硬而英武，"当我们在正式讨论的战场上投入了重要论据的先头部队，新儿童哲学的主力军洪流将滚滚而来。在下以为，您必会欣然允许我实施大范围的游走，这番动作也是低微、谦逊的。尊敬的先生，请问我可以继续往下讲吗？"

"可以。别再文绉绉的，继续吧。"

戴小铜牌的哲学家备受鼓舞，接着说道：

"先生，假设那位高贵的绅士（符合该词含义者，是指这么一名主顾，他偶然步入我们的视野），尊敬的先生，假设那位高贵的绅士，亚当，突然间掉进了伊甸园，好比一匹小头来到了牧场。先生，假设如此吧，请问，即使是那条学识渊博的蛇，又怎能预见这么个嘴上没毛的小乖乖，终可相媲美胡须浓密的老滑头？先生，睿智如那条蛇，竟也差点儿受到蒙蔽。"

"这我不大清楚。魔鬼是非常精明的。由此判断，魔鬼对人的了解，似乎还胜过造人的万物之主。"

"看在上帝的分上，先生，别这么说！重点是，眼下可否公允地承认，那个男童纵然有一副胡子，也并不比天父更威严，而将来的这样一副美髯，难道还能让我们慷慨大度地对他——即使他尚在摇篮之中——抱以信任？先生，恕在下直言，难道我们应该那么做？"

"是啊，藜草①一长，得立刻除掉。"单身汉好像猪一般，用他满是硬胡茬的下颌磨蹭着浣熊皮。

"这个譬喻，跟我讲的意思差不多，"男子颇为平静，无视对方的打岔继续说道，"请想一想，假设一名小男孩品行低下，再大大方方地相信他将来会提升进步。您明白吧？当我们的主顾不得不退还一个不称职的小家伙时，您这样说：'女士，或者先生，视情况而定，这孩子长胡子了吗？''没长。''烦请相告，他到目前为止，品行是否高尚？''并不高尚。''那么，女士，或者先生，我们谦卑地恳求您，把他领回去，留下他，静待他品行改观。请保持信心，因为高尚的品行正如胡子，潜藏在他身体里。'"

"很棒的理论，"单身汉不无轻蔑地高喊，然而，这些古古怪怪的新观点有可能触动了他，"但需要什么样的信心？"

"无与伦比的信心，先生。我往下说了。您若不介意，我们仍旧讨论那个小男孩。"

"且慢！"汉子猛然伸出一只手，仿佛伸出爪子，"在我跟前别小男孩小男孩的说个没完。如果你不喜欢面包，自然也不喜欢生面团。只要能把道理讲清楚，尽量少提你那个小男孩。"

"再来谈谈那个小家伙，"男人重复道，脖子上垂挂的铜牌给了他莫大勇气，"我是指，谈谈他成长的过程。最初这小男孩没有牙齿，六个月大才出牙。先生，说得对不对？"

"我对此一无所知。"

"那么，继续：尽管生下来没有牙齿，大约第六个月，他开始长牙。这番小小的努力实在是纯真可爱。"

"非常可爱，但牙齿就这么直接从嘴里冒出来了，不值得大惊

---

① "藜草"的原文"pig-weed"含有"猪"（pig）这一语义单元，而后文的"好像猪一般"（porcinely）与之呼应，有文字游戏的意味。

小怪。"

"的确如此。因此,要求退货的主顾,他们抱怨小家伙不仅品行欠佳,还有很多坏毛病,你我应该对这些人说:'女士,或者先生,那孩子表现得十分差劲,是不是?''他们荒唐透顶。''但请保持信心,您会有信心的。想想看,女士,这小家伙还是个婴儿时,长出第一颗乳牙,然后呢,他今天不也有了一副齐整的,甚至相当漂亮的坚固牙齿?而那些个乳牙越是讨厌——其实并不讨厌,女士,我们姑且承认——今天这一副齐整的,甚至相当漂亮的坚固牙齿,越是有理由迅速地取而代之。''好吧,好吧,无可否认。''所以,女士,我们谦卑地请求您,把他领回去,耐心等待,转变会很快发生,您埋怨的种种短暂的品行缺陷会消失不见,他将持续生长,获得完备的,甚至相当高尚的持久美德①。'"

"依然那么富有哲理。"密苏里汉子的回答充满了轻蔑之意,也许这样的情绪外露,恰与他内心的不安互相映照。"确实饱含哲理,但请告诉我——继续使用你的譬喻吧——既然长出了第二副牙齿,而事实上它源于第一副牙齿,那有没有可能,缺点也随之传递下来?"

"完全不会。"男人侃侃而谈,谦卑的神色逐渐减少,"第二副牙齿只不过晚于第一副牙齿,并非源于第一副牙齿。两者是前后任关系,不是父子关系。第一副牙齿有别于苹果的花蕾,它们不是第二副牙齿的雏形,本身也未曾融入第二副牙齿之中。第一副牙齿脱落,是由于第二副牙齿从相同的位置独自长了出来。顺带提一句,相比我的言辞,这个图景的意涵更丰富,更好地传达了我心中所想。"

"它有什么意涵?"单身汉犹如一团乌云,体内蕴藏着无从宣泄的躁动。

---

① "完备的""高尚的""持久的"原文分别为"sound""beautiful""permanent"。前文形容牙齿时,作者也用了三个相同的形容词。译者则依据中文的习惯分别译作"齐整的""漂亮的""坚固的"。

"尊敬的先生,它表明任何一个小家伙,尤其是调皮捣蛋的小家伙,毫无例外地适用于这句话:孩童乃成人之父。即使他们遭受了不公正的诬蔑,这些小家伙仍非常契合于……"

"你的譬喻。单身汉活像只鳄龟。"

"对,尊敬的先生。"

"可是譬喻算什么论证?你在胡说八道。"

"尊敬的先生,胡说八道?"男子一脸愤懑。

"没错。你只是打比方,而不是直接说清楚。"

"哦,好吧,先生,不管是谁,用这种语气谈话,并且对人类的理性没有信心,瞧不起人类的理性,跟他讲道理便徒劳无益。但尊敬的先生,"男子换了一副腔调,"请允许我指出,要不是或多或少受到了譬喻的触动,您很可能根本就懒得去鄙视它。"

"扯远了,"单身汉轻蔑道,"还劳烦相告,你刚才的譬喻,跟你那信息咨询处生意有什么关系?"

"大有关系,尊敬的先生。我们可以从该譬喻推导出结论,以答复这么一名主顾,他雇用了我们介绍的成年劳动者,没过几天又想打回票。那位先生并非对工人不满,只是偶然听到另一位先生说,他多年前也雇用过此人,当时他没有长大,表现得不太好。应付这种苛刻的主顾,我们不妨把工人拉过来,再推荐一次说:'女士,或者先生,法不溯及既往,您给这个成年人挑的毛病,距今已远。女士,或者先生,您会因为蝴蝶曾经是毛毛虫而惩罚它吗?① 所有生命在其自然进程当中,难道不也如此演化,反复地蜕去旧我,无数次浴火重生,越变越好吗?女士,或者先生,请将这个成年人领回去,他以前兴许是条毛毛虫,今天却是只蝴蝶。'"

"妙语双关。不过,即使认可了你的譬喻,又能怎样?莫非毛毛虫是一个生命体,而蝴蝶是另一个?蝴蝶是披上了花哨外衣的毛毛虫。剥去成年人的伪装,会看到一个长大的小男孩,跟以前的鬼

---

① 蝴蝶和毛毛虫的譬喻,第14章也出现过。

样子相差无几。"

"您不接受譬喻,我们就来谈谈事实。您否认一个小家伙能够变成一个品性相反的男子汉。好,我有现成的例子:拉特拉普修道院的创建者①和伊纳爵·罗耀拉②。在少年时期,以及在某一阶段的成年时期,二人皆是孟浪之辈,可他们终以隐修者的克己自持,令世人称奇不已。对了,安抚那种急匆匆要辞退轻佻的年轻侍者的主顾,您不妨引用这两个实例。'女士,或者先生,耐心,耐心一点儿,'我们说,'善良的女士,或者先生,您会不会因为一桶好酒发挥效力时令人多少有些犯晕,就把它倒掉?那么请不要开掉这一名年轻侍者,他本身的优点正在发挥效力。''但他是个可悲的放荡之徒。''那恰恰是他的好处呀,放荡之徒实可谓圣贤的粗胚。'"

"啊,你真能说啊,你这样的家伙我称为唠叨鬼。你们说个不停,没完没了。"

"先生,请不吝赐教:最伟大的法官、主教或先知,倘若笨嘴拙舌,还如何伟大?他们说个不停,没完没了。老师特殊的天职就是讲话。智慧不是闲谈是什么?尘世最高等的智慧,以及尘世众生之师的最后言论,难道不是实打实的、真真正正的席间交谈吗?③"

"你,你,你!"密苏里汉子的火枪咔啦咔啦作响。

"既然我们无法达成一致,不如换个话题。请问,尊敬的先生们,关于圣奥古斯丁,您作何评价?"

"圣奥古斯丁?我,还有你,为什么要了解此人?依我看,你

---

① "拉特拉普修道院的创建者"(the founder of La Trappe),指修士阿芒·杭瑟(Armand Jean le Bouthillier de Rancé,1626—1700),他是西多会特拉普派(Trappist Cistercians)的创建者和拉特拉普修道院(La Trappe Abbey)的院长。但他并不是拉特拉普修道院的创建者,这座法国的修道院创建于12世纪。
② 伊纳爵·罗耀拉(Ignatius Loyola,1491—1556),天主教耶稣会(Jesuits)的创建者。
③ "闲谈"和"席间交谈"的原文均为"table-talk"。"最后的言论""实打实的、真真正正的席间交谈"是指耶稣与使徒们在最后的晚餐上的言语。

身处这么一个行业，还穿着这么一件外套，尽管说不上渊博，但其实学问已经很丰富，比你应当掌握的更丰富，或者比你有权掌握的更丰富，或者比你为了方便或保险起见而掌握的更丰富，又或者，比你在美妙的人生道路上本可以真正掌握的更丰富。我认为，你拥有这些学问恰如中世纪的犹太人拥有金子，你还缺少足够的见识①去好好利用它们，所以不配拥有它们。我一直在寻思这事。"

"您挺风趣，先生。不过我觉得，您对圣奥古斯丁大概有所了解。"

"圣奥古斯丁的《论原罪》是我的教科书。但我再问一遍，你为什么有时间、有闲心来折腾这些冷僻学问？实际上，我越是回想你先前的言谈，越是觉得十分独特，非同一般。"

"尊敬的先生，我还没有告诉您，本咨询处建立在全新的、严格的哲学方法之上，这促使我和我的伙伴们广泛地吸收研究人类的成果。同样，假如我并未说明，此等研究成果一贯指导着本机构为顾客——诸多善良的绅士——推选包括小男孩在内的各种优秀雇员，假如我没有这么做，是我不对。那些研究成果，唔，匀整分布于所有图书馆里，分布于所有国家的所有人民之中。好了，先生，您很欣赏圣奥古斯丁吧？"

"卓越的天才！"

"在某些方面，确实如此。然而，圣奥古斯丁在自己书中不是承认了吗？三十岁以前，他一直非常放荡。"

"圣人是一名放荡之徒？"

"并不是圣人放荡，而是圣人瞎胡闹的前身放荡，是那个少年放荡。"

"所有小家伙一律是浑蛋，所有成人也是这副德行，"密苏里汉子又一次话锋突转，"我名叫匹奇。我坚持自己的说法。"

---

① "见识"和前面的"学问"原文均为"knowledge"，译者根据上下文，选择不同汉语词汇译出。

"啊，先生，请允许我……当我看到，您在这温暖的春夏之交蹊跷作怪地穿着皮制的衣服，我只好断定，冷酷和您不合时宜的思维习惯一样，尽是些荒唐的做法，无论是在您纯粹的精神世界之中，还是在大自然之中，它们都毫无依据可言。"

"好吧，其实，嗯……其实，"这些柔和的攻讦使单身汉的良心受到冲击，他相当烦躁，"其实，其实，嗯，我不敢肯定，可能我对那三十五个小家伙有点儿太过严厉了。"

"很高兴您软化了一些，先生。无论您当初对待第三十个小家伙的方式多么值得商榷，您如今不失风度的灵活变通，谁知道呢，也许正是成熟之人最坚固内核的柔软外皮吧，这就好比玉米棒子有着柔软的玉米皮一样。"

"是的，是的，是的，"单身汉激动地喊道，好像一束光从天而降，照亮崭新的图景，"是的，是的，如今回忆起来，我常常在五月份苦恼地望着自家栽种的玉米，想知道这些病恹恹的、给虫子吃掉一半的嫩芽，到八月份能否茁壮成长为坚硬的、雄伟似矛枪的玉米。"

"极其令人钦佩的省思，先生。而根据本咨询处首创的譬喻理论，您只需把这一想法运用于第三十个小家伙身上，看看有什么效果。"

"倘若您留下了那个小家伙，暂且容忍他种种败坏的品行，不断改善它们，给它们锄草，您将收获何等辉煌的回报啊，到头来，您会拥有一位马夫中的圣奥古斯丁。"

"其实，其实……好吧，我很高兴没送他进监狱，原本我是打算这么干的。"

"真要那样可就太糟糕了。假定他是个小恶棍。男孩子们的坏毛病，如同马驹不经意地尥蹶子，毕竟还没调教好。这些小家伙不知道何为美德，跟他们不知道何为法语的原因一模一样。从来没有人指点过他们。少年收容所是建立在亲情式关爱的基础之上的，法律规定它们要接纳犯错的孩子，而如果成人犯下类似的过错，待遇则截然不同。为什么呢？因为不管怎样，说到底，全社会一如本咨询处，对小家伙还是抱着文明人应有的信任。我们把这一切统统讲给顾客听。"

"你的顾客，先生，似乎是你招募的水手，可以对他们说三道四，"单身汉故态复萌，"为什么聪明的雇主不喜欢收容所的少年，即使他们的工资最低廉？我可不要你那些改过自新的小家伙。"

"我不会向您推荐这么一个小家伙，尊敬的先生，我会向您推荐一个根本无须悔改的。不要笑。正如麻疹和百日咳虽是小孩的常见病，可也有些孩子从没得过，与此相仿，有些小家伙并无同龄人的恶行恶状。确实，最棒的小家伙也可能染上麻疹，而坏习气会腐蚀好言行。但我要推荐给您的，恰恰是一个头脑清楚、身体健康的小家伙。如果在今天以前，先生，您遇到了一连串特别讨厌的小家伙，那么眼下越发有可能碰上一个好的。"

"不得不说，听着还挺合情合理。真的，有点儿。其实呢，你虽然讲了一堆蠢话，极蠢且极荒谬，不过总体来看，你这番言谈没准儿能打动一个比我更轻信的老兄，让他对你抱持某种有条件的信任，连我也几乎要认可你的咨询处了。好，为了找些乐子，姑且假定我，我本人，同样抱着诸如此类有条件的信任，即使就一点点，这时候，你打算给我推荐一个什么样的小家伙？你又如何收费？"

"我们会安排妥当，"男子多少有些骄傲地回答道，他口若悬河，怀着传播教义的热情，信心满满地抛弃了所有伪装，"我们会在小心谨慎、仔细研究、认真工作的原则下安排妥当，超越同类机构的老一套做法，因此哲学信息咨询处的收费也不得不高于通常水平。简单说，您需要预付三美元。至于人选，我恰好有一名前途无量的小家伙，真是非常合适的小家伙。"

"诚实吗？"

"向来很诚实。可以把百万家财托付给他。至少,他母亲提供的一份颅相学简报是这么判断的。"

"年纪?"

"才十五岁。"

"高不高?壮不壮?"

"以他的岁数,他母亲说,高大得异乎寻常。"

"勤快吗?"

"根本闲不住。"

单身汉陷入了长久的思索。最终,他犹犹豫豫道:"坦率说,你认为……嗯,我坦率说……坦率说……对那个小家伙,我可否抱有一星半点……很少一点点、殊为保守的信心?坦率说吧,嗯?"

"坦率说,您可以。"

"是个挺棒的小家伙?挺不错的小家伙?"

"没有比他更好的了。"

单身汉再度陷入犹豫不决的沉思,继而又说:"好吧,嗯,关于孩子,你提出了种种十分新颖的观点,关于成人亦然。这些观点具体怎么样,我眼下无法判断。尽管如此,纯粹为了验证真伪,我愿意试一试那个小家伙。请注意,我不认为他是一名天使。不是,不是。但我会试一试。给你三美元,还有我的地址。两周之内让他过去。收下吧,他路上用得着。揣好。"单身汉把钱交给对方,多少有些不情不愿。

"啊,感谢。我忘了他还要走一段路。"说完这句话,男子语气一变,郑重其事地接下钞票道,"尊敬的先生,我一向不愿意拿别人勉勉强强递过来的钱财,不愿意,除非您甘之如饴,我才肯领受。要么您对我完全信任,毫无疑虑(先别管那个小家伙),要么请允许我怀着敬意,退还这些钞票。"

"把它们收好,把它们收好!"

"谢谢。信任是各种各样交易必不可少的基础。缺乏信任,则人与人之间、国与国之间的商务活动,会像手表一样越走越慢,乃至于停顿。现在,假设那个小家伙的表现并不尽如人意,难以符合此刻的期望,尊敬的先生,请勿仓促解雇他。保持耐心,保持耐心。用不了多久,暂时的坏毛病必将消失,完满、坚定,甚至永不改变的美德必将取而代之。啊,"男子朝河岸望去,看见一道怪石嶙峋的悬崖,"那边是'恶魔的玩笑',大伙都这么叫它。即将在码头停靠,铃铛很快会响。我得去找找那个厨子,我要送他去开罗,交给一位旅店老板。①"

第23章

船至开罗,密苏里汉子再度心生恐惧,足以证明自然景物的影响力之强。

在开罗,寒热症这家老牌公司的生意方兴未艾。那位克里奥尔掘墓工、黄热病,敏捷挥动着锄头和铁锹②,斑疹伤寒先生则揣着死亡法典,加尔文·埃德森③与三名送葬人在沼泽中行进,狂乱地呼吸着毒臭的微风。

潮乎乎的暮暗里,蚊子嗡嗡作响,萤火虫闪烁不定,邮轮此刻停靠在开罗港。不少乘客已登岸离去,新一波乘客即将上船。密苏里汉子倚着邻近码头一侧的舷栏,望着朦朦胧胧、脏污不堪的大片泥沼。他在甲板上愤世嫉俗地独自咕哝,如同艾帕曼图斯那

---

①在查尔斯·狄更斯的长篇小说《马丁·翟述伟》(Martin Chuzzlewit)中,主人公马丁·翟述伟买下了一家"伊甸园公司",结果发现,这家所谓的公司位于美国伊利诺伊州南端城市开罗(Cairo)附近,其实不过是一片沼泽地。在那里,马丁差点儿死于黄热病,随后他受雇于一位旅店老板,当了个厨子。
②"敏捷挥动着锄头和铁锹"(his hand at the mattock and spade has not lost its cunning),典出《圣经·诗篇》第137章:"耶路撒冷啊,我若忘记你,情愿我的右手忘记技巧。"(If I forget thee, O Jerusalem, let my right hand forget her cunning.)
③见第16章第4条注释。

条狗[①]为了肉骨头而咕哝。单身汉想到,戴小铜牌的男子即将踏上这凶险的河岸,仅此一条,就让人怀疑。好像一个受了误导而吸入氯仿的家伙正慢慢清醒,眼下他大致可以断定,那位哲学家已经不知不觉变成了一个乖违哲理的骗子。世人由明变暗的幅度是何其巨大!他泛泛思考着人类主观意志之谜。密苏里汉子认为,自己通过克洛丝波恩斯[②]——他最为欣赏的作者——观察到,正如一个人早晨醒来,气色极佳,清爽得仿佛一名浪荡子,这多棒啊,然而到了睡觉时间,他却身心俱疲。所以早上起床,我敢保证,你又明智又审慎,非常明智,非常审慎,但入夜之前,简直像变戏法一般,你跌跌撞撞,沦为一个大傻瓜。健康与睿智同等宝贵,也同等稀缺,犹如可堪依靠的稳固财富。

然而,楔子是从什么地方悄悄打进来的?哲理、知识、经验……难道这些值得信赖的骑士临阵倒戈了?不,他们并不知道,敌人在城堡南面发动了奇袭,那一侧地势低缓,而"怀疑"作为大门的守卫者,又习惯于谈判交涉。总之,他太宽容,太友善,太单纯,常常吃亏。他决定引以为戒,今后跟人打交道时务必凶一些。

他认真推敲着刚才那番闲聊的玄机奥妙。如他所想,戴小铜牌的男子慢慢解除他的防备,愚弄他,让他在不经意间同意破例,抛弃了自己在人种问题上的、放之四海而皆准的不信任法则。单身汉仔细琢磨着,却搞不懂那门生意,更搞不懂做生意的家伙。若此人在行骗,似乎无利可图,肯定是出于爱好。仅仅为了两三个脏兮兮的银圆,就不惜用尽花招?再说,他整个儿一副穷形尽相。眼下再

[①] 艾帕曼图斯(Apemantus)是莎士比亚戏剧《雅典的泰门》中的人物。而"狗"(dog)与前文的"愤世嫉俗"(cynical)构成双关,因为cynical源于古希腊语,本意是"狗一样的"。
[②] "克洛丝波恩斯"原文为"Crossbones",本意是"交叉的大腿骨图形",是死亡的象征,作者采用拟人化手法,将该单词的首字母大写,译文因此也采取音译。

去回想，单身汉十分迷惑，仿佛看到了一个衣衫褴褛的塔列朗[①]，一位穷困潦倒的马基雅维利[②]，一名邋邋遢遢的蔷薇十字会[③]修道者，他隐约觉得，那家伙正是以上三者的混合体。他心怀厌恶，又不得不找出合乎逻辑的解释。类比法再度登场。当此法屈从于一个人的偏见时，必然充满了谬误，不过它同样可以验证那宝贵的怀疑。于是，单身汉将这个言辞闪烁之人的阴险眼神，与他歪歪斜斜的衣服下摆相对照；将这个滑头天花乱坠的谈吐，与他那双破靴子的平滑斜面的反光相权衡；将这个含沙射影之徒反反复复的阿谀奉承，与那条用肚子爬行的卑鄙畜生[④]的谄媚相比较。

他没情没绪，陷入枯想，肩膀突然被人使劲拍了一下。他立即闻到一股浓烈的烟草臭味，听见一个如六翼天使般甜蜜的声音：

"好伙计，你呆呆愣愣寻思什么呢。"

[①] 塔列朗，即夏尔·莫里斯·德·塔列朗-佩里戈尔（Charles-Maurice de Talleyrand-Périgord, 1754—1838），法国大革命时期的政治人物，在政府中担任过外交部长、总理大臣等职，为人机警圆滑，老谋深算。
[②] 马基雅维利（Niccolò di Bernardo dei Machiavelli, 1469—1527），意大利政治思想家和历史学家，著有《君主论》等影响深远的作品。
[③] 蔷薇十字会（Rosae Crucis），相传于13世纪在欧洲建立的一个神秘组织，会徽为等臂十字架上嵌一朵玫瑰，隐秘的教义和修行方法在其成员中代代相传。
[④] "那条用肚子爬行的卑鄙畜生"（the flunky beast that windeth his way on his belly），典出《圣经·创世纪》第4章："你必用肚子行走，终身吃土。"（You will crawl on your belly and you will eat dust all the days of your life.）

视觉 Vision ///

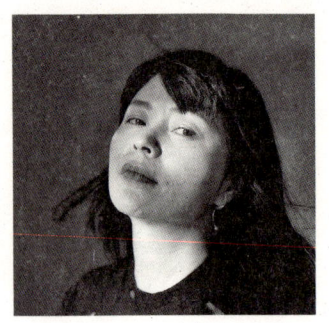

段雪敬,1973年出生于贵州贵阳,1998年毕业于云南大学艺术设计系,2000年在法国巴黎国际艺术家城研习石版画,2001年毕业于新加坡南洋艺术学院美术系油画专业,2007年毕业于云南大学艺术与设计学院获艺术学硕士学位,2019—2020年台湾艺术大学访问学者,2001年至今任教于云南大学。

绘画与记忆

段雪敬

遗忘是黑暗的，存留的记忆在黑暗中闪闪发光，就像萤火虫；记忆是一种返乡，但是着重点在返还的路途，而不是家园本身，路途越远，情亦更怯，画画的过程就是路途，在画面中一步步拼接记忆的碎块，由碎片拼接出的记忆重新塑造了自己的质感，它已经变成了异国他乡，当它的样子逐渐清晰，那幻想的国度渐渐露出废墟的感觉，布满尘埃，尘埃是记忆的肉身，试图擦去尘埃是徒劳的，从浪漫主义开始，画家就没有离开过记忆的废墟。它一直在召唤，记忆在作品中得到了安息，作品保存了记忆中的秘密。

记忆构建了创作的激情，但开始画画时应该假定记忆的不完整与虚构，事先构想的细节就是创作者的记忆深处的某种焦灼与不安，它质疑记忆是不是真实，另一种不安是害怕记忆浸染着某种时代与个人趣味，趣味囿于自我狭小而封闭的世界。每一种趣味都是如此。你伸出了手去拿画笔，旁边还有草稿，感觉一切就绪了，但对于面前那一张画布你依然是无知的，你和你的记忆相遇了，但画布依然可以拒绝你，来！开始画画吧，就像显影液发生了作用，图像渐渐稳定下来，这是比较理想的一种状态，但也有另一种可能，最终和自以为想好的东西失之交臂，对不完整和虚构的东西能抱有多大的信任呢？但一切都可以重新来过，不管是一张空空如也的画布还是在一张已经画满的画布，我从来没有浪费过一张画布。

在画面中我喜欢创造镜像，镜像的两端是模糊了的真实与幻象，两者具有天然的亲切感，又是此时与回忆的距离，如果记忆全部真实重现，时间轴上的点滴全部铺陈，谁确定已经做好了全盘接受的准备，我们只是用片段来隔靴搔痒罢了。

画面中的图形与意象并不是纯粹的符号，也不是无意识的任意堆积，绘画一开始的过程是记忆的持续发酵，创作者在创作过程中渐渐弱化了对记忆的切身感受，创作者用创作放逐了记忆，对记忆的冲动渐渐在创作完成时冷却，当一张画完成时，一切都停止了吗？画面变成了一种对记忆的断言吗？还是像个小女孩一样怯生生地躲在门缝后面好奇地看着将要发生什么，画面本身并没有判决权，只表现那时那刻瞬间的经验，就像风听过叹息，过后，并不能证明情感的实存。如果绘画作品有意识，一定可以窥探无数他人的世界。

塞尚不断地创作试图显示圣维克多山的全貌，生怕错过任何一种视野，他用圣维克多山追求完整与全面，但每一张新的圣维克多山的作品都隐藏着塞尚以前观看它的所有经验，作品弥合了记忆的断裂，观者在塞尚追求时间的延续中找到了一种无止境的永恒性。安尼施·卡普尔用明暗、凹凸、反射让人走出了此在的边界，在凝神的过程中感受存在与消逝，在对面镜像中的无数个自我时很容易就陷入了时光的无穷旋涡。他们俩做的事都一样，都在寻找永恒与完整。

创作者是孤立的吗？来源于个人情感经验与想象的作品是否能得到共鸣？一个人的成长背景构成了其整体经验的框架，观者无法也不可能经历创作者全部的生命经验，但在观看中一个人的记忆和另一个人的记忆慢慢地隐隐地显示出联系：鹭鸟是站在苇草中还是桉树上不重要，是鹭鸟还是其他什么鸟不重要，那块蓝色是三角形还是正方形不重要，不系舟上的是男人还是女人不重要，两栋房屋是并排站列还是在河流的两边相望也已经不重要，观者会自己找到那个联系，对于大多数人来说，"现在"是不够的，能引起对过往经验回望的作品始终具有吸引力，不对作品过度阐释，而是找到回望的乐趣，每一个人的记忆都举世无双，记忆会带着观者去他们想去的地方。

绘画无法与思想同化，绘画不是思想的总和，绘画语言如果承载思想将会失去自身。绘画来自个人记忆和想象，它们是真实的、幻想的、可能的经历，它们层层叠叠，就像画面需要不停地抹去、打磨、重塑，绘画最后总会和不容分说的判断分道扬镳。一个画面不管再怎样生机勃勃，一开始讲大道理开始判断，什么都变得无味起来。道理搬弄出来只是为了合理化，讲到最后只是为了顺溜。

大街上再也没有马车了，是不是也不会再聚集那么多的人，冬天过去了，春天也过去了，一年过去了，十年过去了，一百年也过去了，但一切都会被记住——记忆满满当当并非空无一物。每一个作品都是一场持续的记忆的迁徙，我们在作品中不断移动记忆的位置，有时候我们在画面中掩埋它，有时候我们在画面中重塑它，做这么多只是为了让记忆可以脱离被遗弃的危险存活下来。在每一个时代都有一些被快速遗忘的东西，它们是怎样消失的呢，以这样悄无声息的方式,是啊,人的记忆容量如此有限,被灌输的无差别的记忆消耗了我们太多的记忆空间,如果我们的记忆别无二致,世界会变得多么贫瘠,作品的样子会变得多么可笑。

　　人类低垂着头,在人与人之间,地区与地区之间,国与国之间,到处都有隔离到处都有检查到处都有界限,高墙横亘,仰望着高墙多么辛苦,我们只好低着头。每个人的日常生活经验与他人的疾病苦难第一次有那么强烈的连接,每一个人的行为路径第一次与那么多人有关。怎样才能从2020年回忆的暗河中打捞出那些片断呢?它们什么时候将被沉潜在画面中,以什么样的路径显示出来,可能决定了未来创作的形态。

治疗-1局部　150厘米×150厘米　布面油画　2008年

治疗-2　150厘米×150厘米　布面油画　2008年

秉烛的镜像　100厘米×110厘米　布面油画　2011年

禁果　41厘米×51厘米　布面油画　2012年

时光魔镜　100厘米×80厘米　布面油画　2015年

魔石　100厘米×80厘米　布面油画　2016年

被分割的湖　120厘米×150厘米　布面油画　2015年

段雪敬《荒原与重影》　布面油画　80厘米×80厘米　2017年

漫游者站在树下　50厘米×50厘米　布面油画　2016年

《被折叠的风景》 布面油画 80厘米×120厘米 2018年

不系舟-6　局部　45.5厘米×53厘米　布面油画　2019年

无忧岛-1　53厘米×45.5厘米　布面油画　2019年

无忧岛-6　45.5厘米×53厘米　布面油画　2019年

无忧岛-7　40厘米×50厘米　布面油画　2019年

无忧岛-8　局部　40厘米×50厘米　布面油画　2019年

札记 Notes ///

唐棣,河北唐山人,生于1984年,2003年开始小说创作。出版有作品集多部,代表作有小说集《遗闻集》《西瓜长在天边上》,理论集《电影漫游症札记》等。影像作品曾在今日美术馆、尤伦斯当代艺术中心(UCCA)、长江当代美术馆等艺术机构展出。主要影视作品有实验长片《满洲里来的人》和十余部短片。目前,在香港《字花》《南方周末》设有专栏。大益文学院签约作家。

乘兴而行，或兴尽而返——雪夜十读

唐 棣

"雪夜"两个字，代表"四望皎然，因起彷徨"。这时天冷得要命，王羲之的儿子王子猷，一觉醒来，推开窗，窗外大地一片雪白。他喝了点酒之后在屋里吟诗，忽然想起朋友戴逵，于是乘兴而去，"夜乘小船就之"——我始终记着"雪夜访戴"的这一幕。同样划着小船，同样漂荡湖中，就像元四家之一倪瓒，晚年散尽家财，在太湖上乘着一条船，举家开始了漂泊生涯。这是一种古典的自在意象。从宋代的"卧游"，可望而不可即，到元代的隐逸日常，心灵可谓越来越顺应时代需要。由此想到2003到2013年的冬天，似乎每年秋天都下大雪，我都窝在冰冷的西屋，裹着棉被读书。

其实，十年怎么可能只读了这些书？只是说，他们对我影响很大，清晰如昨。青年时代的寂寞，因为他们的文字而得到了缓解。某个时候，"乘兴而行，兴尽而返"的确是一种特别厉害的行旅。它告诉我，读书读到没劲处，就该放下书，到街上去。

> 停马拂袖欲掸雪
> 却无躲雪处
>
> ——《新古今和歌集》

这是另一种旅程。我使用了一种暴打"拦路虎",穷究章句内涵的,一往无前的读法……至今回忆起来,也不知孰轻孰重,对错是非。那时候没人告诉我,我迷迷糊糊地,从两种状态的夹逼之中,逢山开道,遇水搭桥,感叹一路读了过来!

第一读——鲁迅(1881—1936)

"为杀手欢呼的人"是1992年8月17日《纽约时报》上的一篇报道,前半句是"警方正在寻找",报道内容是说当一名妇女被刺伤致死时,旁边有12个人大喊:"杀死她,杀死她。"现在,警方将指控他们帮助及教唆谋杀。奥克兰警署的约翰·麦克纳巡佐甚至气愤地对记者说:"通常,你会听说袖手旁观,但是这个事件是另外一回事,人们旁观并参与了。"

这样我想起鲁迅笔下的看客。小学课本上的鲁迅,给我留下了十分严肃且难懂的印象。作为一个不太爱读书的小孩,"鲁迅"无疑意味着背诵和考试,于是我反感他。

真正让我重新正视鲁迅先生的是萨特——那个爱叼着烟斗,斜眼看你的法国哲人。我玩笑似的将他们说成被哲学,或思想毁掉的小说家。忽略时代背景,光谈小说艺术是不对的。但我必须说小说应该停留在"警方正在寻找"的状态,思想可以被简单地理解成"为杀手欢呼的人"。两者间的过程才是写作,两者间最好不要出现彼此的绑架。至少对于我来讲,小说是提问,不是总结;是飞翔,不是脚踏实地;是展示无数种对世界的看法,不是把这些看法挨个阐释。尼采、叔本华,甚至拉康、齐泽克们才应该干后一种事。

再次读到鲁迅文章的时候,学生时代认为的事情已悄然改变了。现在,更多的是出于心理上的困难——很多被描述的情况并未改观,且有一种预言落实的感觉。言辞与犯罪是由这个报道衍生出的疑问。

在阅读中,这个问题如朋友们所说,最早来自鲁迅的小说。像美国旁观者出现在进行中的谋杀现场一样,中国民众出现在革命者夏瑜的行刑现场。旁观者代表是贫苦的农民华老栓。他在黎明前赶去看夏瑜被杀:"一阵脚步声响,一眨眼,已经拥过了一大簇人……老栓也向那边看,却只见一堆人的后背;静了一会,似乎有点声音,便又动摇起来,轰的一声,都向后退,一直散到老栓立着的地方,几乎将他挤倒了。"(《药》)其中写到的好奇、麻木、愚昧在另一篇《阿Q正传》里没有半点改变。主人公阿Q返回未庄,把城里看到的最精彩的事在旁观者的簇拥下,津津乐道地讲出来:"咳,好看,杀革命党。唉,好看好看。"革命党人被杀的故事使"听的人都悚然而且欣然"。

《彷徨》中有一个小说叫《示众》。

示众是一种特殊的"看与被看"关系——拉你到人群里揍你的意义和关起门来揍你是有区别的。前者你除了感到疼,精神还会崩溃。鲁迅抓住这个发现,写了"首善之区的西城的一条马路上"的示众场景,再加上一贯冷峻的笔触,周围人被具体到眼神,挪脚的动作之类。被示众的人以"白背心"代替,最后还是剩下了"马路上就很清闲的,有几只狗伸出了舌头喘气;胖大汉就在槐荫下看那很快地一起一落的狗肚皮"和一声叫卖"热的包子咧"。伟大的鲁迅在示众、撞车的事之后,丢下这样一个词——清闲。

鲁迅小说很多描写都似曾相识。这小说第一段和鲁迅大部分小说相似——1925年3月18日,北洋军政府统治时期。个人觉得这种"重复"在鲁迅这里,不能仅仅归入技巧。反而可以看作一种精神捶打:"不仅有着政权对被看者与看者的暴力,而且有着看者对被看者的看的暴力。"

环境、人物、情节——时局动荡,人心涣散,环境凋敝,无知麻木,一篇小说的要素不外乎这些。这些在这篇小说里还重要吗?

民众目光已经被揪了出来,看着看着,眼前忽然一黑。一个十一二岁的胖孩子、路对面的巡警和绳那头拴着的"白背心"、秃头老头子、红鼻子胖大汉、抱着孩子的老妈子、小学生、猫脸的人、长子、椭圆脸、车夫。这种悲凉在11个人物里传递。只有一个工人似的粗人充当了第12个人,鲁迅送了质疑者一个"于是仿佛自己就犯了罪死的局促起来。以至于慢慢推后,溜出去了"的下场。

《孔乙己》结尾——"在众人鉴赏的目光里,他喝完酒,便又在旁人的说笑声中,坐着用这手慢慢走去了。"

这种目光始终存在。透过它看到的,只能是一种结局。鲁迅在用文字寻找"为杀手欢呼加油的人"。如果按这个思路写下去的话,1925年的中国旁观者在这篇文章中,与1992年的美国旁观者同罪!

第二读——郁达夫(1896—1945)

周作人说,民国以来写旧体诗词最好的两个人是郁达夫和沈尹默。对于郁达夫的诗词,郭沫若评价:"他的旧诗词比他的新小说更好。"他的新小说《沉沦》《春风沉醉的晚上》《迟桂花》这些小说到现在,都很出名。他有一首诗叫《自况》:

"绝交流俗因耽懒,出卖文章为买书。"

我就是在一个北方小城的旧书市场上买书时读到了它。

郁达夫?诗词?找了半天,没在家里找到那本用15块钱巨款买到的旧书——当时都是10元3本居多,品相再好,版本多好,不过十元。

好像是20世纪80年代浙江人民出版社出版的《郁达夫诗抄》。记忆不一定准确。感受一定是没错的。我拿着这本诗集,看了很久,后来很少读他的新小说。郁达夫的诗词清高、雅素、透着悲观的生命力、小说里的世界很绝望,病态。

我琢磨郁达夫作品吸引人的,还是透过他文字想象出的那个"他"——一个风流才子,悲悲戚戚,胸怀坦荡。

而读他的旧体诗词,可以更直接地感受到这一点。

这里说几首印象深的——

一个是《钓台题壁》,名句"曾因酒醉鞭名马,生怕情多累美人"。你看,风流,浪漫,颓废。郁达夫说过:"今人作旧体诗,只能在说理、使词、排韵、炼句上胜过前人,意境风骨,无以过之。"彼时的唐宋之风,大概就是如此吧。郁达夫浓重的旧文人气息,从他小说中已坦然透露。在他的诗词中可以读出"唐宋味道"。

什么是唐宋味道?一种气韵,一种气节,一种气质。可能是来自一种早期的想象吧。基于这种想象,再读唐宋诗词,就觉得其中的句子,反而像郁达夫所写——可能是古体诗的韵律不变,用词相近,这里全是一种真实理解,更多的是疑惑。这个就是说,"古今"时间在郁达夫诗词这件事上有了关联。

多年后,我又遇上过一本《郁达夫诗词笺注》,收了500多首诗。读到时,当初理解的郁达夫诗词,一样的心情又出现了。这是我目前看到的集郁达夫诗词最全的书。身边的朋友也买了同一本书。几天后,他打电话告诉我:"读了那些诗,就可以看出郁达夫那种性格的来由了……"

郁达夫一生"悲歌痛苦终何补,义士纷纷议帝秦!"——很决绝。有人说过,郁达夫的诗词给了那些在孤独中奔驰的勇士们以慰藉。他所在的年代,让我想到鲁迅。郁达夫在《怀鲁迅》到结尾写下了这样一行句子:"鲁迅的灵柩,在夜阴里被埋入浅土中去了;

西天角却出现了一片微红的新月。"

这样的描写,这样的人,最主要是这样的怀念角度,是郁达夫独有的。有希望也有绝望,然而渗透着一幅壮阔的图景。

想到这句也许不太搭的诗:

"流传人间百代后,定识此人有千龄。"

除了这句,外交官郭嵩焘还说过:"节义词章,终身以道为准;继濂洛关闽而起,元明两代一先生。"

如果把郁达夫先生请到"唐宋两代",也不失为"唐宋一先生"吧。

第三读——石评梅(1902—1928)

在家读作家俞平伯写的《陶然亭的雪》的那年,一个冬天的周末,看着窗外的小雪,我赶紧穿戴整齐出门。雪不拦路,一路上,很多地方渐渐地发白了。我从旧书市场返回时,那些发白的地方已经看不到一点土色了。眼前除了白色,就是远处一些裸露在外的建筑物的绛红色。我回来时,经过一个很大的湖,湖上也有一个小亭子。想到出门前读过的文章,立即有了与之相关的那种感觉。

这次遇上一本有些残破的《陶庵梦忆》就买了回来。这个作者张岱写过一篇《湖心亭看雪》,就出自这本书。记忆就是这么有趣。

刚才提到"陶然亭",这里又说"湖心亭",其实我混淆了很多年。再后来,我记清楚是因为见到了真实的陶然亭。

那只是一个小园子,冬天时候,有些荒凉,留有许多石刻——"浩浩愁,茫茫劫,短歌终,明月缺。郁郁佳城,中有碧血……"《书剑恩仇录》里的韵文也出自这里。

我对这里深刻的印象是因为女作家石评梅,这个很多人不太记得的人。她的书也是我在旧书摊遇上的,前面的简介里介绍说,稍微名声大一点的女作家庐隐那个名篇《象牙戒指》是作为朋友为石评梅与高君宇的爱情故事写下的。

故事是这样的——高君宇深爱石评梅，苦苦追求，石评梅一直没答应。到她答应时，高已患病将死。高死后，石评梅身陷忧思，三年后随他而去。那年，她26岁。后来，按石评梅遗愿，俩人同葬于陶然亭。

这段爱情被视作传奇。

一说石评梅是爱情遗子。她写得最好的文字是《墓畔哀歌》这一类：

"假如，我的眼泪真凝成一粒一粒珍珠，到如今我已替你缀织成绕你玉颈的围巾。假如，我的相思真化作一颗一颗的红豆，到如今我已替你堆集永久勿忘的爱心。"

石评梅在高君宇死后的三年里多次昏厥，每次醒来嘴上尽说：

"我所能骄的，只有陶然亭畔那抔黄土……"

高君宇死前，石评梅的文字一半颓废、一半空寂。他的死使石评梅的文字转而哀绝满纸，而我不愿多读这种哀绝了。

《石评梅传》里写着高君宇百般追求，石评梅死不接受。死前一面，她举足不顾将死的高君宇。我气这女人！从此，不再去读。后来，读了她的散文。回忆当初的生气，我想，气得实在唐突，像石评梅自己所说的，她是宝剑，剑气伤到了高君宇，也伤到了她自己，终于伤得两个人此生不得爱，落成了陶然亭外的一抔土。每年冬天来看雪的人中，也总有那么一两个人在他们的墓前驻足。雪后的陶然亭，四野空寂，满园的雪花白，而有心人，一定见得到最炙烈的那团爱情之火，静燃着。这些都不会让人气啊。

冬天适合读石评梅。天降大雪更好。据说高石之恋已排成昆曲，里面的行腔一定缠绵柔曼吧。凄凉终了，全场最好是覆满雪花的。

曾和一位故人雪夜散步，说到陶然亭。他说了很多石评梅的故事，还说这辈子总要到陶然亭走走。

多年以后，我不愿多读石评梅，却依旧习惯在冬天找个落雪的日子，望着窗外的雪。读石评梅把自己读得瑟缩，读得胆小。石评梅似雪中蜃景，于人间的一现，只能偶然。结局如是，才与之相称。之前看到石评梅一本散文集，很时髦地叫"人世艰难，偏要活得好看"。知道这个女作家的人大概也只是对她的人生有点印象，至于写过什么，早已忘记。关于她的评论中，最多的用词是尊重。她的人生是艰难的，是时代之艰。活着，还是自己。没人注意到她的才华，当初四大才女中其他几位（萧红、庐隐、张爱玲）的命运，想想也都差不多——留了个哀艳悲绝的背影给我们就算了。纵然，我们明白了这缤纷的哀绝，也不过昙花一现。好看的确还是"好看"的。

第四读——朱湘（1904—1933）

遇上朱湘的那年，我二十二岁。一个卖旧书的人忽然塞给我一本薄薄的小书。我打开书，看到的第一段文字是——"葬我在荷花池内，耳边有水蜥拖声，在绿荷叶的灯上萤火虫时暗时明……琵琶呀，伴我的琵琶：我不敢瞧落日照平沙，雁飞过暮云之下，不能为我传达一句话，到烟霭外的人家……"这首诗写于1925年，朱湘22岁。

我完全可以理解那种孤独。从那时起，也记住了朱湘的诗！后来到了2007年，《朱湘诗全编》出版，我又看了一遍，除我最早读过的那十几首之外，还看到很多别的句子。不过，他的诗里提的最多的，还是坟墓、梦、爱之类的词汇。我的印象没有改变。上面这首《昭君出塞》让我想起过作家蒲宁笔下的故事，死亡是生活的结局，人物唯一的归处。记得前辈评论家曾这样概括蒲宁对死的执着。我觉得，两个人很像，生活在他们眼里都显得太明显了——

或者光芒，或者黑暗。死是朱湘一生写下的最后一首诗。

我早就准备写这个人，又发觉他的写作主题的确单一，每首诗区别更多的是在谋篇布章，我以为，他像军师指挥布阵打仗：敌人——或说他对生活的趣味——没怎么变，仗却打得越来越出彩了——很少读诗有这种感受。"生命于我们虽然宝贵，比起艺术却又不值什么……我仿佛看见诗人悬崖撒手之顷，顶上晕着一道金色灿烂的圣者的圆光，有说不出的庄严。"女作家苏雪林的这段话说的就是朱湘。两人同在安徽大学教书。当时，朱湘刚从美国归来。后来，诗人选择在冬日凌晨，一边饮酒，一边吟着海涅的诗跳入海水。这也被后世诗人记录下来——

"纪念朱湘，纪念茫茫海上的一条船，纪念他来自大海，又归于大海。"

简单几句，圣者与庄严，金色与悬崖都没有出现。诗人首先是人，人活于基本模子里，世事和命运皆为水流，顺它大小弱强，到底成了个什么形状，不好说。

诗人之死是一个谜。

对于指责朱湘不负责任的话，我不满意。因为，死就是自私的。若想到妻子和孩子，以及未竟事业，死就从私人走向了他人。

朱湘之死和诗的关系，不比跟他活着时的生活更紧密。他的不愉快始自在清华大学上学，做诗人，办杂志的时候。朱湘后来的美国之行，据赵毅衡记述，他在美国留学期间经常发火，两年换三个学校，数次罢学，最后干脆一气之下回了国。文章标题叫《朱湘的留美之怒》。依照这样的描述，这种性格和我们很多对诗人的猜测也不谋而合了。诗人也是一个丈夫，我看过朱湘留美期间寄给妻子刘霓君的94封信（《孤高的真情——朱湘书信集》）——这点总被忽略。一个写诗以言简意赅为风格的诗人的信如此啰唆，足以证明朱湘把两样东西分得很开。什么不是诗，或者说妻子是不是读者？他分裂为两个人，一个他在某种责任的驱使下关心另一种生活，如劝刘霓君爱惜身体，给女儿请奶妈，要妻子搬离凄清的般若庵，另觅住所等，很少提及自己。阅读下来，我发觉除临近回国几封信中略带欣喜，几乎每封信都会在结尾处告知这月或者下月寄钱回长沙……这是朱湘作为丈夫的一面。他回国后的生活同样艰辛。很多事我们不在那个环境下，很难设想发生了什么。而我们总结出的"生活不易"四个字，太冷眼旁观。没人情味。

新诗初期，朱湘的名字与郭沫若、徐志摩、闻一多连在一起。现在，几个人都已逝去了，而独朱湘连名字都没留下。但我常想到他的真实。有时，我替这样一个将新诗从形式到内容创造性地结合起来的诗人的生未逢其时感到悲哀。

前段时间，有人质疑两首不同作者的新诗很像。这使我忽然想到：苍凉呀，大漠的落日，笔直的烟连着云，人死了战马悲鸣，北风起驱走着砂石。和王维的"大漠孤烟直，长河落日圆"，汉乐府的"枭骑格斗死，怒马徘徊鸣"，以及岑参的"轮台九月风夜吼，一川碎石大如斗，随风满地石乱走"像不像？

《落日》是朱湘的作品，我现在读得更多的是中国最早期的新诗——莲蓬呀子多：两岸呀柳树婆娑，喜鹊呀喧噪，榴花呀落上新罗。溪中，采莲，耳鬓边晕着微红。风定，风生，风飔荡漾着歌声。

这几句诗说得事太小了，用词带一股"窈窕淑女，君子好逑"的诗经味，一生短短29年，留下《夏天》《草莽集》《石门集》，长诗《玉娇》以及大部分翻译诗歌等。还有同徐志摩的交恶——且不论真假，"中国的济慈"死了。多少年后，有人说他的诗不死。

诗无死活一说。这些信誓旦旦的人如此一说，用意更多的是情绪上的尊敬。

朱湘说过好诗"不宜超过十一字，以免不连贯，不简洁，不紧凑"。用词、用字可谓审慎。开头引用《采莲曲》中的一章，无一句超十一字。溪中采莲，莲蓬子多，就像两岸婆娑的柳树，像喧躁的喜鹊，又像落上新的榴花的灵动，已写尽了风韵。

最早读诗，柳树、榴花、喜鹊与莲蓬子的关系，我觉得不大。在朱湘笔下却是成立的。当目光再次回到采莲女，她耳鬓泛红。风起，风停，歌声在风里荡漾……

到了另一首——

有风时白杨萧萧着，无风时白杨萧萧着，萧萧外更听不到什么。野花悄悄的发了，野花悄悄的谢了，悄悄外园里更没有什么。

关于一户庭院与一季时节的描述，一人长居于此，不是无处可寻，也不是对外杳无音信。而是你在这种环境中除了沉默，什么也不想做。沉默是一种强大的力量。有一个心理学的词语"联觉"，就是说某一刻，听觉、触觉、视觉结成诗行，影响着同样孤独的你。

第五读——张天翼（1906—1985）

我说的这个张天翼是写《华威先生》《金鸭帝国》《包氏父子》《大林和小林》的老辈作家，主要写讽刺小说和童话。他的童话《金鸭帝国》是邻居一个比我大几岁的小孩讲的。后来，故事忘了，长大后读奥威尔的《动物庄园》才记了起来。前后相隔多年之后，奥威尔唤醒了我遇上张天翼的那个夏天上午的回忆。

童话的本质是忧伤的。当时，我不理解这句话什么意思。这句话好像就是张天翼老先生说的。童话作家很少被文学界提及，其实老一辈作家——冰心、叶圣陶、张天翼，还有后来的严文井等，当年都写过童话，为小朋友服务过。

现在很少人提张天翼，市场上他的书也几乎没有。有的父辈年纪的读者知道他，也只把他当成一个童话作家而已。我不清楚他的童话现在还有没有小朋友喜欢。

对于一个生于1906年，写作背景发生在文化救亡运动的新文学时期的左联作家来说，脱去战衣，保持童心，实属不易。也许，局势决定了1920年以后的文坛是炮火纷飞的。

张天翼绝对是个异数。在一些文学史话中，他被形容成带来一股"清新"之风。他是新文学运动以来最好的作家之一。我想鲁迅评得有局限。据他指出的一些作品看来，多数针对的是张天翼的讽刺作品。评论说："张天翼的小说因为过火的夸张，常常由讽刺而转流于滑稽。"

这两点恰好分割出"讽刺小说"和"童话故事"。

不夸张即是《华威先生》《鬼土日记》一路，夸张倒成就了《大林与小林》《秃秃大王》。张天翼在1980年写过一篇文章谈自己为什么写童话，标题是《为孩子们写作是幸福的》。

童话证明是他是播撒幸福感的人。还有，我反而觉得"过火的夸张"的局限更大，在童话里平实的描述，想必不如"资本家四四格可以随意把人变成鸡蛋糕吃掉。小林奋起反抗，后来打死了说话有回音的四四格……"这么写好。

前段时间，看谢铁骊导演的电影《包氏父子》。电影不如小说，电影昂引起同情。这点与读小说形成了有趣的对照。我问看过这电影的人，无一不叹息"可怜天下父母心"。同情略大于反思。换个角度，"望子成龙"或"养儿防老"的观念在当时作者笔下已十足可悲。父辈的无自由在子辈中循环，子辈不争气，父辈徒伤悲。《包氏父子》让我们看到，隔了多年，中国人即使是现在也在原地打转。小的堕落浑噩，老的愚昧昏庸。我们的谈论止于这句狠话。虽然，我反思不能如此绝对地说张天翼写作的目的就在此，但我的阅读目的，肯定不仅是想获取一个"可怜天下母父心"的感受而已。

一个把"一块鸡蛋糕分三次吃，最后变成三块鸡蛋糕"的幽默的老先生，现在的我多少有些不愿意弄懂，他为什么还要在《大林和小林》里告诉我们，终有一天会与兄长决裂？还有那些有钱人在一起的相濡以沫是恐惧、孤单的缘故？小说最后的富翁岛更是我记忆中最早的悲伤隐喻。那些拿珍珠打水漂，后来都饿死的大肚腩叫我对"富翁"这个词，保持了长久的蔑视。

第六读——徐梵澄（1909—2000）

第一次知道徐先生是因刘小枫的一篇文章——"为什么国朝学界没有把梵澄捧为大师，甚至纪念文章也没几篇？梵澄去世才两年，学界好像已经不记得他曾经死了，一如先生在世时学界似乎不记得他还活着。"刘小枫在文中发问，使我在书摊上拿起这本小书时，就没有错过。

梵澄先生的晚景已经是注定了。

他生前生后都被巨大的孤独笼罩，刘小枫猜测其原因是梵澄先生无学生。"他通各脉国学，精英、法、德、梵、日、拉丁、古希腊、印地等语，一个集中、印、西学一身的哲人、学术大师、翻译家。鲁迅最宠爱的弟子也是他。"

"今人不如古人"是我读这本二手的《梵澄先生》时认同的一句话。当下几人做学问？几人愿把这些学问当学问，除歌舞升平，再无所好。不是说别人，这也包括我自己。巨人这一走，除满怀茫然，剩下什么？

梵澄先生说："坚志亦自强身，累金不如积学。"先生的《五十奥义书》《瑜伽论》等书读不了，就先放下了。这也是我少有的几次不因不懂而羞耻，反倒得感谢那次相遇。

七八年来，与先生的"来往"仅仅是我抄写一些其著作中的句子。这个人在我心中以一个巨大的崇敬的形式存在。

很多时候，陌生没什么不好。有时，又忍不住好奇，尤其遇上这本书时。没有想到一本以日记为主的书中竟容纳如此多的讯息。比如，他对鲁迅的看法。作为鲁迅最得意的门生之一，这些看法更是出奇得精到。还记得他怀念老师仅用一万六千字。在这篇纪念鲁迅诞辰一百周年的文章中，梵澄先生说："我们既不懂得自己，更不懂得他人。常是我们自以为了解他人，其实是未尝了解。"

了解一个人很难。哪怕从人本质上的孤独出发，一个人始终有我们看不懂的部分。还好，幸运地遇上了这本书。

第七读——何其芳（1912—1977）

2005年，我意外淘到过一本《画梦录》，封面包着挺旧的牛皮纸，牛皮纸下的封面更旧。这本书读得挺慢。

从那时起对作者何其芳有了一点了解。

他生于传统的封建家庭，有一个脾气暴躁的父亲，这些作为成长背景来说是无法选择的。他长大之后，离开家，这影响还在继续。据说，他最好的诗文写于他求学时期。至今难忘何其芳在19岁时写的那首《预言》。其内容牵扯的青春易逝的梦想与伤感，词句营造出晚唐诗词般的绮丽，我奇怪成熟后的他，为何没有再写散文和诗。

还有一篇《独语》，写一个黄昏，村头夕阳正浓，无边落木，深秋天寒，紧接着那日日年年的忧愁便呼啸而来……那时，"马蹄声，孤独又忧郁地自远至近，洒落在沉默的街上如白色的小花朵"，连白色的小花朵也被夜色遮盖了。要我说，干脆"停下你长途的奔波/进来，这儿有虎皮的褥你坐/让我烧起每一个秋天拾来的落叶/听我低低唱起我自己的歌"。

我青春时就经常被这种忧伤击中。我觉得这些情绪后来也延续到了他的一些事中，比如他写秋海棠，"仿佛听得见夜是怎样从有蛛网的檐角滑下，落在花砌间纤长的飘带似的兰叶上，微微的颤悸，如刚栖定的蜻蜓的翅，最后静止了"；写黄昏"马蹄声，孤独又忧郁地自远至近，洒落在沉默的街上如白色的小花朵……"；写自己的独语"我的思想倒不是在荒野上奔驰。有一所落寞的古老的屋子,画壁漫漶,阶石上铺着白藓,像期待着最后的脚步:当我独自时我就神往了"。

某些无法言说的情绪,一旦落在句子中,都像做梦一样。写得确实别开生面。偶尔也觉得清醒不一定是好事!遇上何其芳写梦,才觉得没有比梦更纯粹的事物了。或许是因为梦境的美,和他文中飘忽的惆怅、茫然十分合拍。

诗人瓦雷里说:"赤裸的思想情绪像赤裸的人一样弱,应该给诗穿衣服。"衣服是意象,他自己说过:"我企图以很少的文字制造出一种情调:有时叙述着一个可以引起许多想象的小故事,有时是一阵伴着深思的情感的波动。正如以前我写诗时一样入迷,我追求着纯粹的柔和,纯粹的美丽。"

第八读——杨绛(1911—2016)

随着杨绛先生逝世,我所知道的她与钱钟书先生的故事也就画上了句号,用大家的话说,就是"他们仨"团聚去了。像一种特别美好的向往。他们仨的故事流传太广了。其实,知道钱钟书的人差不多都知道有杨绛这个人。知道也只是知道名字。据说到现在为止,相比他们其他的书,还是《我们仨》的读者最众。

大家关注的,还是家长里短。

杨绛先生的代表作《洗澡》,我分了两次读完。前一次追溯到学生时代,读到三分之一,自己辍学回家。之后在家那几年,又接着读,心境就对上了。小说不写家长里短,专写精神改造。没有自由,也不歌颂自由,甚至,不向往自由。小说中"洗澡"就是一种思想清零的象征,而整本小说也似乎是在清理着某种向往。书里的人都被"安插到各个岗位上去了",大伙兴奋地,等待着洗心革面……读者可以不喜欢这个故事,但无法回避这段历史。《洗澡》

表面上是小说，场景不外乎学校、家庭、社会三点一线，千万转换，还是归在人性。人性是历史的晴雨表。五十年前与五十年后，人性还是那个人性，生活却早已改变。

《洗澡》里写到爱情。什么样的爱呢？一个君有妇，一个小姑别居，在那个采葑采菲的大院里，一轮清洗来临，许彦成来不及在妻子与姚宓之间做选择，便被时代与众人的目光扼杀。一个生不逢时的爱情，"离别时刻，许彦成在姚家院门外的徘徊……"《我们仨》里就有一句话是说"我们只想三个人在一起好好生活"。这样就好了。许先生和姚小姐及杨绛对自己和家人的叙述，经常猝不及防，来不及哀凄，便惶然地，来到了散场。

小说就此结束。读完了，试着把书中的傅今、姚宓、姚謇、宛英，和《围城》里的方鸿渐、赵辛楣、慎明等人物对应起来，你就会发现它们简直"互为小说"（无论是文本的表达角度还是故事背景，甚至包括语言，都可形成一种共通），从一本书的结尾，可以进入另一本书的开头。有意思吧。实际上，你也可以把这看成从杨绛个人的世界，走入"他们仨"那个世界的方式之一。

"假如，我要上天堂，穿什么衣服呢？'衣服'指我遗体火化时的衣服，指我上天堂时具有的形态面貌。如果是现在这样貌。钟书、圆圆会认得，可是我爸爸妈妈肯定不认得了……"

这才是一个有感情的人说出的话，不像《洗澡》里的人心那么冰冷。他们仨的世界里完全可以没有别人。杨绛先生对于后来人看法，更可以满不在乎！有了自己，是特别美好的事。我喜欢"现在""亲人""天堂"这些词汇勾勒出的，对某些事物的向往；也喜欢她挣脱"历史"后的真实。

真实在这里，告诉我：虚构不是所有人的自由地。自由到底在哪里？这个疑问，恐怕得伴随你，一直走到人生边上。不仅杨绛先生如此，谁又不是如此呢？

第九读——汪曾祺（1920—1997）

我以为，汪曾祺的文字带有特殊年代造成的人的紧张、局促、严肃、吓人的东西。在当时的时代，汪曾祺的写作是反潮流的。

我读的那本《人间草木》，也是从散文集、小说集里摘选的。事情的真假不辨（散文、小说都有），好在书里涉及的草木都是照着人去描写——

"它，长出了几片碧绿肥厚的大叶子，在微风里高高兴兴地摇曳着。"（《生机·芋头》）

"葡萄睡在铺着白雪的窖里。"（《葡萄月令》）

"用手指搔搔它的树干，无反应。它已经那么老了，不再怕痒痒了。"（《滇南草木状·紫薇》）

……

"人在花中，不辨为人为花。"汪老写樱花的这句话，真是一个好总结。

情趣大于一切，用汪老自己的话说："对任何现象都提得起兴趣。"比如从《大淖纪事》中对民俗之于某些旧人物的影响，到《七里茶坊》中人物的行为处事，晚年的小说如《薛大娘》《小芳》等，又有一种对女人特别的怜爱……每次读，心里都酸酸的。

他的文字能留下来，并且将会流传下去的原因，我想过很多——

从文字上看，汪曾祺写大白话，谁都能懂，这是其一。其二是有趣，写一个人，他这样轻轻松松就开了头："云致秋是个乐天派，凡事看得开，生死荣辱都不太往心里去，要不他活不到他那个岁数。"几近坊间说话，又不失俏皮。还有写："一条不宽的河，孩子打水漂，噌噌噌噌，瓦片可以横越河面，由北边到南边，到河边一直蹿到岸上。"动态十足，水汽扑鼻。

关于这点，汪老的解释是，因为故乡高邮是个水乡，所以自己喜欢写水。水成了感情载体。他写的水里流动着浓浓的情。

比如："河水颜色灰白，流势不甚急，不紧不慢，汤汤洄洄，似若有所依恋……蒲草旁边，摇动着一串一串殷红的水蓼花。俨然江南秋色。"（《伊犁河》）

或"稻田里的泥土被雨水浸得透透的，每块田都显得很膏腴，很细腻。积蓄着的薄薄的水面上停留着云影。"（《求雨》）

再看"昆明的雨季是明亮的，丰满的，使人动情的。城春草木深，孟夏草木长。昆明的雨季，是浓绿的。"（《昆明的雨》）

还有很多写雨啊河即可的地方，每一次都固执地，把这种如诗如画的气息写足。

从这些文章的成分入手，会发觉汪曾祺的文字，好玩在句子与句子之间的关系。一句出动，后面必然跟着另一句，不管不顾，时常跳跃、离题，却越读越有意思，看不出非要去写什么，有点"随遇而安"。

这个特点之外，还有用情的方式。至今觉得某些评论说的"温润"一词用在汪老身上，恰当。这个词是形容玉的。天然而润泽，没有冰凉，也没有灼烫。他说自己的作品是"人间送小暖"，也是小暖造化深沉而又涓涓细流的大爱，后来才爱人，爱生活，爱文学，爱草木。

有时候，觉得汪老写作也是某种"文人画"的感觉，在于抒发自己，而非表达客观事物，比如他爱画长脖子的鸟，事实上这种鸟明显夸张了。但汪老喜欢那种高傲又滑稽的神态。中国古代的文人画，好像都是这样，不在乎内容。郑板桥画了一辈子竹子，一点都不腻。其实，他画得早已经不是竹子了。

他画完竹子，题"写取一枝青瘦竹，秋风江上作钓竿"。

题"若使循循墙下立，拂云擎日待何时？"

也题"丛篁密筱遍抽新，碎剪春愁满江绿。"

竹子只有疏密之别，心境则是完全不一样的抒发。

汪老也有寂寞的时候,他在张家口独自一人画马铃薯的心情,可能就是那种"白菊花茶一样的寂寞"吧。正好把浓烈的感情在文字里降了温。一旦放了最大情感,温度就不仅介于冷热之间这么简单,它甚至会低于温暖一点……

前面说的都是文字方面的感受,其实文字描写的也是人的生活。他的挚友朱德熙先生说过他"少有大悲欢,无重拳,却锵锵、灵动"。送到人间的,只能是"小暖"。现在读汪曾祺的人,大部分会奔着他自我的抒发而去,也就是他"文人画"的心态——像小说《晚饭花》里的李小龙一样,喜欢随处流连,东张西望。闲情生逸致。一句画画的人爱讲的老话说,胸中无文,画也就仅止于画了。这怎么可以!所以,还是要眼前有画,心中有情,文才能做到,不仅止于文。

第十读——钟阿城(1949—)

有一个说法是,汪曾祺影响了阿城的文字。阿城自己说,他和汪曾祺其实都是受到了另一个人——废名的影响。在我看来,在废名的影响之下,他们属于两个分支。

其实,阿城的文字也有某种"紧张感",估计是那个年代造成的。也是大白话,平易近人(我觉得汪曾祺可能更通俗和民间一些,更讲究诗意一些)。阿城的文章里多了一些传奇性的东西,时代和社会地位、知识构成等造成了他看很多事的角度与大家不同,"不同的理解"使阿城的文字往往有一个别样的角度,又特别平易近人——这是一个非常高的要求,一个作家写出的文字往往是有某种自我评估的。阿城反对这种"异化",于是他在"三王"之后,不再发表小说,害得读者们只能从散文里窥探究竟。

——主要是想说散文集《威尼斯日记》。现实中的威尼斯太远了。对距离那么远的一个地方的想象,人容易产生一种类似"乡愁"的东西——故乡如果近了,思念也就浅了很多。阿城在《威尼斯日记》中谈到这种思想时,说"所谓思乡,我观察了,基本是由于吃了异乡食物,不好消化,于是开始闹情绪……"文章把"故乡"抽象成一种"味道",后来又写"有一次我从亚历桑纳州开车回洛杉矶。我的旅行经验是,路上带一袋四川榨菜,不管吃过什么洋餐,嚼过一根榨菜,味道就回来了……"

英国人约翰·伯格讲旅行,讲记忆的那本书,叫《我们在此相遇》。拿到《威尼斯日记》这里,我好奇"此处"又是指哪里?

在解释这个问题以前,先说阿城两本深入人心的作品,第一本是小说,《棋王》写棋人,"此处"是去插队的山村;第二本就是《威尼斯日记》,一人游历,"此处"当然指的是异国他乡。两个"此处"在文字中都没什么地方唤起猎奇,剔掉时间、距离的赘肉,故乡和他乡一时没了区别,只要榨菜还在……身在此地,"身份感流失"是常见的事,如朋友言,在一地住到死,总觉得还没有熟悉上来,越来越多的人一辈子都是他乡人。出门入户,稀松平常,因此成为"游历"。周围一切都在变,不变的,只有味道。出门晃荡到了街上,你认识的店铺关张大吉,明明记得一条小路走得通,这次偏巧遇上新砌起来的高墙。

——故乡就这么板起脸来,不认你,一首诗说得好,"笑问客从何处来"。乡愁诞生,蛋白酶发酵,这是我读《思乡与蛋白酶》这篇文章的体会。

《威尼斯日记》把我所谓的这种"特殊游历"解释过了:"任何熟悉自己居住地方的人都能飞快地直奔目标,而且通晓近道儿。"这个分辨威尼斯人的方法,说的也可以是上面我提到的灰溜溜地遇上"此路不通"的经历。

"威尼斯最好的就是闲逛。"六月一日的日记中,阿城写扬州(前后好多处欲说威尼斯,却说扬州)。是他把烟花三月带到了威尼斯。至此,威尼斯最好的,不是意大利的食物,古建筑,异国文化……而是闲逛！

阿城的文字犹如走路，"且慢，着什么急！"个人以为，"大弦嘈嘈如急雨，小弦切切如私语"，很多人企图追时间，什么都告诉你；还有一种文字端姿态，时间一长，像女人穿高跟鞋。阿城的文字之所以经典，在于他的视野、眼界。单看文字，只要不怕别人骂你装腔，我相信，很多人都可以做到。这样当然不够——那份心，文化上的"闲游"之心少见。

"闲游"这两个字都很有意思。这是一个文人看事物的方式，说人物的角度，做行者的心态。

阿城的小说"三王"借物抒情，情和物的关系，扯着骨头连着筋，从最细的点开始，《棋王》"微距"拉到了火车上的一粒米。逃过那么多人，却必须正视一粒米。可以像王一生那般，对这粒米，对食物，抱虔诚之心。待他"喉结慢慢移动下来，眼睛里有了泪花"了，你通过物，读到了情。

很多人说"棋王"王一生与众人群棋的那一段描写。阿城在这段步步为营，以笔为棋。"棋王"王一生，虽然有些苦中作乐，但也恍然不觉：心游万物，做不到，跨了楚河汉界，送心到言外去快乐，我觉得他做到了。人棋如天人合一的境界，棋王就是快乐的。几轮下来，人去人来，到"终于还不太像人"止，好过瘾。

阿城多次说过，自己不是道家，《棋王》现在的结尾乃编辑所为，它另一个结尾更符合他儒家的入世观——

"王一生翌日醒来，境遇转弯，不久被调到省体育队去了。大伙去省里看他，又问棋下得怎么样？而王一生却嘿嘿说：有吃有喝，还下什么棋！"

是编辑的改动，让大家产生了误会和好奇，当然也有了回味。他觉得，这样没什么不好。

下棋是他下乡后多于一般青年的人生，而四处闲逛是阿城在威尼斯超出一般游客两个月的人生。王一生现实是苦困的，文字写的却是他的快乐；阿城的旅途是疲累的，文字记的却是清闲的景观。《威尼斯日记》每个日期之下，都特别随性。写尽兴了，一句"明天还有两百多公里的路，于是也睡下了"。就明天见了。我印象深的是瑞亚尔多桥下有一条船，上头有个唱高音的老人，长得像达·芬奇，他在那里唱歌，1992年7月2日这天，"一曲才歇，桥上和两岸掌声雷动，总有几千人吧，小船却独自沿运河向南漂去了"。

我们在此相遇。

——"此地"是阿城与威尼斯说再见的地方。当时岸边长得像达·芬奇的唱歌老人也是这种人，即便周围再多掌声，小船依旧漂远。一个人来了，走了，乘兴而行，或兴尽而返。

赵彦,女,1974年生,热爱文学。大益文学院签约作家。

我的西班牙人物辞典·室友的故事三则

赵 彦

老诗人路易斯

我上楼的时候路易斯已经把门打开了,像以往任何一次那样,他准备好两边干净的脸颊等在门边上。

尽管天很热,路易斯还是整齐地穿上了他挺括的白衬衣和黑皮鞋,我还能闻得到他身上临时喷洒的香水味。羊排都烤好了,这次比之前的都嫩,没有起壳,他还炸了几个金色的胡萝卜馅春卷。洁白的碟子也以三件套的造型摆放在餐桌两边。

就我们俩。

自从我搬走后回过这里两次,都是一大桌子人吃饭,新来的室友(我的继任)和他的女同学,路易斯的老朋友PP,另一个室友何塞(A的继任者),有时候还要加上内拉,闹哄哄的。现在我们像是回到了去年,当我们三人合租时,由于A大部分时间在外演出,多是我们俩在家里吃饭。

路易斯端详了好久发在我朋友杂志上的他的中文译名,他不知道哪首诗是写比塞塔的,哪首诗又是献给他的女儿们的。那些繁复的中文笔画让他头晕。

"如果我现在去中国，人们一定会指着我鼻子说：'看，那就是诗人蒙戴诺。'"

路易斯的玩笑听上去显得有点心酸。

我搬来住的第一天，他在我房间的门缝上贴了一道黄色的宽胶带纸，递给我一把剪刀："剪彩吧！"他脸上准备好笑容让我在剪刀落下的那一刻即时绽放。又有一天，他从外面弄来一辆帆布的超市小购物车，很认真地问我有没有驾照。

现在偌大的屋子里只有路易斯一个人了。A走后搬进来的何塞回巴塞罗那度假了，实际上这两个月他没怎么在这里住，内拉在上班，仍旧像以前一样晚上九点才到家。我的继任者上个月搬走了，之后这里一直空着。何塞说路易斯厌倦了老是睡客厅，现在我住过的那间房路易斯住着。

去年九月，为了收留当时身无分文几乎流落街头的内拉，路易斯让出了自己的大卧室，然后在客厅一睡就是七八个月，因为没有暖气冬天冻疮使他的两只手都变黑了，肿的地方还流脓，四月圣周过去很久他还戴着他那副厚厚的皮革手套。

因而每次我与PP见面，我们都会讨论路易斯和他的内拉。PP很明确地告诉我路易斯不会与内拉结婚。"这样再好不过了。"我对PP说。我们没有从内拉身上看到半点诚意，自从她来这里住后，她没付过一分钱房租，几乎不收拾房间，也没给路易斯买过哪怕一双袜子的小礼物。每次聚会一起吃饭，她也从不洗碗碟，而是像个贵宾在那里又是唱又是跳。或者拿起我们的手机一个个看过去，"我也要换个手机。"她看着路易斯的脸半是撒娇地说。

要知道她平时的工作就是帮人洗碗拖地的。

各种迹象表明内拉就是在利用路易斯。去年一度传说路易斯可能会与她结婚，因为她秘鲁的大儿子也想过来，两人都需要合法身份。只要她与路易斯结婚，一切问题迎刃而解。

但路易斯和我说他与内拉只有过一个月的亲密关系。就是内拉刚来时的那一个月,两人缠绵过。此后再也没有了。

吃饭时我和路易斯一直谈着他的诗。我还告诉他我新近在写的东西。去年夏天我们俩作为A的"留守室友"经常一个人在自己的房间写诗,一个在阳台上写别的。他还帮摩洛哥女人改小说。因而我们会经常讨论文学话题,尽管我们之间隔了好几个时代,但有Google,一切隔阂都能在短时间内粗线条地解决。他还给我写过几首诗。而我写的几个随笔里都有他的身影。因而当我回望我的马德里生活时,与路易斯合租的那段时光最为重要,路易斯也更像是我的亲戚而不仅是一个年长的室友。我在西班牙度过的这三年时光,有些就是梗概,哪怕篇幅再长;而有一些再短也是正文,就像微型小说短短几个字也能讲述一切人生。

路易斯恨不得把羊排一股脑儿全拨到我碟子里,至于春卷,就是专为我炸的。他还在冰箱里准备了甜点。去年夏天,每天傍晚他都会给在阳台上彼时学习的我端来一份冰激凌,配上新鲜的花瓣(要是没有就摆上一朵塑料花),有时候上面还会覆着两片造型好看的饼干,然后挤上浓稠的巧克力酱。他是个浪漫的老绅士,讲究形式。可惜如今妻离子散,一个人孤独地和一些不停更换的外国室友在一套旧公寓里度他的老年光阴。

我给他的译诗《无题》里,第一句是:"好人只满足于一个念头。"这是我给他加上的。路易斯并没有写。

好人只满足于一个念头
……

当水不再打湿河流
当酷暑和严寒不再彼此消失于时令和季节
当坏人在苍穹下枕着枕头入睡

当天使失眠 不再有悲痛 也没有眼泪

当时间不再有知觉
当我栖息于你们体内
当你们不再孤单
我
已离开

路易斯最小的女儿已离开了。五年前死于癌症。这正是他每天凌晨三点起床去墓地的原因。他也提前给另外两个女儿写好了告别诗，就是上面这首《无题》。前年，他弟弟走了。今年，他八十岁的弟媳身体也不行了。

路易斯每天都一个人坐在客厅里，从客厅的落地窗望出去，可以看到马德里河对岸被距离切得粉碎的市中心老建筑和他早年结婚时用过的教堂。公寓三个卧室的门都关着，卫生间的门也半合着，阴影作为一种重要的事物从走廊的这头连到走廊的那头，厨房外的光线很强，但被两重门过滤了后无力地趴在那些炊具上，有一些则落在地板花哨的瓷砖上。在有些日子里，来打扫卫生的摩洛哥女人会在其中的一扇门板上晾路易斯洗净的床单，有时候椅背上会搭上一条晾衣架挤不下的他的花内裤。客厅的电视终日开着，却不再有路易斯感兴趣的节目。

路易斯对我说好久没有在电视上见到A拍广告片了。

我没吭气。

A上个月又搬家了。但搬去哪里他没告诉我。

我忽然有种感觉我还住在这里，仍旧在我光线非常多的房间里，窗外阳台上路易斯春天为我采摘的淡紫色的绣球花也仍插在红色的塑料桶里，阳台边上的电线杆上站着的鸽子也仍是我去年见到的那对鸽子夫妇，再远一点的小公园里也同样是那帮孩子在踢足球，菲律宾人的麻将圈也仍旧是那四个人，而A，也仍旧会在某天忽然令人惊喜地从他演出的城市回到马德里……

我眼眶里噙着泪，努力了很久才没让它滚下来。

我们把我们俩吃的食物照片发给PP，PP说他正在厨房里炸鱼排。和去年一样，六月中旬PP就和他妻子飞去伊比沙海岛了，他们在那儿有幢漂亮的避暑别墅，每夏天都去度假，一直到十月。但PP在那儿每天都不过是在厨房里做做饭，在院子里听听他的老爵士，要不就是跟在儿子女儿两家人屁股后头去海滩。他们很少与他说话。他与他们也没什么话。

我与路易斯玩多米诺骨牌。路易斯一边翻着手里的牌一边盯着墙上的挂钟，他数着离最近一班公交车抵达还有几分钟。从他家到我现在住的公寓其实只有半小时不到的车程，就隔着一条河。但我却觉得像是两个世界，因为一个属于过去，一个是现在。从现在跨到过去需要重新把那些陈旧又多色的感情翻出来放到阳光下晾晒，有些属于纯友谊，有些属于亲情，有些则质地像爱情。有些禁得起光照和晾晒，有些则霉变消失了。

现在我傍晚散步总会把去马德里河边视作我最好的线路，尽管路途最远。因为马德里河离路易斯住处最近。那条会经过两个公园的路线还有一座跨越地铁轨道的天桥，之后就是那片去年我与A看过一次露天电影的空地。去年那个夏夜，为了给我御寒（那几天天气很凉，晚上温度很低），A把巴掌撑开揞在我穿短裤而大面积暴露的大腿上，这个姿势让他做得很别扭，可他保持到了电影结束。他可能一直在犹豫要不要索性把我抱在怀里。他怕我拒绝。但又非常想这样做。第二天我们又去了另一家露天电影院，一个艺术中心的空地上，看的是库布里克的《2001年太空漫游》，电影看到一半，他忽然有点失望地盯着我叫起来：呵，你今天严防死守呢。

那晚我穿了条长裤。

这就是去年夏天。我们之间有很多美好的记忆。今年入夏我们只见过一次，在我们去年听音乐会的一家公园听了一场纪念登月五十周年的主题音乐会。我们坐在草地上，天气很热，离主席台很远，是众多盘腿坐着的观众中的一员，他一边听一边用舌头舔湿手里的卷烟纸。有时候我们靠得很近，膝盖就像即将出事的车辆那样彼此失控地碰触着，有时候他只是躺在我一侧连番打着哈欠。最后分别时我们俩在地铁里吻了吻彼此的脸颊。

一个星期后他搬到新住处，然后就再也没有联系。

时间过得飞快。可能在路易斯那里它运行的速度反而慢了，因为他有比以前更多的时间一个人坐在阳台上。现在我不在那儿看书了，他失去了傍晚给我调配冰激凌的机会，也不再有等待A回来的日子，而他原先寄予热情的内拉待他也一天比一天冷淡。路易斯经常在内拉还没下班时就把自己关进了梦乡，等早上从墓地散步回来时内拉已起床去雇主家了。两人正好错开。到了周末，五十出头的内拉打扮得漂漂亮亮去见她的朋友，路易斯则和往常一样上午去咖啡馆，中午和下午一个人坐在客厅里看电视。何塞不在家让两人单独相处的时间陡然增多，但一切都与之前一样。

没有什么变化。

这段生活让我学会了拒绝任何多愁善感的东西，但从我的角度来看，这种东西仍旧很多。

我一写东西就面临危险。或者说一写这段生活就存在着危险。因为那是通过我自己多愁善感的眼睛来看待他们。就像门罗在小说《家具》里写的：看着词语像铁丝网一样不断增加，错综复杂，令人迷惑，使人不安——与丰富的物品、食物、花朵、编织的衣服，与其他女人的家庭生活背道而驰。越来越难说它到底值不值。

我写下的那些词语的铁丝也在我身上绞缠起来，让我碰触不到我写的那些人的真正性情，碰触不到他们在离开我的电脑屏幕后面的生活。马德里不大，可是有时候所有的东西都会绞缠起来，过去、现在、友谊不像友谊、好感不像好感的感情，前年、去年和今年的夏季，未来，我自己的写作理想、路易斯六本未出版的诗集、摩洛哥女人终止在60页上的传记小说、米盖尔（我现在的房东）发表在网上的建筑随笔、A的免费戏剧课、何塞那些乌托邦音乐专栏……空间的经纬度和时间的经纬度交织起来，在我电脑屏幕上闪烁着，却带不来任何务实的东西。

我等着夏季过去，因为夏季是最寂寞的。很多人都因为炎热离开了马德里，在这样的天气里我也一事无成。我等着秋季开学，等着乱糟糟的校园课堂，然后是圣诞节，然后是元旦，然后是又一年。

我等着时间。

非爱，亦非友谊。

我在A的房间里辨出了刚刚过去的那一年的时间：我曾经睡过几天的铺在他新床垫上的玫红和深蓝相间的被罩和床单，他经常在阳台上与我一起晾晒的带红圆点的紫色浴巾，我坐过几天如今显得有些凌乱的铁艺玻璃桌（那张玻璃桌曾经是路易斯公寓里唯一时髦的家具，他搬家时就带过来了）。他房间很小，窗户推出去是一个狭窄的小天井，光线不多，左边紧挨着厨房，右边是卫生间，往右边再过去一点是他朋友的主卧室，主卧室是开放式的，连着客厅，如果朋友带女的回来，"啪啪啪"没有任何隐私可言。

我不知道他是否有时也加入那种活动，如果他那朋友约了女友上门的话，是否也会顺便帮他约一个。

约炮很常见。我有一个中国留学生女友，才20岁出头约炮友已成为她社交生活的一部分了，纯粹是为了寻刺激，或者是为了纾解压力。她还向我总结心得：千万不能和炮友产生感情。

我与A在一起从不谈论这个。

两周前我去看了他的演出。我终于可以在舞台上见到他，而不是我们曾经合租的公寓或者露天电影院露天音乐会之类的，但快演完时我才看到他出场，和他另一个同事，扮演的是两个不起眼的士兵，驭驶着两匹带轮子的表情呆滞的木马。他摘下头盔我就知道是他，尽管被主角挡住了小半个身子。我还熟悉他那有些灰白的胡子，它让他的俊俏加进了几分沧桑的色彩，但他的脸在他那些貌不出众的同事中不是一般的醒目。到了谢幕时，忽然，本已与另一士兵进去的他从幕布边窜出来，朝观众席上使劲挥手，就像在大街上与人快乐而无忌惮地打招呼。我怎能不知道？！他把手举得这样高正是为了让我看到。

我一点都不在意他是否演主角。事实上我对他们这一行根本没有兴趣，尽管我自己也修过一些戏剧课，但我觉得他如果只是一个幕后人员甚至场记都比演员会更好。从巴斯克国立大学社会学毕业后他在一家跨国公司工作了五年，然后不知怎么的中了戏剧的邪，又去大学修戏剧课，之后去了毕尔巴鄂的一个小剧团。我猜想他可能不想浪费自己这张帅气过头的脸，他是我三年来见过的最为英俊的西班牙人，脸上没有一块肌肉或者一根毛发是多余的，如果有缺点，所有的缺点也是为了最后凑成他的完美形象。我非常坦率地对任何我认识的人承认我对他几乎是一见钟情，从第一眼看到他我就有点喜欢他了。

因而正是好色一点一点地啮噬着我最近这一年的定力和理智，我几乎每天都会花一点时间去想他，我还经常盯着WhatsApp上他的头像，希望他会忽然问候我。

事实上他很少主动联系我。我们见面时会有一些亲密的身体关系，但他很少像别的朋友那样对我嘘寒问暖，他还批评我写的东西赘语太多，应该也包括WhatsApp上的留言。因而我与他说话不论是现实中还是WhatsApp上都是干巴巴的，但他肯定知道这不是我的本性，而我也知道他并非像看上去的那么放浪不羁，他内心敏感得像一口发酵池，任何东西投进去都会起情绪的泡沫，但他非要在人前至少在我面前摆出一副叛逆者的模样。我们俩的关系其实就像一段弹簧，总是你进我退，也就是说，如果这几天近了接下来一段时间必定会远远地弹开，之后，在我的主动下又忽然靠近……

时间就这样一天天过去了。我们合租公寓已是几个月前的陈年旧事了，搬到这里后我很快成了这个区地道的公民，我熟悉这里的角角落落，从我租住的公寓到学校最近的小路也成了我自家花园的一部分，每周至少有一天，下午我会穿过只有我知道的去文学系最近的线路，如果没有课，傍晚，我则会沿相反的方向去散一个到两个小时的步。在去学校的一段下坡路上，有两个黑人每天都会在那里等候车主，因为树林里有个停车场，他们收取很微薄的服务费，帮他们引车和拿取东西，仅够的食物使他们能在这里生存下去并有力气等待未来更多的机会。林荫路再过去就是一系列的科研机构和大大小小更多的小树林，然后是没有大门的我们的学校。我的偶像奥尔特加就在其中的一个小树林里一动不动地站着。不知为什么我从未认真去找过他的雕像位置，光知道他每天在那里凝视我们就够了，只要他在，我在这里的一切行为就会变得合理，哪怕是对一个不合适的人的迷恋——因为我做什么都是在他的视线范围内。他文字里的磁力会把一切都吸附过去并对我们进行判断，经他判断过的世界才会清晰和让人信任，包括与他隔了大半个世纪的我现在的现实——奥尔特加有些用来审视世界的东西用上几个世纪都不会旧。他的哲学体系是一个既观点清澈又句式豪华的景区，去过那里一次后，文学公园就变得破破烂烂了，但目前我只能待在被文学辖管的小房子里。他在我现在就读的大学授过好几年的课，因而附近有一个全西班牙最权威的奥尔特加研究所——其实文学系对面就是哲学系。在战乱年代，这里曾是他的庇护所，他在这里写下他很多作品。我现在有限的西语书藏书里，一大半是他的。我经常防备自己一张嘴就要说"奥尔特加如何如何"。

因而这是两个完全不同的世界：半年前与A、路易斯一起合租的小区与现在我住的几乎算是学区的小区，A那种多变和凌乱的波希米亚与我目前整洁严肃的学院时光也迥然有别，但不知为什么，那段生活和他都还这样强烈地吸引着我。它们互为倒影却都不打算为对方改变什么。

"我不得不怀疑，是否记忆中的快乐，那些快乐和感情，那些处世之道，到头来都不过如此。或者不如说，一杯光彩熠熠的佳酿，放久了也会变味，变稀，变得平常；而我们也在困境中改变了——没有变得更好。"

感谢艾丽丝·门罗为我描述了我和我目前的生活。就像她小说中所写的，我们其实都改变了，但不是在困境中，A、路易斯和我，也包括路易斯的现女友内拉和摩洛哥前女人（我在以前的随笔里写到过）。但我们都没有变得更好。我们只是与我们曾经相遇的那段生活不一样了，变得陌生了一点一点，然后继续陌生着。

我与A分开后约过去附近的一家公园抽烟，我们在公园的湖边发了一会儿呆，看了公园内的两场艺术展，之后我帮A拍了一段在湖边的视频。A说这段视频是给他年迈的老母亲准备的。我对他的生活缺乏一定上的了解，因而我宁愿选择相信他。他妈妈与路易斯同龄，七十年前曾在马德里一个富人家里做过帮佣，就在这家公园边上，因而这里是她当年推着某辆婴儿车散步的地方，之后她回北部与食品厂的一个工人完了婚。也就是A的父亲。A父亲去世后，A与母亲住到了一起，他的四个哥哥姐姐都比他年长很多也各自有家庭。在我们合租公寓的那段时间里，我有时候会听到A和母亲通话。

我所知道的就这么多。

门罗又说："……而现在，我不再相信人们的秘密是确定的，可以言说的，也不再相信人们的感情是有形的，容易识别的。"

Sani Sidro节即将临近，我给A发信息。因为去年Sani Sidro节是我们关系发生质变的日期。A说他正在北部参加一个婚礼，回来后联系。但回来后他没找我，没与我说Sani Sidro见面的事。我也没有再约他。我于是一个人趁散步时去听了音乐会，没有了A，那些音乐会也像是变得没有了灵魂。音乐声很大，人很多，但一切像是电影，而我只是一名普通观众。站在人堆里我很伤感，去年我们听音乐会坐过的那片草地如今已一片狼藉，那儿已经堆了新的啤酒易拉罐，新的烟蒂，也在听音乐会的一些人中形成了新的伤害和新的怀念。

和我们一起听音乐会的A的朋友是政府里的一名公务员，但不知怎么的也爱上了戏剧，因而他与A是几年前戏剧班上的同学，去年他来时A正好在空档期，整天闲得没事干，于是我们三人连着四个晚上去公园听了各种主题音乐会，每天我们在路易斯蹊跷和愠怒的目光中离开家（路易斯总希望我们能在家陪他），然后深更半夜哼着歌摇摇晃晃地回来。马德里每年的Sani Sidro节都有很多音乐会，一个持续时间更长的是在一个著名的公墓边上，离我们的合租公寓也最近。有天晚上，音乐会上有个一直蹭着A的屁股在旁边扭来扭去的男生问A你女友为什么不跳舞？她是亚洲哪个村子里窜出来的？！她听不懂音乐吗？当A把这段半是玩笑的话转达给我时，奇怪的是我关心的不是我要不要立即前去报复性地承认我来自某个亚洲某原始部落，而是那位男生为什么要把我看成他的女友而不是A朋友的女友。显而易见，四天当中我们已经有一种微妙而明显的东西在滋长了，只是未加确认。A把这话传给我们似乎也是为了试探我，因为他分别看了看他朋友与我的脸，可能想从中找到一丝荣誉感或者让我主动确认，但这种感觉没有停留多久，他随即对那家伙说她是我室友。

今年A在马德里工作更多，整整两个月都有演出，再之前是在巴塞罗那。但他的戏剧排到这个月底就结束了，之后他又将开始居无定所的生活，去北部参加一个电影节和一个政府文艺活动，去南部给一个海神节助兴，然后整整一个夏季他可能都不在马德里，之后就是下半年了。

他于我的全部意义就在于我无法掌握他，他不确定，从不在一个地方久留,永远在各种路上,他永远在扮演他人,他永远不会很及时地回你的信息且又不会记着你,他永远在近处又在远处……

二十年前我读的第一篇门罗的小说讲的就是一个给人做帮佣的女孩爱上了来村子里做飞行表演的一名男子,那名男子性格很讨人喜欢,但行踪不定,驾着一辆退役的旧飞机在不同的村子里以表演为生,有时候还去更远的北方。这让女孩很是着迷。她喜欢上了飞行员,而飞行员也许诺几天后再来这里带她走。很多年后,这个女孩与另一个人结了婚并且有了一个稳定幸福的大家庭,有一天她想起了这个故事和那天之后再也没出现过的飞行员……

我在A朋友家喝了一杯A做的稠浓的草莓鲜榨果汁。离我上次来这里已经一个月过去了,他朋友家什么都没变,依旧有点小乱,朋友养的那只猫也还认得我,我一坐进沙发它就跳上我的膝头。朋友不在家,卧室和客厅交接处的一把椅子上搭着一件软塌塌的猩红色女式睡衣,不知怎么的,这件睡衣让这里有了一股性别不明的气息。朋友比A小很多,房子是他父母买下的,但他父母住在另外一个城市,除了偶尔串场接些小丑之类的小角色,A的朋友也没有正式工作。我们半年前在夏季的韩国电影节上一起吃过饭,还喝过东西,但我与他没怎么说过话。那天晚上我因为丢了皮夹一直在打各种电话。我也心不在焉。那时候我的全部心思都在A身上。

其实我还是因为孤独。

一切都是因为孤独。

去年六月,在我们密集的音乐会活动之后的六月,一直到七月,整整两个月我与A都没怎么说话,因为迅速走近的身体关系让我们有些不知所措。到了七月底,一位国内的朋友来西班牙看我,我陪他去北部旅行的第一站就是A的出生地,因为那儿有个举世瞩目的艺术博物馆。但我没告诉A我们的行程。车子沿着北部多雨的山丘一直前行,一直逼近法国的海边,那一带的植被特点与我之前在国内生活的南部很相似,树很绿,草很密,岩石上也嵌了潮湿的一朵朵苔藓，我看到了A无数次经过的那些沿线村庄和市内他入读的大学。路过每一个角落我都会想A在这里喝过咖啡，在这里约会过姑娘。A的第一个短片作品也是在这里拍的。那时候他扮演一只奔跑的兔子。那只兔子又肥又大，跑起来有点娘娘腔。

这一切我都没告诉A。A一直到现在都不知道去年七月我与一个被我称作前男友的朋友拜访过他出生和上学的城市。

那时候A在马德里拍一个广告片。

我们疲乏地躺在房间里说了会儿话，光线在窗户边一块很小的地方慢慢移动着，猫在客厅里寂寞地发着呆，厨房里的水有一搭没一搭地滴在水池中，滴水的声音恰好被用来当作安静的空虚节奏。我们靠得很近，能摸到彼此身体上最为隐秘的皮肤，他掀掉被子，而我则裹在他充满汗味的床单里。这气味我去年一度非常熟悉，浓郁的汗味夹带着隔夜的香水味有时候会从他的房间渗到隔壁我的房间里，白天我在阳台上看书时这气味也会通过他房间的窗户弥漫出来。有好一阵我们俩谁也没说话。我举起指尖捋了捋他手臂皮肤上那层薄薄的金色汗毛，一阵痉挛沿着血管的路径掠过他的身体，他假装很享受，但却掩饰不住地抖动了一下。那抖动是一种又轻微又深刻的电流般的动静。

再见，米盖尔

与米盖尔分开是注定的事，八月初我还没下定决心搬走他就问我了。我毫不犹豫地告诉他我对这个房间的不隔音仍旧不能习惯。"哦，"他思忖一下，"你还有个大问题呢……我没法给你提供住宿证明……"

他这么快就给自己找了一个台阶下，这让我想到他就把这句话准备好了。这个理由听上去让我们俩都不尴尬，也合情合理。尽管我可以找其他朋友轻而易举就能拿到住宿证明。

从六月中旬安赫拉搬走，米盖尔就一拨一拨地在接待看房子的家长了，有时候是孩子们跟着一起来的，有时候只有家长本人。偶尔还有来这里上大学或读硕士的拉美学生会给他发邮件，约定看房日期。他还接待过几个法国人和意大利人，欧洲大学之间有很多本科交换项目，这些年住在米盖尔家的都是这类学生。但整整一个夏季过去了，米盖尔还没找到一个房客。

理由都很雷同。看房的学生和家长们不能理解好好的一套房子为什么要把装抽水马桶的卫生间安在厨房深处。还有一个更加致命的问题——淋浴房是透明的，与米盖尔住的房间只一块玻璃之隔。

没有人能够理解这个，包括已经在这里住了七个多月的我。

米盖尔却振振有词：空间和结构是考验建筑师最重要的两个方面！

我不想和他讨论这个。再好的结构能够消除菜味和屎味混杂的气味吗？再好的空间能够消除我每次冲澡时的那份提心吊胆吗？我开始收拾东西，同时也在网上找起房子来，没几天我就在同一地段找到了一个合适的小房间，和一个罗马尼亚老太太合租。看房回来后我告诉米盖尔我月底走。米盖尔埋头继续在电脑上打字，对这个结果似乎不感到意外，感到意外的是我，我觉得他把我这个简单的陈述句放在牙齿嚼了一下——这次他居然那么有耐心地听我说完而没有中途插嘴。之后，他抬起头来说你是第三十个房客。

就像他那样，我也把"三十"这个数字放到嘴里仔仔细细地咀嚼了一下。我倒吸了一口冷气。

他言之凿凿：住久了就不知道怎么与对方维持关系了，如果已经成了朋友就不好意思再收房客的钱了。因此他宁愿租给那些以四个月为期限的短租学生，在这里住得最久的要算两年前的一个玻利维亚女人，可能来这里培训，她给他做缝补活，打扫卫生，之后还想把年轻漂亮的女儿介绍给他。几个月后她女儿真的过来了，却看上了别人，没多久这对母女就与女儿新结交的男友搬出去了。

米盖尔本来还渴望媳妇丈母娘一锅端的,没想到人家最终没看上他。这几年他一心想找个年轻的,至少得有生育能力,因为他的理想是这辈子有个自己的后代,这样,空出来的那两间房就不用租出去了——一间给未来的儿女做卧室,一间给未来的儿女做书房。也算是对逝去的父母有个交代。不算上偶尔在工作场所遇上的那些客户,米盖尔寻觅范围也把房客囊括进去了,可他却不能放下那份戒心,他对所有的房客怀有很深的警惕,怕熟了后不交房租,因而拼命与他们拉开距离,正是在这样的矛盾心理下十多年来他一无斩获。我估计那位玻利维亚老女人对他就是这样,她可能刚住进来时对他有过幻想。毕竟他有房有博士学位,长得也很不赖。

我对米盖尔也有很深的疚意,因为这个夏天他邀请过我数次去他朋友家的游泳池消暑,他还想请我看展,可我都因为这样那样的原因拒绝了他。最后一次是我搬家的那一周,他让我帮他在网上买票,因为马德里最近有个平克·弗洛伊德。他想和我一起去。

他问我知不知道平克·弗洛伊德。我说不就是那个唱《迷墙》的老家伙吗?

他大为惊喜。因为在他这套只租给学生的公寓里,平克·弗洛伊德属于无人问津的老人,那些在他这里短租过的年轻学生都不喜欢他,他们还把滚石、齐柏林飞船都视作古董,朋克和猫王则早已入土为安了,历史,不管是摇滚历史还是艺术历史在他们看来都是一片已经唤不起生气的坟地。而我却在二十年前就听过平克他老人家的专辑,我还能背出几句《迷墙》的歌词。于是他马上把我引到客厅,从灰蒙蒙的书架上抽出几本精装书和珍藏版海报,让我看年轻时这支乐队的风采。但很快像从前一样,我们闹不愉快了。当他指责我或是记忆模糊或者说根本没听懂他说而一个劲地点头说"是是是"时,我这次真的没能忍住。

"聊天不是考试⋯⋯"我脸涨得通红,气得想把他那些展示给我看的书扔进抽水马桶里。

他说的那个叫一面是月亮一面是什么鬼玩意儿的平克·弗洛伊德的西语歌名怎么也无法在脑子里与我的中文名对应起来,他说的这首歌是我听的平克·弗洛伊德的第二张专辑中的一首,可我对此印象并不深,因为当时我对《迷墙》太迷恋了,《迷墙》之前和之后都不过是用于强化它身影的背影,它们的存在是为了召唤它来的。因而在浏览完他的那几本破书打开电脑售票网页的海报后我才想起来这正是我当年听的我并不是那么喜欢的专辑的封面。由于岁数大了我在唤起自己记忆上有个时差,加上经由语言和译名搭建起来的楼梯让我拮取那个准确的歌名显得更加困难,这本来对我这类才学了三年多西语菜鸟来说很正常,他却揪住这个不放,唠唠叨叨地数落了我半天,大致就是指责我这种不质疑事物的模糊处世态度最终会毁了我的西语和我的文学研究事业。

我气得半天一句话也说不出来。已经很多次了,他这种对不重要的细枝末节的较真让我们的谈话变得扫兴他自己却意识不到。细节固然重要,可是我们做不到只有掌握所有的细节后才能认识事物。上帝赐予我们记忆力,同时他还给了我们联想、自我修正以及自我扩展功能,为的就是弥补可能会掉链子的记忆力,因为仅凭记忆能力我们只能认识物理上的世界。只能认识我们视网膜上有的东西。我做不到在认识所有的单词之后再去阅读文章并做我的文学研究。米盖尔一直以来都有种和自己沟通过度的倾向,他受计较细节之苦,而我宁愿用混沌作为一种沟通工具,因为我相信世界的基本结构是一样的,我们能在一种模模糊糊的状态中掌握事物的真相并理解对方。米盖尔的情形用列维·施特劳斯《我们都是食人族》的话来形容"……厄科话太多,滥用了语言,因此被限制在了语言的最小的用途之中。"

我端起杯子于是头也没回地去了自己房间。

我们正是以这种方式相处下来的,因而这八个月让我对他始终情感复杂。落在我们虹膜上每一个影子都不应该成为我们的眼罩,而应该是风景本身。但是米盖尔不懂这个。他把每一个出现在他眼前的人都视作潜在的敌人和小偷，他想获得别人的怀抱，却背对着人家。他太重视无关紧要的细节也阻止了他对人的信任。

搬家前一天我帮他清洗了厨房和那个装在厨房内部的小卫生间，我还帮他打扫了客厅。在给客厅除尘时我忽然想这八个月里他无数次地在这里帮我改文学课上的作业，他用三种颜色标出我评论作业中的语法错误，而且每一次帮忙都很及时，因而米盖尔不是百分之百的恶魔，尽管他是我见过的最不好处的西班牙人。

我在一天内就收拾好了东西。为了不影响我进出，他整整一个白天都在朋友家里。我的三个行李箱里都装满了东西，因为体积太大我把它们推在角落里，和我的几盆植物个在几个背心袋里安息了，为的是明天朋友的车子一到我就可以拎上它们下楼去。米盖尔十点才到家。他开电脑时我站在他边上与他聊了一会儿。忽然间，过去的几个月里帮我改作业的场景也跳出了他的脑海，他搬出来他做博士论文时的资料和发表的文章一一展示给我看，为了向我证明明年我做论文将面临与他一样的困苦——就像头一天晚上我入住这里时他展示给我看的他出版的那六本建筑学方面的书。他忽然动情地说："如果你愿意，拿到居住证明后明年你还可以搬来这里……你知道的，我这里都是四个月一个周期……"

但我知道我走了后就不会再回来了。

他别过脸去，又加了一句说："今后我们仍旧可以一起在外面喝咖啡或一起看展览……"

我知道这也没有可能了。

有些人只能相处一段时间，尽管他真的不是恶魔也不是坏人。

第二天我走时他起了个大早，九点过半我就听到他在他自己房间里走动的声音了。还钥匙前，他在我房间里仔细查看了设备。我以为他不会那么干，到最后他还是对我疑心重重。他颇有目的地上瞄下瞄，甚至仔细看了那块已经卷起几个角的塑胶地板和那张从他祖母手里继承下来的包绒的枣红色小沙发——尽管房间里的一切不是很廉价就是很古老，他却仍要保证它们能正常运营。他是某种程度上的富翁，又真的是个穷人。他懂很多，但生活一塌糊涂。他关心世界大局，却计较次要的细节……列维·施特劳斯说很多美洲神话都会讲述一对双胞胎，一个善良一个邪恶，或者一个爱好和平，另一个热衷于战争，以两极和对称的模式来安排人类的品质，这个模式还延及了人类生活的其他方面，但神话里的这对双胞胎最后其中一个人总是会死去，因为就宇宙层面，不同和对立的极端永远无法被调和，永远不可能变得一模一样。但当这对双胞胎经常寄生在我们个人性格身上时他们能够共存，无论什么时候，我们总能发现我们身上同时生活着这对矛盾的兄弟。在米盖尔身上也一样。

　　我把拉杆箱和我养的绿萝推进电梯时，米盖尔就站在他自家门口。他帮我把鞋擦拖到一边，然后费尽力气把我最大的那个箱子推离家门，并往电梯那边滑过去。我看不到他脸上的表情。